KB114061

권오숙 교수의 해설과 함께 읽는

King Lear

리어 왕

서연비람은 조선 시대 왕궁 내, 강론의 자리였던 서연(書筵)에서 강관(講官)이 왕세자에게 가르치던 경전의 요지를 수집하여 기록한 책(비람備覽)을 말합니다. 서연비람 출판사는 민주주의 국가의 주인인 시민들 역시 지속 가능한 과거와 현재, 미래의 이치를 깨우치고 체현해야 한다는 믿음으로 엄선한 도서를 발간합니다.

서연비람 셰익스피어 선집 2

권오숙 교수의 해설과 함께 읽는

리어 왕

초판 1쇄 2019년 4월 19일
지은이 윌리엄 셰익스피어
옮긴이 권오숙
펴낸이 윤진성
펴낸곳 서연비람
등록 2016년 6월 29일 제 2016-000147호
주소 서울시 강남구 도곡로 422, 5층
전화 02-563-5684
팩스 02-563-2148
전자주소 birambooks@daum.net

ⓒ 서연비람 2019, Printed in Korea.

ISBN 979-11-89171-16-2 04840
ISBN 979-11-89171-13-1 (세트)

값 12,000원

「이 도서의 국립중앙도서관 출판예정도서목록(CIP)은 서지정보유통지원시스템 홈페이지(http://seoji.nl.go.kr)와 국가자료공동목록시스템(http://www.nl.go.kr/kolisnet)에서 이용하실 수 있습니다.(CIP제어번호: CIP2019011248)」

서연비람 셰익스피어 선집 2

권오숙 교수의 해설과 함께 읽는

King Lear

리어 왕

월리엄 셰익스피어 | 권오숙 옮김

해설이 있는 셰익스피어 번역본을 출간하면서……

셰익스피어 연구자로서 오랫동안 학술적 활동과 대중적 활동, 양 방향에서 참 열심히 뛰어왔다. 상아탑에서 영문학을 전공하는 학생들에게 셰익스피어 작품을 가르치는 일, 학술 논문을 쓰고 학회에서 발표하는 일, 셰익스피어를 알고, 읽고 싶어 하는 일반인들을 위한 대중 강연, 셰익스피어 작품의 우리말 번역 등등.

그런 활동을 하면서 해갈되지 않는 문제 하나가 가슴에 내내 남아 있었다. 그건 어떤 번역본을 읽어야 하나? 라는 질문에 대한 답변이었다. 질문을 받을 때마다 선뜻 답하기 쉽지 않았다. 물론 그동안 훌륭한 셰익스피어 학자들이 정성을 다해 번역을 해왔으나 번역과 작품 해설이라는 천편일률적인 구성에, 운문이라는 셰익스피어 텍스트가 지닌 특성으로 인한 가독성 문제, 이해가 되지 않는 비유와 말장난 등 번역서마다 나름의 좋은 점과 부족한 점을 지니고 있었기 때문이다. 본 역자도 다른 출판사에서 셰익스피어 번역 작업에 참여했지만 대체로 세계 문학 전집에, 아니면 셰익스피어 전집에 한두 권 삽입된 것이라서 전집의 전체 틀에서 벗어날 수 없었다.

서연비람과 셰익스피어 시리즈 번역 작업을 시작하면서 그 숙제를 해갈하고 싶었다. 책을 다 읽고 나서도 뭔가 명확히 이해되지 않고, 안개에 덮인 것처럼 잡힐 듯 말 듯 갈증을 느끼며 책을 덮었던 독자들에게 새로운 번역본을 건네주고 싶었다. 그래서 그동안 국내의 거의 모든 번역본이 지니고 있는 형식을 파격적으로 깼다. 우선 작품을 읽기 전에 알고 있으면 좋은 정보들을 작품 앞쪽에 배치했다. 그리고 번역은 가능한 한 가독성에 방점을 두었다. 물론 그러다 보면 셰익스피어의 현란한 비유적 표현과 말장난들을 놓칠 수밖에 없다. 내 능력이 허락하는 범위에서 살릴 수 있는 요소들은 최대한 살리려고 노력하는 가운데, 가독성에 문제가 생길 경우는 과감히 포기했다. 그리고 작품 뒤쪽에는 두루뭉술한 해설이 아니라 작품의 가장 중요한 논점들을 하나하나 짚어 설명하였다. 한마디로 단순한 번역서가 아니라 해설과 함께 읽는 번역서인 것이다. 그러다 보니 번역 과정에도 시간이 많이 들었지만 해설 작업에도 시간과 공을 많이 들였다.

모쪼록 이 번역본의 새로운 시도로 국내 독자들이 셰익스피어를 좀 더 쉽게 이해하고, 즐길 수 있게 되길 바랄 뿐이다. 본 번역본은 케네스 뮈어(Kenneth Muir)가 편집한 아든판 셰익스피어의 1992년판을 저본으로 삼았다.

역자 권오숙

일러두기

1 이 책의 앞쪽에 있는 셰익스피어 생애나 시대, 당대 무대 환경 등의 내용은 필자의 주관적인 생각이 아니라 사실을 전달하는 것이므로, 이미 필자가 내놓은 많은 저술들의 내용과 거의 비슷하다. 그래도 셰익스피어 작품을 이해하는 데 꼭 필요한 요소이기에 불가피하게 제공한다. 그리고 이 시리즈의 다른 번역본에도 똑같이 실려 있음을 밝힌다.

2 작품에 등장하는 여러 그리스 로마 신들의 이름은 외래어 표기법에 따르지 않고 독자들에게 친숙한 표기를 사용했다.

3 셰익스피어 극은 대체로 운문으로 되어 있어서 행을 밝혀 주는 게 원칙이다. 대사 옆에 5단위로 표기한 숫자가 행수이다.

4 대사가 중간에서 시작하는 부분(이에 대해서는 36~37쪽에서 자세히 설명하고 있다.)은 앞줄의 대사와 함께 한 행으로 취급된다.

차례

역자 서문   4

셰익스피어 작품을 읽기 전에   8

『리어 왕』을 읽기 전에   38

리어 왕   53

　제1막   55

　제2막   105

　제3막   143

　제4막   179

　제5막   221

『리어 왕』을 읽고 나서   250

셰익스피어 연보   281

셰익스피어 작품을 읽기 전에

셰익스피어 작품을 더 잘 이해하기 위해 먼저 읽어 보세요!

어떤 작가의 작품을 읽을 때 그 작가의 생애나 그 작가가 살았던 시대의 문화, 사상 등에 대해 알면 조금 더 이해하기 쉽습니다. 특히 셰익스피어처럼 400년 전에 살았던 작가인 경우, 그 시대적 특징을 모르면 쉽게 이해되지 않는 점이 많아요. 게다가 셰익스피어는 극작가이기 때문에 당시의 연극이나 극장 환경에 대해서도 알아야 작품을 더 잘 이해할 수 있습니다. 그래서 셰익스피어 작품을 읽을 때 알아 두면 좋은 정보들을 간단하게 정리해봤습니다. 작품을 읽기 전, 필독해 주세요!

1. 셰익스피어의 생애

셰익스피어는 당대 최고 인기 극단의 레퍼토리 작가였던 것에 비해 개인의 생애에 대한 기록들이 많이 남아 있지 않다. 그의 세례 기록이나 자녀들의 세례 기록, 사망 신고서, 동료 극작가의 비방글 등이 남아 있을 뿐이다. 학자들은 그동안 이런 단편적인 기록들을 짜 맞추어 그의 생애를 구축해 왔다. 그렇게 학계에서 공인된 사실들로 그의 생애를 간략하게 설명하고자 한다.

존 해밀턴 모티머, 〈시인〉,
1775, 뉴 헤이븐,
예일 브리티시 아트센터 소장

셰익스피어는 영국 르네상스 시대라 불리는 엘리자베스 1세 집권기인 1564년 4월 23일, 중부 지방인 워릭셔(Warwickshire)의 작은 마을 스트랫퍼드어펀에이번(Stratford-upon-Avon)에서 태어났다. 그는 부유한 상인이던 존 셰익스피어(John Shakespeare)의 8남매 중 셋째이자 장남으로 태어나 어린 시절을 유복하게 보냈다. 장갑 장사, 양모 장사 등을 한 것으로 알려진 아버지 존은 한때 사업이 번창하여 셰익스피어를 고급 사립 초등학교인 문법학교(Stratford Grammar School)에 보냈다. 그러나 셰익스피어가 13세가 되던 해 가세가 기울어 더 이상의 교육은 받지 못했다. 그런데 당시 스트랫퍼드의 문법학교는 라틴어 문학 같은 고전 문헌에 대한 교육을 제공했던 것 같다.

스트랫퍼드어펀에이번에 있는 셰익스피어의 생가

거기서 셰익스피어는 오비디우스(Ovid), 베르길리우스(Virgil), 호라티우스 (Horatio), 테렌티우스(Terence), 세네카(Seneca) 등 그의 작품에 지대한 영향을 미친 고전 작가들을 접했을 것으로 추정된다. 셰익스피어는 작품 속에서 수많은 고전 작품들을 인용하거나 인유하며, 130여 차례가 넘는 라틴어 원문을 사용하고 있다.

셰익스피어는 1582년, 18세의 어린 나이에 여덟 살이나 연상인 앤 해서웨이(Anne Hathaway)와 결혼했다. 그와 앤은 수잔나(Susanna), 쌍둥이 햄닛 (Hamnet)과 주디스(Judith) 3남매를 두었다. 그런데 아들 햄닛은 1596년에 열한 살의 어린 나이로 병사했다. 아들의 죽음이 『햄릿』을 비롯한 일련의 비극에 영향을 미쳤다고 주장하는 비평가들도 있다. 그런데 셰익스피어 부부의 나이가 많이 차이 나고 결혼한 지 6개월도 안 되어 첫째 딸 수잔나를 출산했기 때문에 두 사람의 결혼에 온갖 추측이 난무한다. 셰익스피어 극에 자주 등장하는 주제 가운데 하나인 '사랑의 맹목적성'이 어쩌면 그들의 결혼에 영향을 받은 건지도 모른다.

셰익스피어는 1580년대 후반부터 런던의 극장에 견습 배우로 고용되어 활동했을 것으로 추정된다. 이때부터 1592년까지 셰익스피어에 대한 기록이 전혀 남아 있지 않아서 이 시기를 '잃어버린 시기(the lost years)'라고 한다. 셰익스피어의 런던 생활과 관련한 최초의 언급은 1592년에 대학 출신 극작가인 로버트 그린(Robert Greene)이 그를 비방한 것으로 보이는 글귀이다.

> 우리의 깃털로 꾸민 벼락출세한 까마귀가 배우의 탈을 쓴 호랑이의 심장으로 그대들의 최상의 것만큼 훌륭하게 무운시로 뽑낼 수 있다고 생각하고 있으니. 그리고 그는 자신을 만능의 천재라 생각하여 자신만이 이 나라의 무대를 흔들 수 있다는 망상에 빠져 있소.[1]

이때 '배우의 탈을 쓴 호랑이의 심장'이라는 표현은 셰익스피어의 『헨리 6세 *Henry VI*』 3부에 나오는 '여자의 가죽을 쓴 호랑이의 심장'(1막 4장 137행)이라는 대사를 패러디한 것이고, '나라의 무대를 흔든다(Shake-scene in a country)'라는 표현은 '셰익스피어'의 이름을 이용한 말장난이다. 이를 통해 볼 때 그린이 말하는 벼락출세한 까마귀는 셰익스피어임을 알 수 있다.

---

1 이경식, 『셰익스피어 4대 비극』 서울대 출판부. 1996, 26쪽에서 재인용

이 글로 보아 이때 이미 셰익스피어는 대학 출신 작가들의 시샘을 살 만큼 인기 있는 극작가가 되었음을 짐작할 수 있다.

셰익스피어는 '궁내부 대신 극단(Lord Chamberlain's Men)'의 전속 극작가 겸 극단 공동 경영자이자 배우로 활동하면서 약 20년 동안 38편의 극을 썼다. 이 극단은 제임스 1세가 등극한 뒤에는 '왕의 극단(King's Men)'으로 바뀐다. 그리고 1592년부터 3년 동안 페스트(흑사병) 때문에 극장이 폐쇄되자 셰익스피어는 두 편의 설화시 『비너스와 아도니스 *Venus and Adonis*』, 『루크리스의 겁탈 *The Rape of Lucrece*』을 써서 자신의 후원자이던 사우샘프턴 백작(Earl of Southampton)에게 헌정했다. 그 밖에 셰익스피어가 쓴 것으로 알려진 154편의 소네트가 실려 있는 『소네트 집』이 1608년에 출간되었다.

1597년에 셰익스피어는 고향에 뉴플레이스라는 대저택을 구입하고, 말년에 고향으로 돌아가 평온한 여생을 보내다가 1616년 4월 23일에 53세의 나이로 생을 마감했다. 교묘하게도 탄생일과 사망일이 4월 23일로 같은데, 탄생일은 세례일을 기준으로 추정한 날짜이고, 사망일은 사망 신고서를 기준으로 추정한 날짜이다.

셰익스피어가 죽은 지 7년 뒤인 1623년에 그의 극단 동료였던 존 헤밍(John Hemmings)과 헨리 콘델(Henry Condell)이 그의 희곡 전집을 발간했다. 이 전집을 제1이절판(First Folio)이라고 한다. 가죽 장정으로 된 큰 판형인 이 판본은 이미 나온 사절판과 무대본을 종합하여 만든 질이 좋은 판본이다. 여기에는 36편의 극작품과 『비너스와 아도니스』, 『루크리스의 겁탈』, 『소네트 집』까지 수록되어 있다.

셰익스피어 진위 논란

그런데 이렇게 많은 위대한 극작품과 시를 쓴 사람이 대학 교육도 받지 못한 셰익스피어가 아닐지도 모른다는 의문이 오랫동안 제기되어 왔다. 그의 개인사가 베일에 싸여 있고, 대학 교육도 받지 못한 사람이 천재적 상상력만으로 법학, 지리학, 역사, 고전 등의 전문 지식을 담고 있는 작품들을 썼을 수는 없다는 주장에 많은 사람들이 공감해 왔다.

그 외에도 스트랫퍼드의 셰익스피어 관련 기록에서 그가 문인이었다는 기록이 전무하다는 점, 살아생전 왕궁에서도 공연할 정도로 대단한 극작가였던 그의 사망을 추모하는 글이 한 줄도 발견되지 않았다는 점, 셰익스피어의 유서에 소장한 책들의 처분이나 자필 원고에 대한 언급이 전무하다는 점 등이 의혹의 근거가 되었다. 그래서 2007년 7월에 셰익스피어 관련 업종에 종사하고 있는 영국의 유명 배우와 연출가 287명이 같은 맥락의 '합리적 의심 선언'을 발표하기도 했다.

셰익스피어 작품들을 쓴 실제 인물로 거론된 사람들은 고전 경험론의 창시자인 프랜시스 베이컨(Francis Bacon), 젊은 나이에 의문의 죽음을 당한 동시대 극작가 크리스토퍼 말로(Christopher Marlowe), 사우샘프턴 백작과 함께 셰익스피어의 후원자로 알려진 에드워드 드 비어(Edward de Vere) 백작, 그리고 셰익스피어의 먼 친척이었던 헨리 네빌(Henry Neville) 등이다.

그 중 옥스퍼드 백작 에드워드 드 비어 설이 가장 많은 사람들의 지지를 받고 있는데, 이 사람들을 옥스퍼드 파2라고 부른다. 1920년, 토마스 루니(Thomas Looney)가 『셰익스피어는 에드워드 드 비어로 밝혀졌다

Shakespeare Identified in Edward de Vere』라는 저서를 출간했고, 심리학자 프로이트가 이런 옥스퍼드 파의 주장을 강력히 지지했다. 1984년에 찰튼 오그번(Charlton Ogburn)이 『신비에 싸인 윌리엄 셰익스피어 *The Mysterious William Shakespeare*』에서 다시 에드워드 드 비어가 진짜 셰익스피어라고 주장하면서 논란이 재점화되었다.

옥스퍼드 파들은 에드워드 드 비어가 케임브리지와 옥스퍼드에서 최상의 교육을 받았으며, 시와 극작 등 문인으로서 당대에 인정받았을 뿐만 아니라 현존하는 그의 시와 서간문들이 셰익스피어의 문체와 흡사하다고 주장한다. 문체만이 아니라 그의 인생 체험과 유사한 대목들이 셰익스피어의 작품들에서 보이는데, 특히 『햄릿 *Hamlet*』에 나오는 늙은 간신배 폴로니우스(Polonius)는 그의 장인이자 엘리자베스 여왕의 비서관이었던 윌리엄 세실(William Cecil) 경을 풍자한 것이라는데 많은 학자들이 동의한다.

셰익스피어라는 가명을 사용한 것에 대하여도 그의 문장(紋章)에 '창을 휘두르는(shake-spear)' 사자가 그려져 있었으며, 그의 별명이 '창을 휘두르는 자(spear shaker)'였던 것으로 보아 충분히 타당성이 입증된다고 주장한다. 하지만 스트랫퍼드 파들은 적어도 셰익스피어의 작품 가운데 10편은 에드워드 드 비어가 사망한 1604년 이후에 쓰였다는 이유로 옥스퍼드 파의 주장을 반박한다.

---

2 옥스퍼드 파 : 옥스퍼드 백작이었던 에드워드 드 비어가 진짜 셰익스피어라고 주장하는 사람들을 옥스퍼드 파, 스트랫퍼드어펀에이번의 셰익스피어가 진짜 셰익스피어가 맞다고 주장하는 사람들을 스트랫퍼드 파라고 한다.

2. 셰익스피어의 시대—영국 르네상스 시대

셰익스피어는 엘리자베스 1세(Elizabeth I)와 제임스 1세(James I)가 다스리던 시대에 극작 활동을 하였다. 영국의 르네상스 시대라고 불리는 이 시기에 영국은 중앙 집권적인 절대 왕정 국가였다. 특히 엘리자베스 1세가 통치하는 동안 영국은 정치적으로 매우 안정되고 국력이 강해졌다. 오랜 치세 동안 여왕은 영국 국교회의 확립을 꾀하고, 로마 가톨릭교와 신교를 억압하여 종교적 통일을 추진했다.

또 고문인 윌리엄 세실과 함께 화폐 제도를 통일하고, 빈민 구제법을 시행하고, 상업을 중시하는 중상주의 정책을 도모하고, 해외 무역을 적극 권장하는 등 많은 경제 정책을 실시했다. 나아가 동인도 회사를 설립하고, 미국 1호주인 버지니아 식민지를 설립하여 식민 정책의 기초도 확립했다. 대외적으로는 1588년에 스페인의 무적함대라 불리는 아르마다 호를 무찔러 해상 주도권도 장악했다.

문화면에서도 영국 르네상스라고 불리는 황금시대가 도래하여 에드먼드 스펜서(Edmund Spencer), 프랜시스 베이컨 같은 학자와 문인들이 많이 배출됐다. 14~16세기에 유럽에서 일어난 르네상스 운동은 고대 그리스·로마의 문화를 이상적으로 여겨 이들을 부흥시킴으로써 새 문화를 창출해 내려는 운동이다.

영국은 섬나라인 까닭에 이탈리아에서 이미 14세기에 시작된 르네상스 운동이 대륙에 비해 뒤늦게 전해져, 엘리자베스 1세 때 르네상스기를 맞이

한다. 이때 호메로스, 오비디우스, 베르길리우스, 세네카, 플루타르코스 같은 고대 그리스와 로마 작가들의 많은 고전들이 영어로 번역되었다. 셰익스피어 같은 대작가가 탄생할 좋은 토양이 마련된 것이다.

셰익스피어 시대 작가들은 이들 고전 작가들을 칭송하고 그들 작품들을 훌륭한 글쓰기의 모범으로 삼았다. 셰익스피어도 이들 작가들에게서 지대한 영향을 받아 그들의 작품을 원전으로 삼아 극을 쓰기도 하였고, 그들의 극작 스타일로 극을 쓰기도 하였을 뿐만 아니라 작품 곳곳에서 많이 차용하기도 하였다.

엘리자베스 1세는 처녀 여왕으로서 후손 없이 사망하고, 그 뒤를 이어 스코틀랜드의 왕 제임스 6세가 영국의 제임스 1세로 즉위했다. 그렇게 해서 튜더(Tudor) 왕조가 끝나고 스튜어트(Stuart) 왕조가 시작되었다. 영국 왕에 등극 후 제임스 1세는 왕권신수설을 강력히 주창하며 절대 왕정을 추구했지만 스튜어트 왕조는 인기 없는 왕조였고, 제임스 1세는 의회와 많이 충돌했다. 이렇게 제임스 1세 치하 때는 사회의 모든 양상이 엘리자베스 1세 시절보다 불안정하고 암울했다.

셰익스피어 극도 엘리자베스 1세의 사망을 전후하여 극의 분위기가 크게 바뀐다. 나라가 안정되고 국력이 신장되던 여왕의 치세 동안에는 주로 영국 사극과 즐거운 희극들을 쓰지만, 여왕 말기인 1601년에 4대 비극의 하나인 『햄릿』을 쓰는 것을 기점으로 제임스 1세 시대에는 주로 비극을 쓴다. 셰익스피어의 문학적 감수성이 암울한 시대적 배경에 영향을 받아 4대 비극과 같은 위대한 걸작들을 탄생시킨 것이다. 희극도 이전의 즐겁고 유쾌한 낭만 희극(romantic comedy)과는 다른 어두운 극 혹은 문제극(dark comedy or problem comedy)이라고 불리는 작품들을 주로 쓴다.

엘리자베스 여왕 시대는 겉으로 보기에는 번창하고 안정된 시기였지만, 그 이면에서는 강력한 변화의 기운이 꿈틀대는 격동의 시대였다. 이 시기에는 교육, 종교, 과학 분야에서 그동안 정설로 받아들여지던 많은 주장들에 대한 의심과 회의가 일었다. 디어도어 스펜서(Theodore Spencer)는 이런 사회적 현상에 대해 다음과 같이 묘사한다.

모든 엘리자베스 시대의 사고의 틀이요, 기본 양식이던 우주적, 자연적, 정치적 질서에 대한 믿음이 의심으로 금이 가고 있었다. 코페르니쿠스는 우주 질서에 의심을 품었고, 몽테뉴는 자연 질서에, 그리고 마키아벨리는 정치 질서에 의문을 제기했다. 그 결과는 엄청난 것이었다.[3]

이렇듯 이 시대는 절대 진리라 여겨지던 것들에 대한 과감한 도전이 있었던 시대였다.

셰익스피어의 시대는 우리가 살고 있는 근대(modern)가 시작된 시기로, 농업 중심의 봉건 사회에서 상업과 무역을 중시하는 근대 상업 자본주의 시대로 전이되는 시기였다. 아직 중세의 세계관이 영국 사회를 지배

---

3 Theodore Spencer, *Shakespeare and the Nature of Man*, New York: Macmilan, 1961, 29쪽

하고 있었지만 자본주의의 새로운 사상과 사회 질서가 싹트고 있었다. 중세의 엄격한 계급 질서가 더 이상 유지되지 않고 상하 신분의 이동이 발생했다.

다시 말해, 신분이 세습되고 고정된 계급 구조를 지닌 봉건 제도에 묶여 있던 사람들은 이제 스스로의 노력 여하에 따라 자신의 계급이나 사회적 신분을 개선할 수 있고, 부와 권력을 창출할 수 있게 된 것이다. 기존의 귀족들 중에 가산을 탕진하고 몰락한 자가 있는가 하면, 상업으로 부자가 되어 토지를 구입하여 신흥 귀족이 된 사람들도 있었다.

종교관에도 변화가 생겨 성직자들의 매개 없이 개인이 신과 직접 소통할 수 있다는 급진적인 신교 사상이 빠르게 번졌다. 특히 엘리자베스 여왕의 아버지 헨리 8세가 로마 교황청의 간섭과 지배로부터 벗어나 영국 성공회를 창설한 뒤에 영국은 영국 국교, 로마 가톨릭교, 신교(청교도)로 나뉘면서 종교적 갈등이 심했다.

영국 국교회는 아직 뿌리를 깊숙이 내리지 못한 데 비해 국민들 다수가 1000여 년 동안 지속되어 온 로마 가톨릭교도였다. 그런가 하면 셰익스피어가 사망할 때쯤에는 청교도 사상이 사람들의 일상생활에 깊숙이 자리 잡았다. 결국 20여 년 뒤에 청교도 혁명이 일어난다.

이렇게 다양하면서도 서로 모순되는 여러 가치관이 충돌하던 대변화의 시대에 사람들은 혼란스러움을 느꼈을 것이다. 온 우주에 신이 정한 질서가 존재한다고 믿던 중세적 가치관이 흔들리면서 사람들은 불확실함 속에서 불안감도 느꼈을 것이다. 『리어 왕 *King Lear*』에서 글로스터 백작의 다음 대사도 그런 시대상을 논한 것이다.

글로스터 …(상략)… 사랑은 식고, 우정은 깨지고, 형제는 갈라선다. 도시에서는 폭동이, 시골에서는 불화가, 궁중에서는 역모가 일어난다. 부자간의 인연도 끊어진다. …(중략)… 아들이 아비를 배반한 것이다. 국왕 폐하도 이치에 어긋나는 행동을 하시어 아비가 자식을 저버린 거다. 우리는 아주 좋은 세상을 보고 살았으나 음모, 허위, 배신, 기타 온갖 파괴적인 무질서가 소란스럽게 무덤까지 우리를 따라온다. (1막 2장 103~111행)

이렇듯 점점 무너져 가는 전통적인 가치관과 질서에 대한 논의들이 셰익스피어 대사 속에 많이 담겨 있다. 결과적으로 볼 때 당대의 많은 사회적 긴장과 갈등들은 셰익스피어의 위대한 극들이 탄생할 좋은 토양이 되어 주었다.

3. 셰익스피어 시대 극장의 환경

셰익스피어를 제대로 이해하려면 당시의 무대 구조와 공연 방식, 그리고 관객들의 기호 등에 대해 어느 정도 알아야 한다. 대중 극작가로서 셰익스피어는 관객들의 기호와 반응에 민감할 수밖에 없었을 것이며, 당시의 무대 조건과 극장을 둘러싼 환경이 극작에 영향을 주었을 것이기 때문이다.

극장의 역설적 지위

셰익스피어 시대에는 요즘과 같이 유흥거리가 많지 않아 연극이 아주 인기 있는 유흥 중 하나였다. 당시 런던 근교에 산 사람들 중 15~20% 가량이 정기적으로 연극 관람을 하러 다녔던 것으로 추정된다. 하지만 당시의 극장에는 걸인이나 불량배들이 꼬이고 치안이 취약하며, 불법적이거나 무질서한 행동들이 발생했다. 또한 위생적으로도 페스트와 같은 전염병을 확산시킬 위험이 컸고, 도제들을 유혹하여 생산에 차질을 빚기도 하였다. 그래서 런던 시 당국은 런던 시내에 극장 건립을 허락하지 않아서 대부분의 극장들이 템스 강 이남에 세워졌다.

텅 빈 무대, 관객의 상상력에 호소하다

셰익스피어 시대의 극장은 요즘 극장과는 달랐다. 멋진 무대 장치도 없었고, 정교하고 사실적인 무대 배경도 없이 마당으로 튀어나온 텅 빈 돌출 무대에서 공연을 했다. 자연 채광 외에는 다른 조명도 따로 없어서 주로 오후 2시경인 밝은 대낮에 공연을 하였다. 따라서 많은 장면을 배우의 대사를 통해 관객의 머릿속에 상상력을 불러일으켜야 했다.

예를 들어 관객들은 화창한 대낮에 공연을 보면서 배우의 대사를 듣고 『로미오와 줄리엣』의 발코니 장면의 아름다운 밤을 상상해야 했고, 『리어왕』의 폭풍우 장면을 상상해야 했다. 『헨리 5세 *Henry V*』에 나오는 다음 프롤로그가 셰익스피어 극들이 어떻게 관객들에게 상상력을 요구했는지 잘 보여 준다.

부족한 점은 여러분들의 생각으로 짜 맞추어 보충해 주십시오.
배우는 각기 천 명 몫을 하고 있다고 생각해 주십시오.
머릿속으로 대군을 상상해 주십시오.
저희들이 말에 대해 말하면 군마들이 당당하게
대지를 딛고 서 있는 광경을 보고 계시다고 생각해 주십시오.

그래서 셰익스피어의 극을 보면 등장인물의 등장과 퇴장에 대한 언급 외 무대 지시문이 거의 없다. 가끔은 셰익스피어의 대사가 현대 독자들에게 너무 장황하게 느껴지기도 한다. 그건 대사가 아주 장황하던 고전극의 영향을 받은 탓도 있지만 요즘은 여러 가지 연극적 효과들로 나타낼 수 있는 것들을 모두 배우들의 대사로 전달했기 때문이다.

배우는 모두 남자

당시에는 여자들이 무대에 서는 것이 허용되지 않았다. 그래서 모든 배우들이 남자였으며, 여자 역은 변성기가 지나지 않은 소년들이 여장을 하고 연기했다. 셰익스피어의 많은 작품에 아버지는 등장하지만 어머니가 등장하지 않는 것도 어린 소년들이 엄마의 역할을 하기는 어려웠기 때문일 것이다. 또한 희극 작품에서 여자 주인공들이 남자 차림을 하고 길을 떠나는 얘기가 많이 나오는데, 그런 설정을 통해 결국 여자 역을 맡은 남자 배우가 남자 연기를 한 셈이다. 영국에서는 1662년이 되어서야 여배우가 무대에 서는 것이 허용되었다.

배우의 불안정한 신분과 후원제

당시의 배우들은 부랑아로 분류될 만큼 대단히 불안정한 신분이었다. 그 당시에 부랑아, 거지, 상이군인, 실업자, 매춘부 등은 런던의 브라이드웰(Bridewell) 감화원 같은 집단 수용소에 수용되었다. 그래서 배우들은 고위 공직자의 후원을 받아 그들 집에 속한 하인으로 신분의 보장을 받아야만 자유로이 공연하러 다닐 수 있었다.

엘리자베스 여왕 시대에는 셰익스피어가 속한 극단이 궁내부 대신이었던 헨리 케어리(Henry Carey)의 후원을 받아 '궁내부 대신 극단(Lord Chamberlain's Men)'이라고 불렸다. 그러다 제임스 1세가 왕위에 오른 뒤에는 그가 후원자가 되어 '왕의 극단(King's Men)'이 되었다. 이 극단은 1590년대 중반부터 1642년 청교도 혁명 이후 극장들이 폐쇄될 때까지 런던에서 가장 성공한 극단이었다.

극장 ─ 모든 사회 계층이 모이는 장소

당시의 극장은 지위가 아주 높은 사람들부터 신분이 낮고 가난하며 무식한 관객들까지 여러 계층의 사람들이 모이는 장소였다. 그래서 셰익스피어의 극에는 고상하고 수준 높은 내용도 있지만, 배움이 적은 사람들도 웃고 즐길 수 있는 내용들도 들어 있다. 이렇게 다양한 계층의 사람들 입맛에 골고루 맞춘 것이 셰익스피어가 인기를 오래 유지할 수 있었던 이유일지도 모른다. 특히 무대 주변의 서서 보는 싸구려 관람석의 관객들은 대부분 극의 내용이나 어려운 대사는 이해하지 못하고 그저 단순한 우스갯소리나 농담만 즐기러 왔을 것으로 추정된다.

『햄릿』이나 『헨리 4세 *Henry IV*』처럼 대단히 인기가 있던 극들은 심오한 철학적, 정치적 문제에 대한 논의와 함께 무식하고 자극적인 것을 추구하는 관객을 위한 흥미진진한 행위와 볼거리가 섞여 있는 극들이다. 이렇게 극장은 지배 세력과 피지배 세력이 모두 모인 공간이었기 때문에 셰익스피어는 정치적으로 중립적일 수밖에 없었을 테고, 귀족들의 고급문화와 서민들의 민중 문화가 뒤섞인 작품을 쓸 수밖에 없었을 것이다.

검열 제도와 셰익스피어 극의 보수성

♜ 당시 모든 극장 공연작들은 공연 전에 연희 담당관의 검열을 받아야 했다. 본래 궁에서 공연하는 극들만 검열을 했지만 갈수록 검열이 강화되어 여왕은 모든 연극에 대한 검열을 명령했다. 그러다 보니 당대의 극작가들은 적어도 표면적으로는 지배 이데올로기에 영합할 수밖에 없었고, 사회 풍자나 비난의 목소리는 비유적이고 우회적인 방식으로만 해야 했다.

20세기 후반에 등장한 신역사주의4 비평가들이 비판한 셰익스피어 극의 보수성은 연극을 둘러싼 여러 여건들, 즉 왕이나 귀족 계급의 후원과 국가 기관의 검열 등을 볼 때 피치 못할 결과였을 것이다. 이런 공연 환경은 셰익스피어가 정치적으로 일정 정도 보수성을 띠면서도 우회적으로 사회에 대한 풍자와 비판을 담아내는 역설적인 작품들을 쓰는데 영향을 주었을 것이다.

---

4 신역사주의 : 문화 비평가인 그린블랫(Stephen Greenblat)이 처음 사용한 문화 비평 용어이다. 프랑스의 철학자 미셸 푸코(Michel Foucault)의 영향을 받은 신역사주의자들은 모든 지식인들이 자신들이 살고 있는 시대의 지배 담론에서 자유롭지 못하다고 생각한다. 신역사주의자들은 셰익스피어가 당대 지배 계급의 이익에 봉사하면서 체제를 옹호하는 담론들을 생산 또는 강화, 확산했다고 평가했다.

글로브 극장(The Globe)

'지구 극장'이라는 뜻의 글로브 극장은 1599년에 리처드 버비지(Richard Burbage)와 커스버트 버비지(Cuthbert Burbage) 형제가 세웠다. 런던의 시 외곽 지역인 사우스워크(Southwark)에 세워진 이 극장은 8각형 모양이었으며, 수많은 셰익스피어 작품을 공연하는 본거지였다. 그리고 런던의 대표적인 극장 네 곳 중 하나로, 최대 3천 명의 관객을 수용할 수 있는 규모가 큰 극장이었다.

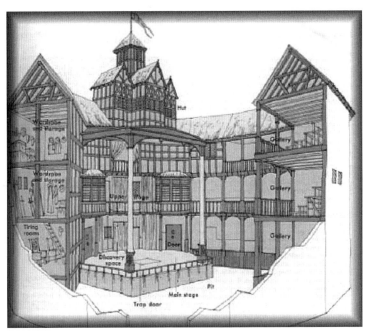

글로브 극장의 단면

글로브 극장은 관객석 위만 지붕이 있고 가운데 부분은 뻥 뚫린 야외극장이었다. 지붕이 있는 비싼 관람석에는 지위가 높은 귀족들이 앉았고, 돈이 없는 가난한 사람들은 1페니 정도만 내고 무대 주변의 마당에 서서 극을 보았다. 원래 연극을 위한 전용 극장이 생겨나기 전의 연극은 여인숙의 앞마당에서 주로 공연되었다. 그래서 글로브 극장은 여인숙 앞마당처럼 가운데 공터를 3층으로 된 객석이 둘러싸고 있다. 공터 한쪽에 돌출 무대가 있고, 서서 보는 싸구려 관람객(groundlings)이 무대 삼면을 둘러싸고 공연을 보았다. 그래서 셰익스피어 시대의 극장은 관객과 무대가 완전히 구분되어 있는 요즘의 극장과 달리, 관객과 배우의 관계가 훨씬 더 친밀했고 현실과 연극 사이의 경계도 모호했다.

블랙프라이어즈(Blackfriars) — 시설이 좋은 실내 사설 극장

1603년에 셰익스피어 극단이 블랙프라이어즈를 임대하면서부터 관객들이 분류되기 시작했다. 관람료가 더 비싼 사설 극장인 블랙프라이어즈는 좀 더 수준 높은 고급 관객들이 찾았다. 공공 극장의 입장료가 1페니(1/240 파운드)에서 6실링(1/20파운드)이었는데 비해, 사설 극장은 6펜스(1/40 파운드)에서 반 크라운(1/8파운드)이었다고 한다. 사설 극장은 수준 높고 고상한 관객의 기호를 충족시키기 위해 보다 정교한 배경이나 무대 장치를 사용하였기 때문에 새로운 극적 실험 등을 할 수 있었다.

예를 들어 셰익스피어의 후기극인 『폭풍우 *The Tempest*』에서 요정들이

하는 가면극이나 『심벨린 *Cymbeline*』에서 주피터가 독수리를 타고 나타나는 장면 등은 정교한 무대 장치를 요구하는 장면이었다. 셰익스피어는 이 극장의 고급 관객을 위해 로맨스 혹은 비희극이라고 불리는 귀족적인 새로운 레퍼토리들을 준비했다. 처음에 이 극장은 셰익스피어 극단의 겨울철 공연장이었으나 점점 야외극장은 인기가 떨어지고 낮은 계층의 기호만 만족시키다 사설 극장에게 인기를 빼앗겼다.

레퍼토리에 대한 끝없는 요구

상설 극장의 설립으로 인해 순회공연 시대와는 달리 레퍼토리에 대한 끝없는 요구가 있었기에, 이것이 영국 연극을 발전시키는 요인이 되었다. 당시의 연극은 대단히 인기가 있어서 극장들은 쉴 새 없이 새로운 공연을 무대에 올려야 했다. 한 작품의 평균 공연 횟수는 10회가 넘지 않았다고 한다. 결국 극작가들은 신속하게 레퍼토리를 제공하기 위해 두세 명의 작가들이 합작하는 경우도 있었고, 다른 극장에서 성공한 작품을 비슷한 내용에 몇 가지 새로운 내용을 덧붙여 개작하는 일도 흔했다.

셰익스피어는 극단의 그런 요구를 만족시키기 위해 신화나 성경, 역사책뿐만 아니라 민담이나 전설 등에서 유명한 영웅 이야기나 군주들의 이야기를 빌려 와 극작을 하였다. 하지만 셰익스피어는 원전을 그대로 사용하는 경우가 거의 없었다. 빌려 온 것은 이야기의 뼈대뿐이었고 원전을 자유롭게 압축, 생략, 추가, 혼합, 재배치하여 새로운 작품으로 만들어 냈다.

역사극에서도 극적 효과를 위해 역사를 자유분방하게 다루었다. 또 친숙한 이야기들에 담겨 있는 관습과 고정 관념을 깨뜨리는 방식으로 새롭게 재창조하여 새로운 인식과 사고를 유도했다. 따라서 셰익스피어 극의 출처에 대한 연구에서 중요한 것은 셰익스피어가 그 출처를 얼마나 따르고 있느냐가 아니라 어떻게 변형시키고 있는가에 있다. 그가 고의적으로 출처에서 일탈할 때 왜 그랬을까를 탐구하는 것이 그의 예술에 대한 이해를 제공하기 때문이다.

4. 셰익스피어 극의 시기별 특징

셰익스피어의 작품들은 시기별로 다른 특징을 보여 준다. 시기마다 중점적으로 집필하는 장르도 다르고, 같은 장르라 하더라도 시기마다 성격이 조금씩 달라진다. 따라서 셰익스피어 작품을 읽을 때는 그것이 어느 시기에 쓰인 작품인가를 살펴볼 필요가 있다. 셰익스피어의 작품 세계는 일반적으로 다음 네 시기로 분류하지만 학자마다 조금씩 의견이 다르기도 하다.

제1기(1590~1594) : 습작기

습작기라 불리는 이 시기의 극들은 후기 작품들에 비해 작품의 토대가 된 원전5을 기계적으로 따른다. 플롯은 치밀한 극적 구조 속에 통합된 것이 아니라 관련된 여러 사건들을 나열하고 있다. 언어도 등장인물의 심리 묘사나 사건의 진행에 직접적인 관련이 없는 경구(警句), 말장난, 미사여구, 장황한 수사들을 많이 사용한다.

『헨리 6세』가 셰익스피어의 첫 번째 극인데, 『리차드 3세 *Richard III*』도 이때 쓴 영국 역사극이다. 이 시기의 유일한 비극은 『타이터스 앤드로니커스

---

5 셰익스피어는 기존의 많은 역사서나, 신화, 다른 문학 작품에서 이야기를 빌려 와 재구성하였다. 셰익스피어가 빌려 온 원 작품을 '원전'이라고 한다.

Titus Andronicus』인데, 로마의 비극 작가 세네카(Seneca)의 영향을 많이 보여 주는 유혈 복수극이다. 이 시기에는 『실수 희극 *The Comedy of Errors*』, 『말괄량이 길들이기 *The Taming of the Shrew*』, 『베로나의 두 신사 *The Two Gentlemen in Verona*』, 이렇게 세 편의 희극을 썼다.

제2기(1595~1600) : 희극의 완성기

이 시기의 셰익스피어는 사극과 낭만 희극을 거의 완벽한 형태로 발전시킨다. 이때부터 셰익스피어의 창작력은 놀라울 정도로 발전하여 다양한 사건을 하나의 플롯 속에 짜 넣는 천재성을 발휘하기 시작한다. 즉 기존의 이야기들을 빌려 와 재구성하고 여기에 다채로움과 생동감을 부여한 것이다.

이 시기에 쓴 비극은 『로미오와 줄리엣 *Romeo and Juliet*』뿐인데, 후기 비극들에 비해 운명적 요소가 많고, 인물의 성격으로 인한 비극성은 아직 보이지 않는다. 또 이 시기에 쓴 영국 사극은 『리처드 2세 *Richard II*』, 『헨리 4세』 1·2부, 『헨리 5세』로 서로 이어지는 역사적 사실을 다룬 작품들이다.

셰익스피어는 이 시기에 젊은 남녀의 사랑을 그린 낭만 희극을 많이 썼다. 『한여름 밤의 꿈 *A Midsummer Night's Dream*』, 『헛소동 *Much Ado about Nothing*』, 『좋으실 대로 *As You Like It*』, 『십이야 *Twelfth Night*』, 『베니스의 상인 *The Merchant of Venice*』 등이 그 예이다.

위 낭만 희극과는 성격이 조금 다른 풍속 희극 『사랑의 헛수고 *Love's Labour's Lost*』와 가벼운 소극(素劇) 『윈저의 즐거운 아낙네들 *The Merry Wives of Windsor*』도 이 시기에 썼다. 로마 사극 『줄리어스 시저 *Julius Caesar*』는 희극기에서 비극기로 넘어가는 과도기인 1599년에 썼는데, 이 극에서는 이후 4대 비극에 나타나는 비극의 특징들이 엿보이기 시작한다.

제3기(1601~1608) : 비극기

엘리자베스 1세 말년부터 셰익스피어의 극 세계는 비극적 색채를 띠게 된다. 정치적 혼란상뿐만 아니라 아버지의 죽음이나 어린 아들의 죽음 같은 개인사가 셰익스피어의 비극에 영향을 끼쳤다고 주장하는 비평가도 있다. 예술적 절정기를 맞은 셰익스피어는 이 시기에 『햄릿』, 『맥베스 *Macbeth*』, 『리어 왕』, 『오셀로 *Othello*』 등 그의 가장 위대한 작품들을 대부분 썼다. 언어 구사력과 성격 창조에서도 크게 발전하여 천재 극작가로서의 면모를 갖추게 된다.

딸과 아내를 잃었다가 다시 상봉하는 내용의 『페리클레스 *Pericles*』를 제외한 이 시기의 모든 작품은 인생의 비극적인 면을 그렸다. 심지어 이 시기에 쓴 『끝이 좋으면 다 좋아 *All's Well that Ends Well*』, 『자에는 자로 *Measure for Measure*』, 『트로일러스와 크레시다 *Troilus and Cressida*』 같은 희극조차도 내용이 무겁고 심각해서 '문제 희극' 또는 '어두운 희극'이라 불린다. 이 밖에 그리스를 배경으로 한 비극 『아테네의 타이먼 *Timon of*

Athens』과 로마 사극 『안토니와 클레오파트라 *Antony and Cleopatra*』, 『코리올레이너스 *Coriolanus*』를 썼다. 이런 셰익스피어의 로마 사극들은 흔히 비극으로 분류된다.

제4기(1609~1613) : 로맨스 혹은 비희극의 시기

♟ 셰익스피어는 집필 마지막 시기에 세 편의 로맨스 극과 한 편의 사극을 썼다. 『심벨린』과 『겨울 이야기 *The Winter's Tale*』, 『폭풍우』, 이 세 극과 앞 시기에 쓴 『페리클레스』를 로맨스 극 혹은 비희극이라고 부른다. 이 극들은 비극적 상황이 진행되다가 갑자기 극적 반전이 일어나 죽은 줄 알았던 가족이 살아 돌아와 용서와 화해로 행복한 결말을 맞이하는 공통된 플롯을 지니고 있다. 그런데 등장인물들의 재회와 화해에는 현실감과 개연성이 부족하고 우연적 요소가 크게 작용하기 때문에 3기에 보여 준 치밀한 극구조는 찾아볼 수 없다.

이렇게 갑자기 습작 태도가 바뀐 것은 셰익스피어가 말년에 인생을 바라보는 태도가 바뀐 탓도 있고, 이 시기에 셰익스피어 극단이 임대한 사설 극장 블랙프라이어즈의 귀족 관객들의 기호에 맞춘 탓도 있다. 존 플레처(John Fletcher)와 함께 쓴 사극 『헨리 8세 *Henry Ⅷ*』와 『고결한 두 친척 *The Two Noble Kinsmen*』이 그의 마지막 작품이다.

5. 셰익스피어 극의 언어

셰익스피어를 흔히 언어의 마술사라고 한다. 그만큼 그의 대사는 아름다울 뿐만 아니라, 풍부한 비유, 함축적인 의미, 생생한 시각적 이미저리 등을 담고 있다. 게다가 그는 새로운 신조어도 많이 만들어 냈을 뿐 아니라 기존의 단어들을 조합하거나 새롭게 사용하여 영어를 매우 풍요롭게 만들었다. 그런데 셰익스피어의 언어는 옛날 말투인 데다 운문으로 된 대사가 많이 포함되어 있어서 일상 언어와 달리 이해하기가 어렵다. 따라서 셰익스피어를 잘 이해하려면 그의 언어적 특징을 먼저 이해해야 한다.

운문으로 된 대사

셰익스피어의 극에는 운문과 산문이 섞여 있지만 70% 이상이 운문이다. 셰익스피어는 등장인물의 신분, 직업, 성격에 따라 각기 다른 어투를 부여하고 있는데, 주로 고귀한 인물들의 언어는 운문으로, 신분이 낮은 인물들이나 희극적 인물들의 언어는 산문으로 되어 있다. 이는 당시 일반적으로 운문이 산문보다 수준 높고 고상한 것으로 여겼기 때문이다. 번역문에서 시처럼 중간 중간 끊어서 행갈이를 한 대사들이 운문이고, 그와 반대로 산문처럼 쭉 붙여서 쓴 부분은 산문이다.

셰익스피어는 등장인물의 사회적 지위에 따른 차이뿐만 아니라 특정한 극적 효과를 내기 위해서도 운문과 산문을 교차해서 사용했다. 예를 들어, 『로미오와 줄리엣』에서 베로나 시를 다스리는 에스컬러스 공작이 캐퓰릿 가와 몬태규 가의 싸움을 중지시키기 위해 등장했을 때, 싸움을 일으킨 자들을 꾸짖을 때는 산문을 사용한다. 그러나 잠시 뒤에 두 집안사람들에게 질서와 품위를 유지하라는 긴 연설을 할 때는 장중한 운문을 사용한다. 또한 4대 비극의 주인공들이 고결한 성품을 유지할 때는 운문으로 말을 하지만, 그들이 격정에 시달리거나 비이성적인 상태가 됐을 때는 산문으로 말한다. 이렇게 셰익스피어는 한 인물의 어투도 상황과 용도에 따라 변화를 준다.

무운시(無韻詩, blank verse)

셰익스피어는 운문 대사에서 주로 '무운시'라는 형식을 사용한다. 무운시란 약강 5보격이면서 압운(rhyme)을 사용하지 않는 것이다. 이를 좀 더 풀어서 설명하면 영시에서는 '약강'이든 '강약'이든 일정한 패턴의 운율 규칙을 사용하여 시에 리듬감과 음악성을 준다. '약강 5보격'은 약강의 운율 규칙을 가진 음보가 한 행에 다섯 개 들어 있는 것으로, 영시에서 가장 많이 쓰이는 운율이다. 햄릿의 가장 유명한 대사를 예로 들어 보자.

Tò bé òr nót tò bé thàt ís thè quéstion.
사느냐 죽느냐 그것이 문제로다.

이런 규칙이 조금씩 깨어질 때도 있지만 대부분의 운문 대사가 이 리듬을 지키고 있다.

다음으로 압운이란, 시에서 행의 끝부분 등에 같은 음을 반복해서 음악성을 주는 기법인데, 그 중 행의 끝부분에 같은 발음을 일정 규칙으로 쓰는 것을 각운이라고 한다. 역시 예를 하나 보자.

But passion lends them power, time means, to m<u>eet</u>,
Tempering extremities with extreme sw<u>eet</u>.

- 『로미오와 줄리엣』 중 2막의 코러스

위 인용문에서 각 행의 끝 음이 같은데, 이런 압운은 청각적으로는 아름답지만 시어를 선택할 때 상당한 제약을 받는다. 그래서 셰익스피어는 극 속에서 일부 대사만 빼고 각운을 맞추지 않았다. 약강 5보격으로 일정한 운율을 사용하여 리듬감을 주면서도 압운은 맞추지 않아 비교적 자유로운 형식이 바로 무운시인 것이다. 하지만 셰익스피어는 때에 따라서 두 행씩 각운을 맞추는 2행 연구 (couplet)를 사용하기도 했는데, 대체로 각 장 끝 대사에서 이 형식을 사용했다.

가끔 번역문을 보면 아래와 같이 편집이 이상한 형태를 띠고 있을 것이다.

로렌조
　　아름다운 부인들이여, 당신들은 굶주린 백성이 가는 길에
　　만나를 내려 주시는군요.
포샤　　　　　　　　　동틀 녘이 다 되었네요.

이건 로렌조의 둘째 줄과 포샤의 대사가 합쳐져야 약강 5보격의 한 행이 되기 때문에 이렇게 편집하는 것이다.

셰익스피어의 이미저리

무대 장치나 효과가 발달하지 못했던 당시 극장의 한계를 극복하기 위해 관객들의 마음속에 생생한 그림이 떠오르도록 사용한 뛰어난 이미저리도 셰익스피어 작품이 사랑받는 또 다른 이유이다. 셰익스피어는 어떤 한 사물을 다른 사물에 빗대어 설명하는 비유적 표현에 천재적인 능력을 발휘한 작가이다.

셰익스피어의 말장난(pun)

셰익스피어는 작품 속에서 우리의 사오정 시리즈 같은 말놀이를 자주 한다. 유머러스한 효과를 내기 위해 한 단어를 두 개 혹은 그 이상의 의미를 암시하도록 사용하는 말놀이를 통해 셰익스피어는 관객에게 웃음을 일으키기도 하고, 그 어떤 것도 고정된 하나의 의미가 있는 것이 아니라 다양한 의미로 해석이 가능하다는 것을 보여 주기도 한다. 이런 말놀이는 셰익스피어 시대 관중들에게 인기가 있었던 것 같다.

『리어 왕』을 읽기 전에

『리어 왕』을 더 잘 이해하기 위해 먼저 읽어 보세요!

　『리어 왕』은 셰익스피어가 완숙기에 쓴 위대한 비극 가운데 하나입니다. 셰익스피어는 특히 비극 장르에서 최고의 걸작들을 남겨 그것들을 4대 비극이라 일컫습니다. 『리어 왕』도 그 중 하나입니다. 수많은 셰익스피어 극들 중 최고라고 손꼽히는 작품들의 특징은 무엇이고, 어떤 점 때문에 최고라고 평가받는 것일까요? 그런 것을 이해하고 읽으면 이 극을 더 잘 이해할 수 있을 것입니다. 그러니 작품을 읽기 전에 필독해 주세요!

1. 셰익스피어 비극의 세계

셰익스피어는 38편의 극을 썼지만 무엇보다 비극 장르에서 최고의 걸작들을 남겼다. 셰익스피어 비극에서는 주인공의 중대한 과실에 의해 사회 질서가 무너지고, 사람들 삶은 극심한 혼란에 빠지며, 결국 주요 등장인물들이 거의 다 파멸하면서 극이 끝난다. 셰익스피어는 주인공들이 사회 질서를 무너뜨리는 원인으로 인간의 격정, 감정, 본능, 제어되지 않는 욕망 등을 제시하며 그것들에 대한 치밀한 탐구를 한다. 즉, 탐욕과 격정의 제물이 되는 나약하고 어리석은 인간들의 성격과 그로 인한 행동 양식을 탐구한 것이다. 그리고 이를 통해 인간 본성에 대해 근본적인 의문을 제기한다.

희극에서도 인간의 그런 속성을 그리고는 있지만 등장인물들이 그로 인해 죽음에 이르지는 않는다. 하지만 비극 속에서는 그 결과가 훨씬 파괴적이고, 그것들이 불러오는 혼돈과 무질서도 극단적이다. 후대 비평가들은 그 중 가장 훌륭한 극 네 편을 골라 4대 비극(The greatest tragedy)이라 불렀다. 흔히 『햄릿』, 『맥베스』, 『오셀로』, 『리어 왕』을 4대 비극이라 한다. 거기에 『로미오와 줄리엣』을 포함하여 5대 비극이라고도 한다.

셰익스피어 비극의 발달 과정

셰익스피어는 습작기인 제1기에 최초의 비극인『타이터스 앤드 로니쿠스』를 썼는데, 이 극은 여러 가지 면에서 로마의 비극 작가 세네카의 영향에서 벗어나지 못했음을 보여 준다. 고대 로마의 장군 타이터스 앤드로니쿠스의 복수극으로 강간, 신체 절단, 인육 등 선정적이고 잔인한 내용에서 세네카의 영향을 엿볼 수 있다.

셰익스피어가 희극을 많이 집필한 제2기에『로미오와 줄리엣』을 쓰는데, 이 극은 후기 비극들에 비해 운명적 요소가 많고, 플롯의 전개에 있어서도 우연의 요소가 많다. 그만큼 극적 구성이나 인물의 성격 묘사에서 완숙기에 보여 주는 원숙함은 보이지 않는다. 따라서 이 극이 누리는 대중적 인기는 그 어떤 극보다 높지만 셰익스피어의 위대한 비극에는 포함되지 않은 것이다. 로마 사극이지만 비극으로 분류되는『줄리어스 시저』는 제2기 말, 희극기에서 비극기로 넘어가는 과도기인 1599년에 썼다. 이 극에서는 인물이 지닌 성격적 결함 등 이후 4대 비극에 나타나는 비극의 여러 특징들이 나타나기 시작한다.

셰익스피어는 완숙기인 제3기에 4대 비극『햄릿』,『맥베스』,『리어 왕』,『오셀로』와 역시 비극으로 분류되는 로마 사극『안토니와 클레오파트라』,『코리올레이너스』를 몰아 썼다. 이 시기의 비극들에서 셰익스피어는 극적 응집력, 언어 구사력과 성격 창조에서 그의 천재적인 면모를 보여 주었다. 특히 비극을 불러오는 인간들의 여러 성격과 행동방식에 대한 통찰력이 놀라운 경지에 이른다.

"성격이 비극을 낳는다" — 르네상스 휴머니즘이 낳은 인간에 대한 통찰

♛　　그리스 로마 시대의 비극들은 주로 신탁을 통한 운명이 빚어내는 비극들이었다. 그 비극들에서는 신들의 노여움을, 혹은 타고난 운명을 피하지 못하는 인간들의 나약한 모습이 그려졌다. 하지만 중세 기독교 사회를 거쳐 르네상스 시대에 이르자 사람들의 관심은 이제 신에서 인간에게로 옮겨졌다. 휴머니즘, 즉 인본주의를 기치로 내세운 이 시기 문학, 철학, 예술의 중심에는 인간 자체에 대한 관심이 자리 잡았다.

셰익스피어 극들도, 특히 원숙기의 비극들은 개개인의 성격적 결함이 어떻게 잘못된 판단과 선택을 불러오고, 그것이 궁극적으로 어떤 비극을 가져오는지를 파고든다. 그런 선택을 하는 주인공들은 대부분 고귀한 인물이지만 한순간의 잘못된 선택으로 비극적 파멸을 맞게 된다. 그들이 그런 선택을 하는 것은 타고난 특정 성격 때문이기도 하고, 사악한 자들의 음모나 유혹에 휘둘린 탓이기도 하다. 『햄릿』 1막 4장에서 햄릿은 고귀함과 많은 미덕을 지닌 자들이 특정한 성품 때문에 어떻게 세상 사람들의 비난을 사게 되는지 통찰한다.

> 햄릿　개인들도 세상에 나올 때부터
> 　타고나는 약점 같은 것이 있지.
> 　인간의 탄생이 제 뜻대로 선택하는 것이 아니니
> 　이거야 물론 당사자의 잘못이라고 할 수는 없네.
> 　하지만 어떤 성질이 좀 지나쳐서

이성의 울타리를 허물기도 하고,

혹은 어떤 습관이 너무 지나치면

세상 사람들이 말하는 올바른 태도에서 벗어나게 되지.

이렇게 선천적이든 후천적이든

결점을 하나씩 짊어진 사람들은

아무리 순수한 미덕을 많이 가지고 있다 해도

그 특수한 약점 때문에 세상 사람들의 눈에는

타락한 존재처럼 보이는 걸세.

고귀한 성품을 지닌 인물도 티끌만 한 결점 때문에

사람들의 미움을 받고, 세상의 악평을 받게 되는 거지.

(1막 4장 23~38행)

특히 4대 비극이라 불리는 작품들에서는 이런 양상이 두드러진다. 햄릿, 리어 왕, 맥베스, 오셀로는 저마다 성격적 특징을 보여 주는데, 이것이 그들을 파멸로 이끌어 간다. 하지만 이런 묘사 속에서 셰익스피어는 인간의 다스릴 수 없는 본능과 격정을 비난의 시선으로 바라보는 것이 아니라 연민 어린 눈길로 바라본다. 또한 혼돈된 세계에서도 인간으로서의 본성을 지키고자 애쓰는 주인공들을 통해 인간성의 고귀함을 보여 주기도 한다.

시적 정의(poetic justice)의 부재

 셰익스피어 비극에는 선한 사람은 선한 만큼 보상을 받고, 악한 사람은 악한 만큼 벌을 받는다는 소위 권선징악의 시적 정의는 존재하지 않는다. 선이 악에 의해 파멸되고 악한 자들은 자기 덫에 걸려 파멸된다. 궁극적으로 비극에서는 선인이든 악인이든 주요 인물들이 거의 다 파멸을 맞이한다. 선한 인물들이 그들의 미덕 때문에 파멸당하는 셰익스피어의 플롯에 대해 후대 비평가들이 심하게 비난하기도 했고, 권선징악의 내용으로 개작하기도 하였다.

하지만 셰익스피어의 비극들은 그런 파국 속에서도 새로운 질서 회복에 대한 가능성이 제시되면서 막이 내린다. 등장인물들은 자신의 어리석음을 깨닫고 인지하면서 죽음을 맞이한다. 그래서 셰익스피어 비평가로 유명한 브래들리(A.C. Bradley)는 셰익스피어 비극의 궁극적 힘은 도덕 질서의 회복에 있다고 말한다.6

셰익스피어 비극이 주는 카타르시스

 우리는 비극 속 인물들의 파멸을 지켜보며 그들의 문제를 곧 우리 자신의 문제로 귀결시키게 된다. 아리스토텔레스는 『시학』에서

---

6 A.C.Bradley, Shakespearean Tragedy, London: Macmillan, 1985, 22~29쪽

이에 대해 '비극은 연민과 공포를 환기시키는 사건에 의하여 바로 이러한 감정의 카타르시스를 행한다.'고 표현했다. 후대 학자들은 아리스토텔레스가 말한 카타르시스란 용어를 '감정의 정화'라고 윤리적으로 해석하거나 아니면 '감정의 배설'이라고 의학적으로 해석하기도 했다. 현재 이 용어는 비극 속 주인공의 비참한 운명이 관객의 마음에 '두려움'과 '연민'의 감정을 유발시키는데, 그 과정에서 사람들의 마음이 순화된다고 하는 일종의 정신적 승화 작용을 가리키는 용어로 사용되고 있다. 셰익스피어 비극들도 관객이나 독자에게 이와 같은 작용을 하여, 우리는 그의 작품을 통해 우리의 격정이나 욕망의 통제가 필요함을 깨닫게 된다.

2. 『리어 왕』의 여러 원전들

셰익스피어는 다른 작품들에서도 마찬가지이지만 『리어 왕』도 여러 원전에서 이야기들을 빌려와 자기만의 독특한 구성으로 집필하였다. 우선 그는 영국 역사를 다룰 때 주로 원전으로 삼았던 라파엘 홀린셰드(Raphael Holinshed)의 『잉글랜드, 스코틀랜드, 아일랜드의 연대기 *Chronicles of England, Scotland and Ireland*』에서 극의 주요 뼈대와 등장인물의 이름을 비롯한 세부적인 사실들을 가져왔다.

그런데 셰익스피어는 역사적 사실을 극화할 때 역사적 사실에 얽매이기보다는 극적 구성을 위해 역사를 자유롭게 변형하거나 수정했다. 홀린셰드의 『연대기』에서는 리어 왕이 막내딸 코딜리어와 화해하고 왕위를 되찾은 뒤 2년 동안 나라를 다스리다가 세상을 떠난다. 그리고 부왕이 죽은 뒤 코딜리어가 왕위를 물려받아 통치하는데, 첫째 딸과 둘째 딸의 아들들이 반란을 일으키자 이에 절망한 나머지 코딜리어가 자살한다. 하지만 작품을 읽어 보면 알게 되겠지만 셰익스피어는 비극적 효과를 극적으로 만들기 위해 이런 역사적 사실과는 다르게 글을 썼다.

위 역사책보다 셰익스피어가 더 많이 참고했을 것으로 여겨지는 것이 같은 역사적 제재를 다룬 기존의 연극이다. 1594년에 작자 미상의 『레어 왕 *The True Chronicle History of King Leir*』이라는 극이 인쇄소에 등록된 바 있다. 따라서 이 극은 셰익스피어가 『리어 왕』을 쓸 때 참고한 중요한 원전 중 하나였을 것이다. 그런데 두 극의 내용은 사뭇 다르다. 『레어 왕』은 결말이 해피 엔딩이고 글로스터 백작과 두 아들의 곁이야기도 없다. 레어 왕은 리어 왕만큼 늙지도 않았고, 그처럼 격정, 분노, 광기도 보여 주지 않는다. 바보광대(Fool)도 등장하지 않는다. 한마디로 셰익스피어의 『리어 왕』보다 플롯이 훨씬 단순하고, 감정의 폭도 그렇게 과도하지 않으며, 비극미도 훨씬 덜한 편이다.

『리어 왕』에 나오는 곁이야기인 글로스터 백작과 두 아들 플롯은 선배 시인인 필립 시드니 경(Sir Philip Sidney)의 시 『아카디아 *The Arcadia*』의 제2권 10장에서 빌려 왔다. 서자의 모함으로 적자를 증오하다 결국 서자에 의해 왕위를 빼앗기고 눈까지 멀게 되는 피플라고니아의 왕 이야기, 그런 비참한 신세가 된 부왕의 자살을 막고 돌봐 주는 적자, 결국 동생을 몰아내고 왕위를 물려받는 이야기가 고스란히 담겨 있다.

이렇게 셰익스피어는 서로 다른 원전에서 빌려 온 전혀 별개의 두 이야기를 엮어 놀라운 극적 효과를 창출하고 주제를 강조하고 있다.

3. 셰익스피어 비극에 나타나는 광기 장면에 영향을 준 책

『리어 왕』에는 미치광이 흉내를 내는 에드거(Edgar)라는 인물이 등장한다. 그는 미친 척하기 위해 온갖 악귀에 씌었다고 주장한다. 그가 열거하는 악귀의 이름들은 모두 1603년에 출간된 사무엘 하스넷(Samuel Harsnett)의 『말도 안 되는 로마 가톨릭교의 사기극의 폭로 *A Declaration of Egregious Popish Impostures*』에서 나온 것들이다.

하스넷(1561~1631)은 종교에 관한 저술을 한 작가이자 1629년부터 요크 대주교를 역임하기도 한 학자이며 사제였다. 그는 영국 성공회의 공식 요청으로 1580년대에 버밍험쇼 덴함 지방의 가톨릭 사제들에 의해 공공연하게 행해진 구마 의식(驅魔儀式 : 사람이나 사물에서 악마를 내쫓는 의식)에 대해 조사하여 이 책을 저술하였다. 가톨릭교도들은 이 구마 의식을 기적의 행위로 여겼으나, 하스넷은 이를 사람들이 영국 국교로 개종하는 것을 막기 위한 사기 행각이었다고 주장했다.

하스넷의 이 책은 셰익스피어의 많은 극에 영향을 주었다. 특히 『리어 왕』에 가장 지대한 영향을 주었다. 광기의 원인, 미친 등장인물들의 증상이나 미치광이 연기를 하는 인물이 나열하는 악귀 이름 등 이 책에서 많은 것을 차용했다. 사제들이 악귀에 씐 사람을 의자에 묶어 놓고 하는 구마 의식을 연상시키는 장면들도 등장한다. 셰익스피어가 로마가톨릭의 구마 의식을 비판하는 하스넷의 주장에 동의하냐 아니냐를 놓고는 비평가들의 의견이 서로 다르지만 이 책에서 지대한 영향을 받은 것은 확실해 보인다.

4. 어릿광대(jester)의 전통

『리어 왕』에 나오는 바보광대(Fool) 같은 어릿광대는 셰익스피어 작품에 종종 등장하는 전문 익살꾼이다. 유럽에서는 왕족이나 귀족 집안에 유흥을 위하여 고용된 어릿광대들이 있었다. 어릿광대들은 엘리자베스 1세도 고용했을 정도로 셰익스피어 시대에 사회적으로 용인된 존재였으며, 표현의 자유가 거의 무한정 부여된 존재였다. 그들은 단순히 농담으로 주인의 기분을 맞춰 주는 역할만 한 것이 아니라, 날카로운 기지와 유머로 주인을 포함한 주변 사람들의 어리석음과 잘못을 꼬집어 내는 사회 비평가의 역할도 했다. 사회의 이면을 꿰뚫어 볼 줄 아는 능력을 지녔기 때문에 어릿광대 앞에 흔히 '현명하다(wise)'는 형용사를 붙이기도 한다.

그들은 연극 무대에도 종종 등장하여, 주요 등장인물들의 어리석음을 풍자하는 역할을 담당했다. 셰익스피어 작품에 나오는 대표적인 어릿광대로는 『십이야』의 '페스테(Feste)'와 『좋으실 대로』의 '터치스톤(Touchstone)' 등을 들 수 있다.

익살꾼 역할을 하는 비슷한 인물 유형으로 광대(clown)도 있는데, 셰익스피어 시대 어릿광대와 광대는 거의 동의어처럼 쓰이기는 하였지만, 몇 가지 점에서 차이가 있다. 어릿광대는 중심인물들의 사건에 밀접히 연루되어 있지만 광대는 다소 벗어나 있다. 따라서 광대의 익살은 중심 스토리에서 벗어나 커다란 반향을 불러일으키지 않지만, 어릿광대의 익살은 다분히 의도적이고 훨씬 비판적이며 풍자적이다.

5. '중세 봉건 사회'에서 '상업 자본주의 사회'로 — 대변혁기의 시대 양상

『리어 왕』에는 계약과 유대를 기초로 했던 중세 봉건주의 사회가 교환과 이익을 기초로 하는 자본주의 사회로 전이되는 영국 사회의 과도기적 갈등이 담겨 있다. 이 극이 기원전 8세기의 전설적인 왕의 이야기를 극화한 것이기는 하지만, 극 속에서 거론되는 시대상은 셰익스피어 당대의 사회 경제적 변혁기의 양상이다. 봉건 귀족과 근대 자본주의 시대의 신흥 부르주아 계급이 공존하는 시대를 살았던 셰익스피어는 이런 변화와 가치관의 혼란을 『리어 왕』에 재현했다.

영국은 근대화 과정이 유럽 대륙보다 빨랐고 사적 재산에 대한 개념도 먼저 발달했다. 그래서 마르크스나 베버는 영국을 자본주의의 요람으로 보았다. 영국이 이렇게 빨리 자본주의로 변화하게 된 데에 결정적 역할을 한 것은 중세 후기부터 진행된 인클로저(encloser)였다.

인클로저란 공동으로 이용되고 있던 중세 장원에 울타리를 치거나 담을 쌓아서 사유지임을 명시한 것이다. 인클로저 운동은 15세기 말부터 16세기 중엽에 걸쳐 대규모로 일어났다. 이것은 영주가 주로 양을 치는 목장을 만들기 위하여 농민의 이해를 무시하고 폭력적으로 경지와 공동지를 울타리나 담으로 두른 것이다. 양을 치는 일이 곡물 재배보다 적은 노동력으로 훨씬 높은 이윤을 보장해 주었기 때문이다. 그러나 토지를 잃은 농민들은 부랑인이 되어 전국을 떠돌아다녀 큰 사회 문제를 야기했다. 이런 인클로저는 자본주의의 이기적인 탐욕과 축적의 폐단을 보여 주는 전형적인 예이다. 토마스 모어(Thomas More)는 『유토피아』에서 '양이 사람을 잡아먹는다.'라든가, '탐욕스러운 자들의 국토의 노략질'이라는 표현으로 인클로저 행위를 비난했다.

『리어 왕』에서 봉건 귀족적 가치관을 지닌 구세대 인물들은 신흥 자본주의적 가치관을 지닌 인물들에게 밀려나 비극적 노정을 걷는다. 군신 간의 의무감, 부모 자식 간의 천륜과 같은 봉건적 유대(bond) 개념이 가치와 교환이라는 새로운 근대적 가치관에 의해 철저히 와해되면서 구세대 인물들은 심한 가치관의 상실을 경험하고 파멸한다.

리어 왕

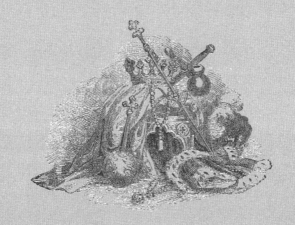

등장인물

리어 브리튼 왕

프랑스 왕

버건디 공작

콘월 공작 리건의 남편

올버니 공작 거너릴의 남편

켄트 백작

글로스터 백작

에드거 글로스터의 아들

에드먼드 글로스터의 서자

커런 조신

오즈월드 거너릴의 집사

노인 글로스터의 하인

의사

바보광대

에드먼드에게 고용된 군관

신사 코딜리어의 시종

전령

콘월의 하인들

거너릴

리건 ⎫ 리어의 딸들

코딜리어 ⎭

기타 리어의 수행 기사들, 군관들, 전령들, 병사들과 시종들

장소

브리튼

제1막

포드 막스 브라운, 〈코딜리아의 몫〉, 1866년, 레이디 레버 미술관 소장

제1장 리어 왕의 궁궐 안에 있는 접견실

켄트, 글로스터, 에드먼드 등장

켄트 저는 폐하가 콘월 공작보다는 올버니 공작을 더 총애한다고 생각했
습니다.

글로스터 늘 그렇게 보였는데, 이제 왕국을 분배하신 것을 보니 두 공작
님 중 어느 분을 더 높이 평가하시는 것 같지는 않습니다. 두 분 몫이
워낙 똑같아서 아무리 따져 보아도 어느 쪽이 더 낫다고 하기가 어렵   5
습니다.

켄트 저 친구는 경의 아들 아닙니까?

글로스터 저 아이의 양육은 제가 책임져 왔지만 저 애가 제 자식임을
인정할 때마다 얼마나 얼굴을 붉혀 왔는지, 이제는 아무렇지도 않습
니다.   10

켄트 무슨 말씀인지 이해할 수가 없군요.

글로스터 경, 저 애 어미는 그리할 수 있었지요.1 그 여자는 남편을 맞기
도 전에 배가 불룩해지더니 요람에 누일 아들을 낳았답니다. 제가 어
떤 실수를 했는지 짐작이 가십니까?

켄트 실수의 결과가 이렇게 번듯하다면 그런 실수를 안 하길 바랄 수
없겠는데요.

글로스터 하지만, 경, 저 애보다 한 살쯤 위인 적자 아들 놈이 있는데,
그 애가 더 귀한 것 같지도 않습니다. 저 녀석은 나오라고 하기도 전에
건방지게 이 세상에 나왔지만, 저 애 어미는 예뻤지요. 그래서 저 애를
만들 때 상당히 재미를 본 터라 비록 서자지만 인정하지 않을 수 없습
니다. 에드먼드야, 이 어르신을 아느냐?

에드먼드 모릅니다, 아버님.

글로스터 켄트 경이시다. 이제부터 아비의 존경하는 친구분으로 기억하
거라.

에드먼드 어르신께 충심을 다하겠습니다.

켄트 내 자네를 아껴줄 테니, 잘 알고 지내세.

에드먼드 어르신 호의에 어긋나지 않도록 하겠습니다.

글로스터 이 애는 9년 동안 나가 있었는데
다시 떠날 겁니다. 폐하께서 납시는군요.

---

1 저 애 어미는 그리할 수 있었지요 : conceive라는 단어는 '생각하다'란 뜻과 '임신하다'
란 뜻을 갖고 있는데, 글로스터는 이 다의성을 이용하여 말장난을 하고 있다. "I cannot
conceive you."라는 켄트의 말은 'conceive'를 '생각하다'란 의미로 사용했는데, 글로스
터는 '임신하다'란 뜻으로 대답하고 있다.

나팔 소리. 왕관을 든 사람, 리어 왕, 콘월, 올버니,

거너릴, 리건, 코딜리어와 시종들 등장

리어   글로스터 경, 프랑스 왕과 버건디² 공작을 모셔 오게.

글로스터   네, 폐하.   (글로스터와 에드먼드 퇴장)

리어   그동안 과인은 마음속 계획을 밝히겠노라.   35

거기 지도를 이리 달라. 과인은 왕국을 삼분해 두었으니

그리 알라. 과인은 노년에 근심거리와 국사를 다

떨쳐 버리고, 그것을 보다 혈기 왕성한 자들에게

맡기고, 짐을 벗고 죽음을 향해 가고자

굳게 마음먹었다. 내 사위 콘월 공작,   40

그리고 그에 못지않게 총애하는 사위 올버니 공작,

과인은 차후 있을 수 있는 분쟁을 미리 막기 위해

딸들에게 나눠 줄 지참금을 지금 공포하겠다.

과인의 막내딸의 사랑을 차지하려는

위대한 경쟁자들인 프랑스 왕과 버건디 공작이   45

오랫동안 과인의 궁정에 머물면서 구애하고 있는 터,

이 자리에서 그 답을 듣게 될 것이다. 말해 보아라, 내 딸들아.

(이제 과인은 통치권과 영토의 이권,

---

2 버건디 : 프랑스 부르고뉴 지방을 영국식으로 이렇게 쓴다. 지금은 부르고뉴가 프랑스
  영토이지만 이 극의 배경이 되는 시대에는 독립 왕국이었다.

국사를 다 털어 버리려고 하니)3

50 너희들 중 누가 과인을 제일 사랑한다고 말하겠느냐?

개인적인 미덕에 천륜에 따른 효성이 가장 지극한 자에게

가장 큰 은혜를 베풀 것이다. 과인의 첫째 딸,

거너릴아, 먼저 말해 보아라.

거너릴 폐하, 저는 말로 표현할 수 없을 만큼 아바마마를 사랑하옵니다.

55 시력, 움직일 수 있는 공간과 자유보다 더 사랑하옵고,

값비싸고 희귀하게 여겨질 것들을 능가하고,

은총, 건강, 아름다움, 명예를 갖춘 목숨 못지않고,

자식이 부모에게 바치고, 아비가 받아 온 그 어떤 사랑 못지않은,

숨결을 무색케 하고, 말로 표현할 수 없는 사랑,

60 그 모든 비교를 능가할 만큼 아바마마를 사랑합니다.

코딜리어 (방백) 코딜리어는 뭐라 하지? 사랑할 뿐,

말하지는 말자.

리어 너를 그늘진 숲과 비옥한 평야,

풍부한 강과 드넓은 목초지가 있는

이 경계선에서 이 경계선에 이르는 이 모든 영토의

65 여주인으로 만들어 주겠다. 이것은 영원히 너와

올버니 자손들의 것이다. 과인이 지극히 사랑하는

---

3 (이제 과인은 ~ 버리려고 하니) : 현재 가장 많이 읽는 아든 판본은 셰익스피어 생전에
나온 사절판본과 사후에 나온 이절판본을 참고로 후대 학자들이 재편집한 판본이다.
지금 이 부분의 괄호는 이절본에는 있으나 사절본에는 없는 내용임을 표시한 것이다.

둘째 딸이자 콘월의 아내인 리건아, 너는 뭐라 말하겠느냐?

리건 저도 언니와 같사오니 언니처럼 베풀어

주십시오. 제 진심을 들여다보니

언니가 아바마마에 대한 저의 사랑을 다 말하였습니다.   70

다만 좀 부족할 따름입니다. 가장 정교한 감각이

가져다주는 다른 모든 기쁨들은

저의 적이라고 단언하옵니다.

저는 오직 아바마마의 지극한 사랑 안에서만

행복하옵니다.

코딜리어 (방백) 그럼 코딜리어는 초라하네!   75

하지만 그렇지 않아, 분명 내 사랑은

말로 표현할 수 있는 것보다 깊은 거니까.

리어 너와 너의 자손들에게 영원히

그 넓이에 있어서나, 효용성에 있어서나,

기쁨을 주는 데 있어서나 거너릴에게 준 것에 못지않은

이 아름다운 왕국의 삼분의 일을 영원히 세습시켜   80

주겠다. 자, 이제 과인의 낙으로,

막내딸이지만 언니들 못지않고, 젊은 너의 사랑을 얻기 위해

프랑스의 포도나무와 버건디의 포도주4가

----

4 프랑스의 포도나무와 버건디의 포도주 : 프랑스 왕과 버건디 공작을 가리킨다. 이때 셰익
스피어는 "milk of Burgundy"라고 쓰는데 이 milk는 우유가 아니라 와인을 말한다. 에라
스무스가 부르고뉴의 와인을 "남성들의 우유"라 비유했기 때문에 이렇게 쓴 것이다.

서로 다투고 있는 너는 언니들의 것보다 더 풍요로운

85   삼분의 일을 얻기 위해 무어라 말하려느냐? 말해 봐라.

코딜리어 드릴 말씀이 없습니다, 폐하.

리어 없다고?

코딜리어 없습니다.

리어 아무것도 없는 곳에선 아무것도 나오지 않는 법,5 다시 말해 봐라.

90   **코딜리어** 불행하옵게도 저는 마음속 생각을

입으로 표현 못 하겠습니다. 저는 자식 된 도리만큼

폐하를 사랑할 뿐이옵니다.

리어 어찌 그럴 수 있느냐, 어찌, 코딜리어야! 네 말을 좀 고쳐 봐라.

네 행운을 손상시키지 않게 말이다.

코딜리어   폐하, 폐하께서는

95   저를 낳아 주시고, 길러 주시고, 사랑해 주셨습니다. 이제

저는 그에 합당하게 그 은혜에 보답하여

복종하고, 사랑하고, 아주 존경하옵니다.

아바마마만을 사랑한다고 하면서 언니들은

왜 남편을 맞았습니까? 만약 제가 결혼하면

100   제가 결혼 서약을 한 분은 제 사랑의 반을,

걱정과 의무의 반을 가져갈 것입니다.

----

5 아무것도 없는 곳에선 아무것도 나오지 않는 법 : 리어의 이 대사에서는 자본주의의 냉
 혹한 교환 개념을 엿볼 수 있다.

저는 아바마마만 사랑하면 결코 언니들처럼

결혼하지 않을 것입니다.

리어 그게 진심이냐?

코딜리어   그렇사옵니다, 폐하.

리어 어린것이 어찌 그리 매정하냐?   105

코딜리어 폐하, 어리지만 진실한 것입니다.

리어 그렇다면 좋다. 너의 그 진실함을 결혼 지참금으로 삼아라.

성스러운 태양빛,

헤카테와 밤의 모든 신비로움,

우리의 생사를 좌우하는   110

온갖 천체의 운행에 맹세코,

나는 아비로서의 모든 책임,

근친 관계와 혈육 관계를 끊을 것을 선포한다.

지금부터 영원히 너를 내 마음과 나 자신과 무관한

사람으로 생각할 것이다. 야만스런 스키타이6 사람이나   115

식욕을 채우기 위해 제 자식을 잡아먹는 자를

한때 내 딸이었던 너보다 내 가슴에

더 가까운 이웃으로 생각하고,

동정하고 도와줄 것이다.

---

6 스키타이 : 러시아 대평원의 패권을 장악했던 유목 기마 민족이다. 주위 민족들과 수많
  은 전쟁을 벌이며 학살과 약탈을 했기 때문에 고대인들은 스키타이를 야만족이라고 비
  난했다. 헤로도토스는 『역사』에 그들의 잔인함과 대담무쌍한 풍습에 대해 묘사했다.

켄트　　　　　　　폐하, ─

120 **리어**　입 다물라, 켄트!

　　　　용7과 그 분노의 대상 사이에 끼어들지 마라.

　　　　나는 저 애를 가장 사랑해서 나의 여생을

　　　　저 애의 다정한 보살핌에 맡기려고 했다.

　　　　내 눈앞에서 썩 물러가라!

125　　이제 저 애와의 부녀간의 정을 끊었으니 무덤만이

　　　　내 안식처다! 프랑스 왕을 데려와라, 누가 가겠느냐?

　　　　버건디 공작을 데려와라. 콘월과 올버니,

　　　　두 딸의 지참금에다가 셋째의 것도 가져라.

　　　　저 애는 스스로 솔직함이라고 하는 자만심과 결혼하게 해라.

130　　나는 나의 권력과 최고의 지위, 그리고 왕위에 수반되는

　　　　온갖 것을 그대들에게 공동으로 물려주겠다.

　　　　과인은 그대들이 부양해 줄 기사 백 명을 거느리고

　　　　정해진 순서에 따라 한 달씩 번갈아 가면서 그대들의 집에

　　　　머물 것이다. 과인은 오로지 국왕의 명칭과

135　　거기에 따른 경칭만을 지닐 것이다. 국가의 통치권,

　　　　국고 수입, 그 외의 집행권은, 친애하는 사위들이여,

　　　　그대들 것이다. 그 증거로 이 왕관을

　　　　나누어 쓰도록 해라.

----

7 용 : 리어가 화가 난 자신을 용에 비유한 것이다.

켄트   리어 왕이시여,

　소신이 국왕으로 항상 우러러 모시고,

　아버지처럼 경애하고, 주군으로 모셔 왔으며,   140

　기도할 때마다 후견자로 여겼던, ―

리어　활시위를 당겼으니 그 화살에 맞지 않도록 조심해라.

켄트　차라리 쏘아 주십시오. 화살촉이 제 심장으로

　뚫고 들어온다 해도. 리어 왕이 제정신 아니시니

　켄트는 무엄해질 것입니다. 노인이여, 무슨 짓을 하시는 겁니까?   145

　권력이 아첨에 굴복할 때 신하 된 도리가 바른 말 하기를

　두려워하리라 생각하십니까? 왕이 어리석음에 빠졌을 때는

　직언하는 것이 명예로운 행동입니다. 왕권을 보존하십시오.

　그리고 심사숙고하시어 이런 해괴망측한 경솔한 행동을

　멈추십시오. 목숨 걸고 말씀드리건대,   150

　막내따님께서 폐하를 가장 적게 사랑하시는 것도 아니옵고,

　목소리가 낮아 빈 통처럼 울리지 않는다고 해서

　마음이 빈 것도 아니옵니다.

리어   켄트, 네 목숨을 걸고 말하노니 그만 하라.

켄트　저는 제 목숨을 폐하의 적과 싸우기 위한 담보물로만

　여기니 폐하의 안위를 위해서라면   155

　그것을 잃을까 두렵지 않습니다.

리어   내 눈앞에서 썩 사라져라!

켄트　리어 왕이시여, 좀 더 잘 보소서. 그리하여 소신으로 하여금

폐하 눈의 진실한 흰자위로 남아 있게 하소서.

리어　아니, 아폴로 신을 두고 맹세코 ―

켄트　　　　　　　　　　아니, 아폴로 신에 맹세코, 폐하.

여러 신을 두고 맹세하셔도 소용없습니다.

160　**리어**　　　　　　　　　아, 이 종놈이! 이 못된 놈!

　　　　　　　　　　　　　　　　　　　(칼에 손을 대며)

올버니·콘월　폐하, 참으십시오.

켄트　의사를 죽이시고 사악한 질병에게

보수를 주십시오. 양도를 철회하십시오.

그렇지 않으면 목구멍으로 소리를 낼 수 있는 한

폐하께서 잘못하셨다고 말할 것입니다.

165　**리어**　　　　　　　　　들거라, 이 역적 놈아!

신하의 의무를 잊지 않았다면 내 말을 들어라!

네놈은 과인이 한 맹세를 깨게 하려고 하나

이는 감히 있을 수 없는 일. 그리고 너무도 오만하게

과인의 권력과 선고 사이에 끼어들어 실행하지 못하게 하니

170　이는 과인의 천성으로 보나 지위로 보나 참을 수 없는 일,

과인의 권위를 세우기 위해서라도 그 벌을 받아라.

세상의 재난으로부터 자신을 보호할

준비 기간으로 닷새를 주겠다.

엿새째 되는 날에는 과인의 왕국으로부터

175　그 보기 싫은 등을 돌려라. 만약 지금부터 열흘 뒤에도

추방당한 네놈의 육신이 과인의 영토에서 발견되면

그 순간 너는 죽게 될 것이다. 썩 사라져라! 주피터 신에 맹세코

이 선고는 절대 철회되지 않을 것이다.

켄트 안녕히 계십시오, 왕이시여. 폐하 뜻이 그러하오니

이 나라에 자유는 사라지고 추방만이 깃들 것입니다.   180

(코딜리어에게) 올바르게 생각하시고 지극히 바르게 말씀하신

공주님, 신들께서 공주님을 좋은 안식처로 인도할 것입니다!

(거너릴과 리건에게) 두 분의 거창한 말씀이 행동으로 입증되어

사랑의 말씀으로부터 좋은 행동이 나오기를 바랍니다.

아, 공작님들! 이렇게 켄트는 작별 인사드립니다.   185

그는 새 나라에서 늘 하던 방식으로 살 것입니다.   (퇴장)

나팔 소리. 글로스터, 프랑스 왕, 버건디 공작,

시종들과 함께 등장

글로스터 프랑스 국왕과 버건디 공작님이 오셨습니다, 폐하.

리어 버건디 경,

과인의 딸의 사랑을 얻기 위해 이 프랑스 왕과

겨루어 온 경에게 먼저 말하겠소. 경은 저 애와 함께   190

당장 받아 갈 결혼 지참금으로 얼마를 원하시오,

그리고 그에 못 미치면 청혼을 포기하시겠소?

버건디   지엄하신 폐하,

소신은 폐하께서 이미 제시하신 것 이상은 바라지 않사오며

폐하께서 그 이하를 주시지도 않을 것이옵니다.

리어   고결한 버건디 경,

저 애가 과인에게 귀중한 존재였을 때는 그리 여겼소만

이제 저 애 값은 떨어졌소. 경, 저 애가 저기 서 있소.

저 보잘것없는 것에는 과인의 미움 외에는

아무것도 없으니,

그래도 경의 마음에 들거든

저기 있으니, 데려가시오.

버건디   뭐라 대답을 드려야 할지 모르겠습니다.

리어   저 애가 가지고 있는 약점에다가

자기편도 하나 없고 새로이 과인의 미움까지 사서,

결혼 지참금이라곤 내 저주뿐이고, 내가 서로 남남이 되기로 맹세한

저 애를 택하겠소, 아니면 버리겠소?

버건디   용서하십시오, 폐하.

그런 조건이라면 택할 수 없사옵니다.

리어   그럼 저 애를 버리시오. 날 창조하신 신을 두고 맹세코

저 애 재산은 그게 전부요. (프랑스 왕에게) 위대한 왕이여,

나는 그대 호의를 벗어나 미워하는 딸과 결혼시키고

싶지 않소. 그러니 부디.

자연의 여신도 자신의 창조물이라고 인정하기를

부끄러워할 이 못난 애보다는 더 나은

여인을 사랑하시오.

프랑스 왕   정말 이상한 일입니다.

지금껏 폐하의 극진한 사랑의 대상이요,

칭찬의 주제이고, 폐하 노년의 위안이었으며,

가장 사랑하고, 가장 끔찍이 아끼셨던 공주님이 그 짧은 사이에   215

무슨 해괴한 죄를 저질러서 그토록 여러 겹이었던

총애를 잃게 되셨는지. 분명 공주님의 죄가

천륜에 어긋난 망측한 것이거나

아니면 이전에 맹세하신 폐하의 애정이

식은 것이온데, 공주님께 그런 일이 있으리라고 믿는 것은   220

기적이 일어나지 않는 한 이성적으로는 도저히

믿을 수 없는 일이옵니다.

코딜리어   간청하옵니다, 폐하.

(뜻하는 바가 있으면 말하기 전에 실행할 것이기 때문에,

실행할 생각 없이 말만 하는 입담 좋고 번지르르한 화술이

부족한 탓이면,) 세상에 그리 밝혀 주십시오.   225

제가 폐하의 은총과 사랑을 잃은 것이

사악한 결함, 살인이나 추악한 행동,

정숙치 못한 행동, 혹은 불명예스러운 행보 때문이 아니라,

없어서 더욱 풍족해지는, 즉 늘

구걸하는 눈과, 가지고 있지 않아   230

폐하의 총애를 잃었으나, 없어서 오히려

기쁜 그런 혀가 없기 때문이라는 것을.

리어   나를 더 기쁘게

해주지 않을 거라면 태어나지 않는 편이 나았어.

프랑스 왕 오직 그 때문입니까? 하고자 하는 일을

235   일일이 말하지 않는

게으른 천성? 버건디 경,

공주님에 대해 어찌 말하시겠소? 사랑이

그 핵심과 동떨어진 관심과 섞이면

그건 사랑이 아니오. 공주님과 결혼하시겠소?

공주님은 공주 자신이 지참금이오.

240   **버건디**   폐하,

폐하께서 제안하셨던 만큼만 주시면

소신은 이 자리에서 코딜리어 공주님을 맞이하여

버건디 공작 부인으로 삼겠습니다.

리어 아무것도 못 주오. 맹세를 했고, 난 확고부동하오.

245   **버건디** 유감이오나, 그렇다면 공주님께서는 아버님을 잃었듯이,

남편도 잃어야겠습니다.

코딜리어   버건디 경은 입을 다무시오!

세상의 지위와 재산이 저분의 사랑이라면

저는 그의 아내가 되지 않을 것입니다.

프랑스 왕 너무 어여쁘신 코딜리어 공주님, 가난하나 지극히 부유하고,

250   버림받았으나 아주 귀하고, 멸시당했으나 가장 사랑받을 분!

그대와 그대의 미덕을 이 자리에서 내가 차지하겠소.

버려진 것을 갖는 게 적법한 일이길.

참으로, 신들이시여! 저들의 싸늘한 멸시로부터 내 사랑이

불붙어 격렬한 존경심을 불러일으키다니 신기하옵니다.

왕이시여, 제 행운이 된 폐하의 지참금 없는 따님은   255

저와 우리 백성, 그리고 아름다운 프랑스의 왕비이십니다.

물기 넘치는 버건디[8]의 공작들이 다 몰려와도

이 값을 매길 수 없을 만큼 귀중한 공주님을 사지 못할 것입니다.

코딜리어, 인정 없는 사람들이지만 저들과 작별 인사를 하시오.

공주는 더 좋은 곳을 얻기 위해 이곳을 잃은 것이오.   260

리어　프랑스 왕이여, 그대가 저 애를 택했으니 그대 것이오.

과인에게는 그런 딸도 없고, 두 번 다시

얼굴도 보지 않을 테니. 과인의 은총도,

호의도, 축복도 없이 떠나시오.

자 갑시다, 버건디 공작.   265

　　　(나팔 소리. 리어, 버건디, 콘월, 올버니, 글로스터와 시종들 퇴장)

프랑스 왕　언니들에게 작별 인사를 하시오.

코딜리어　아바마마의 보석이신 언니들, 눈물 젖은 눈으로

코딜리어는 떠납니다. 저는 언니들을 잘 알아요.

그러나 동생으로서 언니들의 결점을 있는 그대로

---

8 물기 넘치는 버건디 : 여기서 물기 넘친다는 것은 와인이 풍부하다는 뜻이다.

270 말하기는 싫습니다. 아버님을 잘 보살펴 주세요.

사랑한다고 말한 언니들의 마음에 아버님을 맡깁니다.

그러나 아! 내가 아버님의 사랑을 잃지 않았다면

그분을 좀 더 좋은 곳에 부탁할 텐데.

그럼 언니들 잘 있어요.

리건 우리 의무에 대해 이래라저래라 하지 마라.

275 **거너릴**   네 남편이나

만족시키려고 애써라, 운명의 여신의 자비로

너를 받아 주신 분이니. 너는 고분고분하지 못하니

네가 초래한 그런 곤란을 당해 마땅해.

코딜리어 세월이 흐르면 감추어진 술책이 드러날 겁니다,

280 허물을 덮어 주는 세월도 언젠가는 그걸 드러내 창피를 주지요.

잘 사시길 바라요!

프랑스 왕   자 갑시다, 어여쁜 코딜리어.

(프랑스 왕과 코딜리어 퇴장)

거너릴 얘야, 우리 둘 다에 해당하는 일로 의논할 게 적지 않다. 오늘
밤 아버님이 이곳을 떠나실 것 같다.

285 **리건** 분명 그러실 거예요. 언니와 갈 거고 다음 달에는 우리에게 오시겠죠.

거너릴 너도 아버님 연세이면 얼마나 변덕이 심한지 잘 알지. 우리가 목
격한 것만도 적지 않아. 아버님은 늘 막내를 제일 아끼셨는데 그렇게

290 어리석은 판단으로 그 애를 내친 건 너무 무모한 것같아.

리건 그게 바로 노망이죠. 하지만 아버님은 늘 자신을 잘 모르셨어요.

거너릴 한창 판단이 아주 바르실 때도 성질이 급하셨는데 이제 나이가

드셔 오랜 세월에 걸쳐서 고질이 된 결점뿐만 아니라 노년에 이르러서   295

몸이 쇠약해지고 성미가 까다로워지면서 생긴 제멋대로의 외고집도

우리가 감당해야 할 것 같다.

리건 켄트의 추방과 같이 그런 변덕스런 화를 우리도 언제 당할지 모르

지요.   300

거너릴 프랑스 왕과 아버님 사이에는 더 많은 작별 의식이 있을 거야.

우리 함께 대처하도록 하자. 아버님이 갖고 계신 기질대로 권세를 부

리면 이번 그분의 통치권 양도는 우리에게 해만 될 거야.   305

리건 그 문제에 대해 좀 더 생각해 보도록 해요.

거너릴 무슨 조치를 취해야 해, 그것도 서둘러서.   (모두 퇴장)

제2장 글로스터 백작의 성

에드먼드, 편지를 들고 등장

에드먼드 자연이여, 그대는 내가 섬기는 여신, 그대의 법칙에

난 순종하기로 했다. 무엇 때문에 내가

관습에 얽매여 국가의 까다로움 때문에

권리를 박탈당하게 놔둔단 말인가,

형보다 열두 달 혹은 열네 달 달빛을 덜 받았다는   5

이유 때문에? 왜 천출이란 말인가? 왜 천하단 말인가?

정숙한 여자의 자식 못지않게 내 몸도

반듯하고, 정신은 고매하고, 외모는

아버지와 비슷한데? 왜 우리를 천하다고 하는가?

10 천출이라고? 서출이라고? 천해, 천하다고?

남모르게 행한 본능적인 욕정 속에서

지루하고, 진부하고, 싫증나는 잠자리에서

비몽사몽 간에 만들어진

바보 무리들보다 더 멋진 육신과 더 강렬한 성정을

15 취한 우리가? 자, 그러니

적자 에드거여, 내가 그대 땅을 차지해야겠다.

아버지의 사랑은 적자에게나 서자인 에드먼드에게나

같아야지. '적자'라, 참 좋은 말이지!

자, 적자여, 만일 이 편지가 효과를 발휘해

20 내 계획이 성공하면 서자 에드먼드가

적자를 밟고 설 것이다 — 나는 자란다. 나는 번창한다.

신들이시여, 이제 서자 편이 되어 주소서!

글로스터 등장

글로스터 그렇게 켄트 백작은 추방당했다! 프랑스 왕도 화가 나

떠났고! 폐하도 어젯밤 떠나셨다! 권력을 축소하시고!

용돈만 받기로 하시고! 이 모든 일이 순식간에 25

일어났다! ─ 에드먼드야, 웬일이냐? 무슨 소식이라도 있느냐?

에드먼드 아버님, 아무 일도 아닙니다. (편지를 감추면서)

글로스터 어째서 그렇게 황급히 그 편지를 감추느냐?

에드먼드 전 아직 아무것도 모릅니다, 아버님.

글로스터 무슨 편지를 읽고 있었느냐? 30

에드먼드 아무것도 아닙니다, 아버님.

글로스터 아무것도 아니라고? 그럼 왜 그렇게 놀라서 황급히 그 편지를
호주머니에 넣었느냐? 아무것도 아니면 그렇게 감출 필요가 없을 텐
데, 어디 보자, 어서. 별거 아니면 안경도 필요 없겠구나. 35

에드먼드 제발, 아버님, 용서해 주십시오. 형님에게서 온 편지인데, 다
읽지 못했으나 지금까지 읽은 바로는 아버님께서 보시기에 적당치 않
습니다.

글로스터 그 편지 이리 내라.

에드먼드 안 보여 드려도, 보여 드려도 노여우실 겁니다. 제 생각에 그 40
내용은 비난받을 만한 것입니다.

글로스터 어디 보자, 어디 봐.

에드먼드 형님을 변호하자면 형님은 그저 제 효심을 떠보거나 시험해 보
려고 이걸 썼을 것입니다.

글로스터 (읽는다) *연장자를 위한 정책과 경로 사상 때문에 인생의 절정기* 45
에 세상은 쓰디쓴 게 되지. 너무 늙어서 즐길 수 없을 때까지 재산을 차지
하지 못하게 하니까. 난 노인들의 폭정에 억압받는 것이 어리석은 노예근

성 때문이고, 그들이 좌우지하는 것은 힘이 있어서가 아니라 우리가 참고 있기 때문임을 알게 되었다. 내게 오면 이 문제에 대해 더 말해 주마. 내가 깨울 때까지 아버님이 주무시기만 하면 너는 영원히 아버지 수입의 반을 차지하고 네 형의 사랑을 받으며 살 것이다. *에드거로부터.*

―흠! 음모로구나! '내가 깨울 때까지 아버님이 주무시기만 하면 너는 영원히 아버지 수입의 반을 차지한다.'고, 내 아들 에드거가! 그에게 이런 글을 쓸 손이 있었단 말인가? 이런 생각을 품을 마음과 머리가 있었단 말인가? 언제 이 편지를 받았느냐? 누가 가지고 왔느냐?

에드먼드 누가 가지고 온 것이 아닙니다, 아버님. 거기에 계략이 있는 듯한데, 제 방 창을 통해 던져져 있었습니다.

글로스터 네 형의 필체 맞지?

에드먼드 내용이 좋으면, 형의 필체라고 맹세라도 하겠는데, 내용이 그렇지 않으니 형의 필체가 아니라고 생각하고 싶습니다.

글로스터 그놈의 필체다.

에드먼드 형님 필체이기는 하지만, 편지 내용이 형님의 본심은 아니길 바랍니다.

글로스터 이런 일에 대해서 그놈이 네게 말한 적이 있었느냐?

에드먼드 전혀 없었습니다, 아버님. 다만 아들이 장성하고 아버지가 노쇠하면 아버지는 아들의 보호를 받고 아들이 아버지의 재산을 관리하는 게 맞다고 주장하는 말은 종종 들었습니다.

글로스터 아, 못된 놈, 몹쓸 놈 같으니! 편지의 내용이 바로 그놈의 그런 생각이다! 흉악한 놈! 가증스럽고 짐승 같은 불효자 같으니! 아니 짐

승만도 못한 놈! 가서 그놈을 찾아와라. 그놈을 체포하겠다. 가증스런 악당! 그놈은 어디 있느냐? 75

에드먼드 저도 잘 모릅니다, 아버님. 형님의 의도를 보여 줄 보다 명백한 증거를 찾을 때까지 아버님께서 형님에 대한 노여움을 잠시 미루시는 게 옳을 듯합니다. 만일 아버님께서 형님의 뜻을 오해하시고 과격한 80 조치를 취하시면, 아버님 자신의 명예에도 큰 오점을 남기게 되고, 형님의 효심도 산산조각 낼 것입니다. 아버님에 대한 저의 마음을 떠보기 위해 이 편지를 썼을 뿐, 다른 위험한 의도는 없었을 거라는 데 이 목숨을 걸겠습니다. 85

글로스터 그리 생각하느냐?

에드먼드 아버님께서 좋다고 판단하시면, 저희가 이 문제에 대해 얘기 나누는 걸 들으실 수 있는 곳에 계시다 직접 귀로 듣고 확인하여 만족하시게 해드리겠습니다. 90

글로스터 그 애가 그렇게 잔인무도할 리가 없는데 —

에드먼드 분명 아닐 겁니다.

글로스터 —그렇게 극진하게, 온 마음을 다해 저를 사랑하는 아비에게. 천지신명이시여! 에드먼드야, 네 형을 찾아와라. 내 대신 그놈을 떠봐 95 다오. 지혜를 짜내어 일을 강구해 봐라. 이 일을 제대로 해결하기 위해서 지위고 재산이고 다 걸겠다.

에드먼드 아버님, 당장 형을 찾아보겠습니다. 제 수단껏 알아보고 아버님께 알려 드리겠습니다.

글로스터 최근의 일식과 월식은 우리에게 좋지 않은 일이 일어날 징조였 100

어.9 자연 철학은 이런 현상에 대해 이러쿵저러쿵 논하지만, 그것들 때문에 발생하는 일들 때문에 인간 세상은 고초를 겪게 된다. 사랑은 식고, 우정은 깨지고, 형제는 갈라선다. 도시에서는 폭동이, 시골에서는 불화가, 궁중에서는 역모가 일어난다. 부자간의 인연도 끊어진다. 우리 집안의 이 못된 놈도 바로 이런 전조로 생긴 것, 아들이 아비를 배반한 것이다. 국왕 폐하도 이치에 어긋나는 행동을 하시어 아비가 자식을 저버린 거다. 우리는 아주 좋은 세상을 보고 살았으나 음모, 허위, 배신, 기타 온갖 파괴적인 무질서가 소란스럽게 무덤까지 우리를 따라온다. 이 못된 놈을 찾아내라, 에드먼드야. 네겐 손해될 게 없을 것이다. 신중하게 일을 처리해라. 고귀하고 충직한 켄트 공이 추방당하다니! 그의 죄라고는 정직한 것뿐인데! 정말 해괴한 일이지.   (퇴장)

에드먼드 얼마나 어리석은 세상인가, 우리 자신의 행동 때문에 좋지 않은 일이 생기면 우리가 당하는 재난을 해, 달, 별들의 탓으로 돌리니. 마치 악한이 되는 것도 필연의 결과이고, 바보가 되는 것도 천체의 탓이며, 불한당, 도둑, 배신자가 되는 것도 어떤 항성이 지배한 탓이며, 술주정꾼, 거짓말쟁이, 오입쟁이가 되는 것도 항성들의 영향 때문에

---

9 최근의 일식과 ~ 일어날 징조였어 : 셰익스피어 시대에는 인간계, 자연계, 우주계가 다 연결되어 있다는 중세의 세계관이 지배적이었다. 그래서 셰익스피어 작품에서는 인간 사회에서 질서의 전복 현상이 일어나면 그 전후에 자연계나 우주계에도 이상 징후가 나타난다. 이런 현상은 인간 사회의 무질서가 발생할 것을 전조적으로 보여 주는 것으로 여겨졌다. 예를 들어 셰익스피어의 『줄리어스 시저』에서도 시저가 암살되기 전날, 솔개가 매를 잡아먹고, 암사자가 거리에서 새끼를 낳고, 무덤에서 시체들이 일어나는 등 불가사의한 일들이 벌어질 뿐만 아니라, 등장인물들의 묘사를 통해 날씨도 몹시 험한 것으로 묘사된다.

그렇게 되는 것처럼 말이야. 결국 우리가 저지르는 모든 죄는 다 하늘의 뜻에 의한 게 되지. 자신의 음탕한 기질을 별들의 탓으로 돌리다니 호색한의 참으로 대단한 책임 회피구나! 우리 아버지는 용자리 때 어머니와 몸을 섞어, 난 큰곰자리 아래에서 태어났지. 그래서 나는 기질이 난폭하고 음탕한 거고. 쳇! 내가 부정하게 잉태될 때 하늘에 순결한 처녀자리가 반짝이고 있었다 해도 나는 지금의 나와 다를 바 없었을 것이다. 에드거 형이 —

125

130

에드거 등장

때마침 오시는군, 옛 희극의 결말처럼10. 베들럼11의 미친 거지 톰12처럼 한숨지으며 아주 우울한 척하자. 아! 근래의 일식, 월식은 이런 불화의 전조였구나. 파, 솔, 라, 미13.

에드거 아니, 에드먼드야! 뭘 그리 심각하게 생각하고 있느냐?   135

에드먼드 형님, 이 일식과 월식 뒤에 무슨 일이 벌어질까 하고 일전에

---

10 옛 희극의 결말처럼 : 초기 희극들의 결말이 우연에 의존하는 엉성한 구조를 지녔음을 말한다.

11 베들럼 : 1247년 런던에 세워진 정신병원으로, 이 병원에는 정신병자나 부랑자 등을 강제 수용했는데 환자들에게 가해지는 잔인한 치료와 대우로 악명이 높았다.

12 베들럼의 미친 거지 톰 : 베들럼의 톰(Tom of Bedlam)은 당시 흔히 부랑아 광인을 이르거나 미친 척하는 사람들을 가리키는 말이었다. 이는 런던 거리의 거지들 중 일부가 베들럼 병원에서 나온 광인이어서 생긴 표현이다.

13 파, 솔, 라, 미 : '분열(불화)'이라는 뜻의 단어 division은 음계 구분이라는 뜻도 지니고 있다. 이 다의성을 이용한 말장난이다.

읽었던 예언에 대해 생각하고 있었습니다.

에드거 그런 것에 빠져 있냐?

에드먼드 장담하건대, 그가 써 놓은 예언들이 불행하게도 맞아떨어지고 있습니다. 즉 부모 자식 사이의 천륜에 어긋난 불화, 죽음, 기근, 오랜 우호 관계의 파괴, 나라의 분열, 국왕과 귀족들에 대한 협박과 중상, 불필요한 의심, 친구들의 추방, 군대의 해산, 이혼 등등 말입니다.

에드거 도대체 언제부터 점성학도가 되었느냐?

에드먼드 아버님을 마지막으로 언제 뵈셨어요?

에드거 어젯밤에 뵈었는데.

에드먼드 아버님과 말씀을 나누셨어요?

에드거 그래, 두 시간 정도 얘기를 나눴지.

에드먼드 좋게 헤어지셨나요? 말이나 표정에 불쾌해하시는 기미는 없으셨어요?

에드거 아니 전혀.

에드먼드 아버님을 화나게 하신 게 있는지 잘 생각해 보세요. 그리고 제발 아버님의 노여움이 누그러질 때까지 잠시 동안 아버님 앞에 모습을 보이지 마세요. 지금 당장은 아버님이 너무 노하셔서 형님에게 해를 가하고도 좀처럼 풀릴 것 같지 않아요.

에드거 어떤 못된 놈이 나를 모함했구나.

에드먼드 저도 그걸 우려하고 있습니다. 아버님 노기가 수그러들 때까지 제발 꾹 참고 계세요, 그리고 제 말대로 제 방으로 가 계시면 적절한 기회에 아버님 말씀을 들을 수 있는 곳으로 안내해 드릴게요. 어서 가세요. 여기 열쇠요. 밖에 나가시려거든 무장하고 나가세요.

에드거 무장을 하라고!

에드먼드 형님, 최선책을 알려 드리는 거예요. 형님에게 호의를 품은 사 람이 한 명이라도 있으면 저는 거짓말쟁이입니다. 제가 보고 들은 대 170 로 말씀드렸지만, 무서운 진상을 그대로 말하지 못하고 약하게 말씀드 린 겁니다. 어서 가세요.

에드거 곧 소식 주겠느냐?

에드먼드 이번 일에서 성심껏 형님을 도울게요.　　(에드거 퇴장) 175
　잘 속는 아버지에, 그 천성이 남에게
　해를 끼칠 줄 몰라 아무도 의심하지 않는 고결한 형,
　그들의 바보 같은 정직한 성품 덕에 내 계획이
　쉽게 먹히는구나! 이제 계획은 다 짜졌다.
　태생으로 안 되면 기지를 써서라도 땅을 차지하자. 180
　목적을 위해서라면 수단과 방법을 가리지 않겠다.　　(퇴장)

제3장 올버니 공작의 궁에 있는 방

거너릴과 집사 오즈월드 등장

거너릴 바보광대를 꾸짖었다고 아버님이 내 신하를 때리셨다고?

오즈월드 네, 마님.

거너릴 밤낮으로 날 괴롭히는구나. 시시각각

역겨운 행동을 해서 우릴

시끄럽게 하는구나. 더 이상 참지 않겠다.

아버님 기사들은 점점 소란을 피우고, 아버님도 사소한

일로도 우리를 야단치신다. 사냥에서 돌아와도

아버지와 얘기하지 않을 테다. 아프다고 해라.

너도 전보다 소홀히 대접하는 게

좋겠다. 그 책임은 내가 지마.

오즈월드 오십니다, 마님. 폐하 소리가 들립니다.

(무대 안에서 뿔 나팔 소리)

거너릴 지쳐서 소홀히 대하는 척해라.

너도, 네 동료들도. 그걸 공공연하게 문제 삼고 싶으니까.

만일 그게 맘에 안 드시면 동생네로 가시라지.

그 애도 나처럼 남한테 휘둘리지 않는

성품이라는 걸 내 알지. 한심한 늙은이,

자기가 내어준 권력을 계속 행사하려 하다니!

정말 나이들은 멍청이들은 다시 어린애가 된다니까.

그러니 늙은이가 잘못을 하면 그냥

달래기만 할 게 아니라 제재도 해야 해.

내 말 명심해라.

오즈월드   네, 마님.

거너릴 아버지 기사들에게도 다들 더 차갑게 대하고.

그게 어떤 결과를 낳든 상관 말고, 동료들에게도 그리 일러둬.

이번 일들을 빌미로 말할 기회를 잡고 싶고,   25

그리 할 테니. 당장 동생에게 편지 써서 나와 똑같이

행동하라고 해야겠다. 저녁 식사를 준비해라.   (모두 퇴장)

제4장 같은 장소의 홀

변장한 켄트 등장

켄트 이제 다른 말투를 빌려 와서 내 말투를

바꾸기만 하면 나의 좋은 의도를 완벽하게

수행할 수 있을 것이다. 그것을 위해 내 진짜 모습을

바꾸기까지 했지. 추방당한 켄트여,

잡히면 죽는다고 선고받은 곳에서 만일 그대가 주군을   5

모실 수 있다면, 부디 그렇게 되기를, 그대가 사모하는

그 분께서도 네 노고를 다 알아주실 것이다.

무대 안에서 뿔 나팔 소리. 리어, 기사와 시종들 등장

리어 당장 저녁 식사를 해야겠다, 가서 준비해라.   (시종 한 명 퇴장)

아니! 넌 뭐냐?

켄트 인간이옵니다, 폐하.

리어 뭐하는 놈이냐? 과인에게 뭘 원하느냐?

켄트 소인은 제 행색 못지않은 자로 소인을 믿어 주시는 분을 성심껏 섬기고, 정직한 분을 경애하고, 현명하고 말이 없는 분과 대화하고,

15 판단하기를 두려워하고, 어쩔 수 없는 경우에는 싸우며, 생선은 먹지 않는 자라고 말씀드리겠습니다.

리어 너 대체 뭐냐?

20 **켄트** 아주 정직하고, 국왕 폐하 못지않게 가난한 사람입니다.

리어 왕이 왕치고 가난한 만큼 네가 백성으로서 가난하다면 넌 과연 가 난한 놈이지. 원하는 게 뭐냐?

켄트 모시고 싶습니다.

리어 누구를 모시겠다는 거냐?

25 **켄트** 폐하를 모시고 싶습니다.

리어 날 아느냐?

켄트 모르옵니다. 하지만 폐하의 용모에는 소인이 기꺼이 주군이라 부르 고 싶은 것이 있습니다.

리어 그게 뭐냐?

30 **켄트** 위엄이옵니다.

리어 너는 어떤 일을 할 수 있느냐?

켄트 정직한 비밀을 지키고, 말을 타고, 달리기를 하고, 복잡한 이야기 는 하는 도중에 망치지만, 간단한 전언은 간결하게 전할 수 있습니다. 보통 사람이 하기에 적당한 일들을 할 수 있으며, 소인의 장기는 성실

함이옵니다.

리어 몇 살이나 되었느냐?

켄트 노래를 부른다고 여자를 사랑할 만큼 젊지도 않고, 여자라면 무
조건 좋아할 만큼 늙지도 않았습니다. 소인은 등에 마흔여덟 해를
지고 있습니다.

리어 따라와라. 내 시중을 들거라. 저녁 식사 후에도 싫어지지 않으면
당분간 쫓아내지 않으마. 저녁, 여봐라! 저녁을 대령해라! 이 녀석 어
디 있지? 내 바보광대? 가서 내 바보광대를 이리 데려오너라.

(시종 한 명 퇴장)

오즈월드 등장

너, 네 이놈, 내 딸 어디 있느냐?

오즈월드 황공하오나— (퇴장)

리어 저놈이 뭐라는 게냐? 저 멍청이를 다시 데려와라.

(기사 한 명 퇴장)

내 바보광대는 어디 있지, 응? 온 세상이 잠든 것 같군.

기사 다시 등장

어찌 됐냐! 그 개자식은 어디 있느냐?

기사 폐하, 그자 말이 따님은 몸이 편치 않다고 하옵니다.

리어 그 종놈은 내가 불렀는데 어찌 오지 않았느냐?

기사 폐하, 그자는 아주 무례한 태도로 오고 싶지 않다고 하였습니다.

리어 오고 싶지 않다고!

기사 폐하, 어찌 된 일인지 모르겠사오나 소인이 판단하기에 폐하를 모시는 데 있어서 예전 같이 의식 절차에 수반된 애정이 없어진 듯하옵니다. 공작님과 따님뿐만 아니라, 그분들에게 딸린 자들까지 모두 친절이 크게 줄어든 것 같사옵니다.

리어 하! 그리 생각하느냐?

기사 폐하, 소신이 잘못 생각했다면 부디 용서해 주시옵소서. 폐하를 소홀히 모시면 소신의 직책상 가만히 있을 수 없사옵니다.

리어 그대는 내 생각을 상기시켰을 뿐이다. 나도 최근 몹시 소홀히 대접받고 있다고 느꼈다. 그것을 나는 의도적인 행동이나 목적이 있는 불친절이라기보다는 오히려 사소한 일로 의심하는 나의 까다로운 성미 때문이라고 생각했다. 좀 더 알아보마. 그런데 내 바보광대는 어디 있느냐? 최근 이틀 동안 그놈을 보지 못했다.

기사 폐하, 막내 공주님께서 프랑스로 가신 뒤부터 바보광대는 몹시 슬픔에 잠겨 있습니다.

리어 그 얘긴 그만두어라. 나도 다 눈치 채고 있으니. 가서, 딸에게 내가 얘기 좀 하고 싶다고 전해라.   (시종 한 명 퇴장)

넌 가서 바보광대를 이리 불러오너라.   (시종 한 명 퇴장)

오즈월드 다시 등장

아! 네 이놈, 너 이리 오너라.

이놈아, 내가 누구냐?

오즈월드 제 주인마님의 아버님이십니다.

리어 '주인마님의 아버님!' 이 천하에 못된 놈, 80

갈보가 낳은 개자식! 이 종놈! 이 똥개 같은 놈!

오즈월드 황공하오나 소인은 그 어느 것도 아닙니다.

리어 네놈이 감히 나를 마주 봐, 이 불한당 같은 놈이?   (그를 때린다)

오즈월드 맞고 있지 않겠습니다, 폐하.

켄트 넘어지지도 않나 보자, 이 축구나 할 상놈.

(발을 걸어 넘어뜨린다)

리어 이보게, 고맙네. 도움이 되었다. 그러니 널 총애해 주마. 85

켄트 이놈, 일어나 꺼져! 네놈에게 위아래를 가르쳐 줄 테다. 꺼져, 꺼지라고! 한 번 더 대자로 뻗고 싶으면 꾸물거려라. 아니면 꺼져! 어서, 네놈도 생각이 있는 놈이냐? (오즈월드 퇴장) 그렇지. 90

리어 거참, 친절한 자이군. 고맙다. 여기 네 보수의 계약금을 주마.

(켄트에게 돈을 준다)

바보광대 등장

바보광대 나도 저 사람 고용할래요. 자, 내 고깔 받아. 95

(켄트에게 고깔을 준다)

리어 이런 약은 녀석 보게! 어떻게 된 거냐?

바보광대 이봐, 그대는 내 고깔 쓰는 게 좋겠어.

켄트 왜, 바보광대야?

바보광대 왜냐구? 인기가 없어진 사람 편을 드니까 그렇지. 바람 부는
방향대로 미소 짓지 못하면 곧 감기 걸릴걸. 자, 고깔 받아. 글쎄, 이
사람은 본의 아니게 두 딸을 내쫓고 셋째 딸에게는 축복을 내렸거든.14
이 사람을 따라다니려면 내 고깔을 써야 할 걸. 근데, 아자씨! 내게도
고깔 두 개 하고, 딸 둘이 있으면 좋겠어!

리어 이놈, 왜?

바보광대 그들에게 내 재산을 다 줘 버려도, 내 고깔만은 남겨 두고 싶
으니까. 이건 내 거야, 당신 딸들에게 다른 거 달라고 해.

리어 조심해라, 이놈. 회초리 맞는다.

바보광대 진실은 개집으로 쫓겨나는 개 신세야, 마님의 암캐는 벽난로
옆에서 냄새를 피우는데 진실은 회초리 맞고 쫓겨나지.

리어 쓰디쓴 말이구나!

바보광대 이봐요, 명언 하나 가르쳐 줄까요.

리어 그래라.

바보광대 잘 들어 봐, 아자씨.

가진 것 다 보여 주지 말고,

안다고 다 말하지 말고,

---

14 이 사람은 본의 아니게 두 딸을 내쫓고 셋째 딸에게는 축복을 내렸거든 : 두 딸들이
리어의 권력과 재산을 받은 뒤 오히려 애정과 효심이 식은 점과 코딜리어를 버림으로써
그녀가 프랑스 왕비가 된 상황을 비꼬아 말하는 것이다

가진 것 다 빌려 주지 말고,

말을 탈 수 있는데 걷지 말고,

배운 것 다 믿지 말고,

가진 것 다 한판에 걸지 말고,

술과 계집질을 끊고,

집 안에만 있으면,

그대 가진 돈

열의 두 배보다 훨씬 불어나리.

켄트 아무 내용도 없는 소리네, 이 바보광대야.

바보광대 그럼 내 말은 보수 받지 못한 변호사의 변론 꼴이네, 하긴 아저

씨도 그 대가로 내게 아무것도 주지 않으니. 아무것 아닌 것도 어떻게

못 써 먹나, 아자씨?

리어 그야 안 되지, 이놈아. 아무것도 아닌 것으로는 아무것도 못해.15

바보광대 (켄트에게) 제발 저 사람에게 말 좀 해줘. 그의 토지 소작료도

그렇게 되었다고. 바보광대 말은 도통 믿지 않으니까.

리어 독설적인 바보광대군!

바보광대 이봐요, 당신이 독설적인 바보광대와 달콤한 바보광대의 차이

를 알기나 해?

120

125

130

135

---

15 아무것도 아닌 것으로는 아무것도 못해 : 이 대사의 원문(Nothing can be made out of nothing.)을 1막 1장에서 리어가 코딜리어에게 했던 '아무것도 없는 곳에선 아무것도 나오지 않는 법(Nothing will come of nothing. 1막 1장 89행)'과 비교해 보면 거의 비슷함을 알 수 있다.

리어　모른다, 이놈, 가르쳐 다오.

바보광대　　　그대에게 영토를 주어 버리라고

　　　　　　충고했던 사람16을,

　　　　　　여기 내 옆에 데려다 놓고

　　　　　　그대가 그의 역 대신해 봐.

　　　　　달콤한 바보광대와 독설적인 바보광대

　　　　　모습이 바로 나타날 테니.

　　　　　알록달록 고깔옷 바보광대는 여기,　(자신을 가리킨다)

　　　　　다른 바보광대는 거기.　　　(리어를 가리킨다)

리어　이놈아, 내가 바보라는 거냐?

바보광대　다른 직함은 다 주어 버렸으니, 갖고 태어난 것뿐이잖아.17

켄트　이놈은 단순한 바보광대는 아니옵니다, 폐하.

바보광대　정말 그래, 잘난 양반들이 내가 그렇게 하게 내버려 두질 않아. 내가 독점하려 해도 그들이 한몫하고 싶어 한다니까. 마나님들도 나 혼자 바보광대 짓을 하게 내버려 두질 않고 가로채 가버려. 아자씨, 달걀 하나만 주면, 왕관 두 개 만들어 줄게.

---

16 그대에게 영토를 주어 버리라고 충고했던 사람: 리어에게 그런 충고를 한 사람은 리어 자신이다. 결국 바보광대는 리어를 '달콤한 바보광대'라고 조롱하는 것이다.

17 다른 직함은 다 주어 버렸으니, 갖고 태어난 것뿐이잖아. : 리어는 4막 6장에서 글로스 터에게 '태어날 때, 우리는 바보들만의 이 거대한 / 무대에 온 것이 슬퍼서 운다.'(4막 6장 180~181행)라고 말한다. 광대가 이 대사에서 다른 직함은 다 주었으니 타고난 칭 호뿐이라고 말하는데, 결국 인간이 타고난 칭호는 '바보'인 것이다. 이런 대사들 속에 셰익스피어의 염세주의(세상이나 인간에 대해 비관적으로 바라보는 시각)가 엿보인다.

리어   무슨 왕관이 두 개가 되냐?

바보광대   자, 달걀 가운데를 잘라서 속을 먹고 나면 달걀관 두 개가 되잖 155
아. 아자씨가 자기 왕관 한가운데를 쪼개서 양쪽 다 주어 버렸을 때 아자
씨는 나귀를 등에 지고 땅 위를 걸은 셈[18]이지. 황금 왕관을 줘 버렸을
때 아자씨 그 대머리 관 속에는 지혜라곤 없었던 거야. 이 문제에 대해
내가 바보광대답게 솔직히 말하면 그걸 처음 깨달은 사람[19]은 회초리질 160
을 당해야 해.

> *지혜 있는 사람들 바보광대 되니,*
>
> *금년만큼 바보광대 시세없는 해 없다네.*
>
> *자기네 지혜 다 닳았다는 걸 모르니,* 165
>
> *그들 하는 짓 어리석기만 하네.*

리어   이놈, 너 언제부터 그렇게 노래를 부르게 되었느냐?

바보광대   아자씨가 딸들을 엄마로 삼았을 때부터 연습했지. 아자씨가 딸
들에게 회초리를 쥐어 주고 바지를 내렸잖아. 170

> *그때 그들은 갑자기 기뻐서 울었고,*
>
> *나는 슬퍼서 노래 불렀네,*
>
> *아이가 된 왕이 까꿍놀이 하며*
>
> *바보들 틈에 끼니.*

제발, 아자씨, 이 바보광대에게 거짓말하는 법을 가르쳐 줄 선생님 좀 175

---

18 나귀를 등에 지고 땅 위를 걸은 셈 : 사서 고생을 하게 되었다는 의미이다.
19 그걸 처음 깨달은 사람 : 리어가 가장 먼저 깨달았을 거라는 암시가 담긴 대사이다.
　즉, 리어가 회초리질을 당해야 한다는 뜻이다.

붙여 줘. 거짓말하는 법 좀 배우고 싶어.

리어 이놈, 거짓말하면 회초리질 한다.

바보광대 아자씨와 아자씨 딸들은 촌수가 어떻게 되는지 모르겠어. 아자씨 딸들은 진실을 말하면 때리겠다고 하고, 아자씨는 거짓말하면 때리겠다고 하고, 또 어떨 땐 아무 말 안 한다고 때리고. 정말이지 뭘 해도 바보광대 노릇보다는 낫겠어. 그래도 아자씨 신세는 되고 싶지 않아. 아자씨는 지혜를 양쪽에서 깎아 내어 가운데는 아무것도 남지 않았거든. 저기 깎아 낸 한쪽이 오네.

거너릴 등장

리어 웬일이냐, 딸아! 왜 그렇게 인상을 쓰고 있냐? 근래에 너무 인상을 쓰는구나.

바보광대 딸이 인상을 써도 신경쓸 필요가 없었을 때 아자씬 멋진 사람이었어. 이제 아자씬 아무 숫자도 붙지 않은 영(0)이야. 지금 아자씨보다는 내가 낫지. 난 바보광대라도 되지만, 아자씨는 아무것도 아니잖아. (거너릴에게) 예, 예, 입 꾹 다물고 있을게요. 아무 말씀 안 하셔도 표정이 그러라 하시니.

합, 합,20

빵에 질렸다고 빵 껍데기도, 부드러운 부분도

---

20 합, 합 : 입을 다물 때 내는 의성어이다.

다 버린 자는, 궁할 때가 오리.21

저 아자씬 콩 다 털어 낸 빈 콩깍지야.   (리어를 가리키며)

거너릴 아버님, 모든 게 허용된 이 바보광대뿐 아니라

아버님의 다른 무례한 수행원들도

시시각각 트집을 잡고 시비를 걸어서 저속하고   200

참을 수 없는 소동을 벌이고 있습니다. 아버님,

진작 이 사실을 알려 드리고 안전한 시정책을

마련하려고 생각해 왔는데, 근래에 와서

아버님 자신의 언행을 볼 때 아버님께서

이런 일을 감쌀 뿐만 아니라 허용하심으로써   205

조장하고 있지 않나 하는 우려가 커지고 있습니다.

만약 정말 그러하시다면 아버님은 비난을 면치 못하실 거고,

시정책을 마련하지 않을 수 없으니, 모두의 안녕을 위해

조처하다 보면 아버님 비위를 거스를 수도 있을 텐데,

이는 다른 때 같으면 부끄러운 일이나, 지금은 불가피하여   210

세상도 현명한 처사라고 여길 것입니다.

바보광대 아시다시피, 아자씨,

바위종다리가 뻐꾸기를 너무 오래 길러,

어린 뻐꾸기가 종다리의 머리를 쪼아 먹게 했네.

그리하여 촛불은 꺼지고 우리는 어둠 속에 남겨졌지.   215

---

21 빵에 질렸다고 ~ 때가 오리 : 모든 걸 양도한 리어의 어리석음을 조롱하는 노래이다.

리어 네가 내 딸이냐?

거너릴 아버님은 지혜가 많으신 것으로 알고 있으니,

　　그 지혜를 잘 발휘하시어,

　　최근 아버님답지 않게 만드는 이런 기질들을

220　　거두어 주십시오.

바보광대 마차가 말을 끌면22 바보인들 그걸 모를까?

　　오, 아가씨! 나 그대 사랑하오.23

리어 여기 누가 나를 아느냐? 이것은 리어가 아니다.

　　리어가 이렇게 걷는가? 이렇게 말하는가? 그의 눈은 어디 있는가?

225　　사고 능력은 약해지고, 분별력은 마비

　　되었는가 ― 하! 깨어있는가? 그렇지 않다.

　　내가 누군지 말해 줄 자 누구냐?

바보광대 리어의 그림자24지.

리어 나도 그걸 알고 싶다. 왜냐하면 절대 권력과 지식과 이성

230　　때문에 나는 내게 딸이 있다고

　　잘못 알고 있었기 때문이다.

바보광대 아자씨를 그들은 고분고분한 아버지로 만들 거예요.

리어 존함이 어떻게 되시는지, 아름다운 부인?

---

22 마차가 말을 끌면 : 말이 마차를 끄는 것이 아니라 마차가 말을 끄는 상황은 아버지와 딸의 관계가 뒤바뀐 상황을 빗댄 것이다.

23 오, 아가씨! 나 그대 사랑하오 : 일부 학자들은 이 부분을 옛 노래의 후렴구에서 따왔을 거라고 추측한다. 어쨌든 거너릴에 대해 역설적으로 칭송하여 조롱하는 대사이다.

24 리어의 그림자 : 실권을 다 이양하고 왕의 칭호만 지닌 리어가 허깨비임을 뜻하는 말이다.

거너릴 아버님, 이런 격식도 근래 새로이 보이시는
장난스런 행동과 흡사한 것입니다. 부디   235
제 의도를 제대로 이해해 주시기 바랍니다.
아버님은 연로하신 만큼 현명하셔야 합니다.
아버님은 이곳에 기사 백 명을 거느리고 계십니다.
그들이 어찌나 무질서하고, 방탕하고, 무례한지,
이 궁이 그들의 태도에 물들어서   240
소란스러운 여인숙 같습니다. 그들의 주색잡기 때문에
이곳이 고상한 궁궐이라기보다 흡사 술집이나 매춘 굴같이
되어 버렸습니다. 이런 창피스러운 일은
당장 시정되어야 합니다. 그러니 요청 드린 대로
수행원의 수를 좀 줄여 주십시오. 그렇지 않을 경우   245
제가 요청 드린 바를 시행하여,
자신들과 아버님을 잘 알고
아버님 연세에 적합하다고 생각되는
사람들을 남겨 계속 모시도록
하겠습니다.

리어   시커먼 악마 같은 것들!
말안장을 얹어라. 내 수행원들을 불러 모아라.   250
불효막심한 사생아 같으니! 널 귀찮게 하지 않겠다.
내겐 딸이 또 하나 있다.

거너릴 아버님은 제 사람들을 때리시고, 아버님의

무례한 오합지졸들은 상전을 하인 취급하옵니다.

올버니 등장

255   **리어**   뒤늦은 후회의 비통함이여! 아! 공작, 왔는가?

이건 그대 뜻인가? 말해 봐라, 공작. 내 말을 준비해라.

배은망덕한 것, 목석같은 악마,

네년이 자식의 모습을 하고 있으니, 바다 괴물보다도

더 무섭구나.

올버니   폐하, 고정하시옵소서.

260   **리어**   (거너릴에게) 구역질나는 솔개 같은 년! 거짓말 마라.

내 수행원들은 엄선한 자들로

신하 된 자의 의무를 잘 알고

자신의 명예를 무엇보다 엄밀하게 지키는

사람들이다. 아, 지극히 작은 허물이여,

265   어찌하여 코딜리어에게서는 그리 추하게 보였느냐!

그것이 내 본성을 마땅히 있어야 할 자리에서

잡아떼어, 내 가슴에서 애정을 모조리 뽑아내고

미움만 심어 놓았다! 아, 리어, 리어, 리어여!

어리석음을 불러들이고 귀중한 분별력은 쫓아 버린

이 머리통을 부숴 버려라!   (자신의 머리를 때린다)

270   애들아, 가자, 가.   (켄트와 기사들 퇴장)

올버니 폐하, 폐하께서 무엇 때문에 그토록 화가 나셨는지

　모르오니 소신은 무고합니다.

리어　　　　　　　　　　그럴지도 모르지, 공작.

　들으소서, 자연의 여신이시여, 들으소서! 여신이여, 들으소서!

　만일 이 인간에게 애를 낳게 하시려거든

　그 뜻을 보류해 주소서!　　　　　　　　　　　　　　　275

　저년의 자궁 속에 불임을 불어넣어 주소서!

　저년의 생식 기관을 말려 버리시고,

　저년의 몸으로부터는 저년을 명예롭게 할 자식이

　절대 태어나지 못하게 하소서! 만일 애를 낳아야 한다면

　그 자식을 원수로 만들어서, 성장하여　　　　　　　　280

　저년에게 가혹한 패륜의 고통이 되게 하소서!

　젊은 저년의 이마에 주름이 생기게 하시고,

　떨어지는 눈물로 얼굴에 골이 지게 하시며,

　엄마로서의 모든 노고와 기쁨이

　조소와 멸시가 되어, 배은망덕한 자식을 두는 것이　　　285

　독사의 이빨보다 더 고통스럽다는 것을 느끼게

　하소서! 가자, 가!　　　　　　　　　　　　　　(퇴장)

올버니 아니, 도대체 어찌 된 일이요?

거너릴 이 일에 대해서 더 아시려고 하지 마세요.

　노망기가 시키는 대로 마음대로 성질 부리게　　　　　290

　내버려 두세요.

리어 다시 등장

리어 뭣이! 단번에 오십 명을,

겨우 이주일 만에!

올버니   무슨 일이십니까, 폐하?

리어 내 말해 주마. (거너릴에게) 네게

295　　사내의 마음을 이렇게 흔들 힘이 있고,

네년 때문에 이 뜨거운 눈물을 어쩔 수 없이 흘리다니

부끄럽구나. 돌풍과 안개가 네년에게 쏟아져라!

아비의 저주가 만든 불치의 상처가

네 오관을 꿰뚫어 버려라! 늙고 어리석은 두 눈아,

300　　이 일로 다시 눈물을 흘리면 널 뽑아내서

네가 흘리는 눈물과 함께 진흙 반죽이나 하겠다.

그래 이 지경이 되었단 말인가?

하! 마음대로 해라. 내게는 딸이 또 하나 있다.

분명 그 애는 친절하고 편안한 성격이라

305　　네년이 한 짓을 들으면, 손톱으로

이리 같은 네 얼굴 가죽을 벗겨 놓을 것이다.

내가 영원히 벗어던졌다고 생각하는 권위를

되찾고 말 테니 두고 봐라.　　　　　　　　(퇴장)

거너릴 저거 보셨어요?

310　　**올버니** 거너릴, 내가 아무리 당신을 사랑한다 해도

편파적일 수는 없소 ―

거너릴 제발 잠자코 계세요. 여봐라, 오즈월드, 여봐라!

(바보광대에게) 바보광대가 아니라 악당이라고 해야 할 이놈, 네 주인

을 쫓아가거라.

바보광대 아자씨, 리어 아자씨! 잠깐만요, 바보광대도 데려가요.   315

여우를 잡으면 그 여우도,

여우 같은 딸도,

반드시 교살시켜야지.

내 모자를 팔아 교수형 올가미를 사게 되면.

이렇게 바보광대는 따라간다네.   (퇴장)   320

거너릴 아버지는 충동질당한 거예요. 기사 백 명이라니!

완전 무장한 기사를 백 명씩이나 거느리는 것은

안전한 정치적 처사죠. 그래요, 망상이 떠오를 때마다,

어떤 소문을 듣거나, 공상이 떠오르거나, 불평불만이 있을 때마다

그들의 힘을 믿고 자신의 망령된 생각대로 하고,   325

우리의 생명을 마음대로 쥐고 흔들 거예요, 여봐라, 오즈월드!

올버니 글쎄, 너무 지나친 염려일 수도 있소.

거너릴   그게 과신하는 것보다 안전해요.

늘 두려워하기보다는 두려움의 근원을

제거할 거예요. 아버지 마음을 알았어요.

아버지가 한 말을 동생에게 썼어요.   330

그 부당성을 알려 주었는데도 동생이

아버님과 기사 백 명을 부양한다면 —

오즈월드 다시 등장

어찌 됐냐, 오즈월드!

그래, 동생에게 보낼 편지는 썼느냐?

오즈월드 네, 마님.

335 **거너릴** 몇 명 데리고 말을 타고 가거라.

내가 특히 걱정하는 점을 동생에게 잘 전해라.

그리고 네가 생각하는 이유를 덧붙여서

내가 왜 두려워하는지 더욱 신빙성 있게 해라. 어서 떠나라.

그리고 서둘러 돌아오너라.   (오즈월드 퇴장)

아니, 아니, 나리,

340 당신의 인자하고 점잖은 태도를

비난하고 싶지는 않아요. 그래도 미안하지만

피해를 입을 수 있는 그 인자함 때문에 당신은 칭찬보다는

오히려 지혜롭지 못하다고 훨씬 더 비난받고 있어요.

올버니 당신이 얼마나 앞날을 잘 내다보는지 모르나,

345 잘 하려다 오히려 잘된 일을 망치는 경우도 많소.

거너릴 아니, 그렇다면 —

올버니 좋소, 좋아. 어디 두고 봅시다.

(모두 퇴장)

제5장 올버니 공작 저택 앞에 있는 뜰

리어, 켄트, 바보광대 등장

리어 이 서찰을 가지고 너 먼저 글로스터로 가거라. 내 딸이 서찰을 읽고 묻는 거 외에는 네가 아는 걸 딸에게 말하지 마라. 부지런히 가지 않으면 내가 먼저 당도할 것이다.

켄트 폐하, 서찰을 전하기 전에는 잠도 자지 않겠습니다.   (퇴장)

바보광대 만일 사람의 뇌가 발뒤꿈치에 있다면 동상에 걸릴 위험이 있지 않을까?

리어 그렇지, 이 녀석아.

바보광대 아자씨는 걱정 마. 아자씨 지혜는 슬리퍼를 신고 다닐 필요가 없을 테니까.25

리어 하, 하, 하!

바보광대 다른 딸도 제 천성대로 아자씨를 대하는 걸 보게 될 걸. 왜냐하면 능금이 사과와 같듯이 그 딸도 이 딸과 같거든, 나도 알 만한 건 다 안다니까.

리어 이놈, 뭘 알 만한데?

바보광대 돌능금 맛이 돌능금 맛이듯 그 딸도 이 딸과 같을 거라는 거.

---

25 아자씨 지혜는 슬리퍼를 신고 다닐 필요가 없을 테니까 : 리어에게 지혜가 없어서 슬리퍼를 신고 다닐 필요가 없다고 조롱하는 것이다.

20   아자씨, 왜 사람 코가 얼굴 한가운데 있는지 알아?

리어 모른다.

바보광대 코 양쪽에 눈을 붙여 놓아서 냄새로 알아낼 수 없는 것은 눈으로 보고 알아내라고.

리어 그 애26한테는 내가 잘못했다. ―

25   **바보광대** 굴이 껍질을 어떻게 만드는지 알아?

리어 몰라.

바보광대 나도 몰라. 그렇지만 달팽이가 집을 갖고 다니는 이유는 알지.

리어 왜 그러는데?

바보광대 그건 제 머리를 넣기 위해서야. 집을 딸에게 줘 버리고 뿔을

30   숨길 곳도 없는 신세가 되지 않기 위해서.

리어 아비의 정 따위는 잊을 테다. 그렇게 자애로운 아비였건만! 말은 준비되었느냐?

바보광대 아자씨의 당나귀 바보들27이 준비하러 갔어. 북두칠성의 별이 일곱 개밖에 안 되는 딱 맞는 이유가 있지.

35   **리어** 여덟 개가 아니기 때문에?

바보광대 아, 맞아. 아자씨는 훌륭한 바보광대가 되겠는걸.

리어 강제로라도 다시 빼앗아야지! 배은망덕한 괴물 같은 년!

바보광대 아자씨가 내 바보광대면, 아자씨, 때도 되기 전에 늙어 버린

---

26 그 애 : 코딜리어를 가리킨다.
27 아자씨의 당나귀 바보들 : 리어의 신하들을 가리킨다. 전통적으로 당나귀(ass)는 바보(idiot)를 비유하는 말이다.

벌로 두들겨 패줬을 거야.

리어   어째서? 40

바보광대   지혜로워질 때까지는 늙어서는 안 되거든.

리어   아! 날 미치게 하지 마소서, 제발. 자비로운 하늘이시여,
내 정신이 온전하게 해주소서. 난 미치고 싶지 않다!

수행 기사 등장

어찌 되었느냐! 말은 준비되었느냐? 45

기사   준비되었습니다, 폐하.

리어   이놈, 가자.

바보광대   지금은 숫처녀로 떠나는 날 비웃는 여자도 오래 숫처녀일 수는
없으리. 그것28이 잘려 짧아지지 않는 한.

(퇴장)

---

28 그것 : 남성의 성기를 가리킨다.

제2막

윌리엄 다이스, 〈폭풍우 속의 리어 왕과 광대〉, 1851년, 스코틀랜드 국립 미술관

제1장 글로스터 백작의 성 안 뜰

에드먼드와 커런 등장

에드먼드 안녕하세요, 커런 경.

커런 경도 안녕하시오. 지금 막 경의 아버님을 만나 뵙고, 콘월 공작과 리건 공작 부인이 오늘 밤 이리 오신다는 소식을 전해 드렸습니다.

에드먼드 어쩐 일로 오시는지요?

커런 아니, 저도 모릅니다. 경은 떠도는 소문을 들으셨습니까? 아직은 귓속말로 속삭이는 소문에 불과하기에 은밀하게 전해지는 소문 말입니다.

에드먼드 못 들었습니다. 어떤 소문인데요?

커런 콘월 공작과 올버니 공작 사이에 전쟁이 벌어질지도 모른다는 말 듣지 못했습니까?

에드먼드 한마디도 듣지 못했습니다.

커런 그렇다면 곧 듣게 될 겁니다. 경, 안녕히 계세요.　　　(퇴장)

에드먼드 공작이 오늘 밤 여기 온다고! 잘됐다! 아주 잘됐어!

이걸 내 계획에 꼭 이용해야겠다.

아버지는 형을 체포하기 위해 경비병들을 세워 놓았다.

그런데 내가 처리해야 할 까다로운 일이 하나 남아 있지.

신속함과 행운이여, 효력을 발휘해라!

형님, 할 말 있습니다. 내려오세요, 형님, 내려오시라고요!

에드거 등장

아버님이 감시하고 계세요. 아, 형님! 어서 도망가세요.

형님이 여기 숨어 계신 게 들통 났어요.

마침 밤이라 다행이에요.

형님 혹시 콘월 공작 비방하는 말을 하신 적 있으세요?

공작님이 지금, 이 야밤에, 급히 이리로 오시는 중이래요.

리건 공작 부인과 함께요. 아님 혹시 그분 편을 들어

올버니 공작 비방하는 말을 하신 적은요?

잘 생각해 보세요.

에드거　　　　　분명 한 마디도 한 적 없다.

에드먼드 아버님 오시는 소리가 들려요. 용서하세요.

검을 뽑아 형님과 대결하는 척해야겠어요.

검을 뽑아 방어하는 척하세요. 자, 실력 발휘를 하세요.

항복하세요, 같이 아버님께 갑시다. 불을, 여봐라! 여기다!

도망치세요, 형님, 횃불! 횃불! 자, 안녕히 가세요.

(에드거 퇴장)

피가 좀 나면 더 격렬하게 싸웠다고   (제 팔에 상처를 낸다)

생각할 것이다. 술꾼들이 장난으로 이보다 더한 짓을

하는 걸 본 적이 있지. 아버님! 아버님!   35

서라, 서라고! 아무도 없어요?

글로스터, 횃불을 든 하인들과 등장

글로스터   에드먼드야, 그 못된 놈 어디 있냐?

에드먼드 여기 어둠 속에서 날카로운 검을 빼들고

　사악한 주문을 외우며 달님에게 자기의 행운의 여신이

　되어 달라고 기원하고 있었습니다.

글로스터   그런데 놈은 어디 있느냐?

에드먼드 보세요, 아버님, 피가 납니다.

글로스터   그놈이 어디 있냐고, 에드먼드?   40

에드먼드 이쪽으로 달아났습니다, 아버님. 아무리 해도 안 되니 —

글로스터 놈을 쫓아라, 여봐라! 뒤쫓아라.   (하인 몇 명 퇴장)

　　　　　　　　뭘 '아무리 해도' 안 된단 말이냐?

에드먼드 아버님을 살해하도록 저를 설득하지 못했다고요.

　저는 형님에게 복수의 신들은

　부친 살해 행위에 벼락으로 다스린다고 말하고   45

자식과 아버지 사이의 천륜의 끈이 얼마나 여러 겹이고

튼튼한지 말했습니다. 결국

그의 패륜적인 계획을 제가

얼마나 혐오하는지 알고는 미리 준비한 칼로

50   무방비 상태의 저를 격렬하게

찔러 팔에 상처를 냈습니다.

그런데 정당한 싸움이라 대담해져서

분발해서 대응하는 저의 격앙된 기백을 봐서인지

아니면 제가 지르는 소리에 놀라서인지, 갑자기

정신없이 도망쳤습니다.

55   **글로스터**   멀리 도망가라고 해라.

이 나라에 있는 한 반드시 체포될 테니.

잡히면 — 처형이다. 나의 주인이자 고결한

후원자이신 공작님이 오늘 밤 오신다.

그분의 권위로 이렇게 포고할 것이다.

60   살인을 도모한 그 겁쟁이를 발견하여

형장으로 끌고 오는 자는 감사의 포상을 받을 것이고,

그를 숨겨 주는 자는 처형당할 거라고.

    에드먼드   형님의 시도를 막으려고 설득했을 때,

그 일을 하려는 의지가 강하다는 걸 알고 저는 그의 계획을 폭로하겠다고

65   위협했습니다. 그러자 형님이 이렇게 말했습니다.

'재산 소유권도 없는 이 서자 놈아! 내가

네놈의 말을 부정하면 네게 신뢰가 있고,

덕이 있고, 가치가 있다 한들,

사람들이 네 말을 믿겠느냐? 아니,

내가 작정하고 있는 대로 부인하면,   70

네가 내 필적을 흉내 낸다 해도—

난 그 모든 것을 네가 제안하고, 꾸미고, 간악하게 시행했다고

돌려놓을 것이다. 나의 죽음으로

네가 얻을 이득 때문에 네가 그런 계략을 꾸미기에

충분하다고 사람들이 생각하지 않을 거라고 여긴다면   75

넌 세상 사람들을 바보로 만드는 거야.'라고요.

글로스터   아, 천하에 못된 놈!

제 편지도 부정한단 말이냐? 그놈은 내 자식이 아니다.

(안에서 나팔 소리)

들어 봐라! 공작님의 나팔 소리다. 왜 오시는지는 모르겠다.

항구를 모두 봉쇄하여, 놈이 빠져나가지 못하게 할 것이다.

공작님께서도 허락해 주실 게다. 게다가 그놈의 초상화를   80

사방에 보내 온 나라에서

그놈을 알아보게 할 테다. 그리고 내 토지에 대해서는

효심이 지극한 네가 상속받을 수 있도록

조처를 취하마.

콘월, 리건과 시종들 등장

콘월   어떻게 된 일이오, 고결하신 경! 방금 여기 오자마자

이상한 소식을 들었소.

리건   그 소식이 사실이라면 그런 짓을 저지는 자에 대해서는

어떤 처벌도 부족할 것입니다. 어찌 된 일입니까, 백작님?

글로스터   아! 마마, 이 늙은이의 가슴이 찢어지는 것 같습니다.

리건   아니! 아버님의 대자29가 경의 목숨을 노렸단 말이에요?

아버님이 이름을 지어 준 에드거가?

글로스터   아! 마마, 부끄러워서 숨기고 싶습니다.

리건   그자는 아버님을 모시는 난폭한 기사들과

한패거리 아닌가요?

글로스터   모르겠습니다, 마마. 너무 흉악하옵니다, 너무.

에드먼드   맞습니다, 마마. 그들과 한패였습니다.

리건   그럼 그자가 못된 영향을 받았다고 해도 놀랄 게 없어요.

그자들이 노인을 죽이고 재산을 차지하여

마음대로 쓰라고 부추겼을 겁니다.

바로 오늘 저녁에 언니가 그자들에 대해

상세히 알려 주었는데, 그들이 우리 집에 머물려고 오면

내가 집에 없는 게 좋을 거라는

충고도 같이 해 주었습니다.

콘월   내 생각도 분명 그렇소, 부인.

---

29 대자(代子) : 가톨릭에서 세례나 견진 성사를 받을 때 후견을 받은 사람

에드먼드, 듣자 하니 그대는 부친에게 자식으로서 할 도리를 다했다더
구나.

에드먼드 마땅히 해야 할 일을 했을 뿐입니다, 공작님.　105

글로스터 저애가 그놈의 계략을 밝혀냈습니다. 그리고
보시다시피 놈을 체포하려다가 상처도 입었습니다.

콘월 그자를 추적하고 있소?

글로스터 　　　　　　　그렇습니다, 공작님.

콘월 그자를 체포하면 다시는 남에게 해를 끼치지 못하도록
할 것이오. 내 권력을 마음껏 이용하여　110
경이 뜻하는 대로 하시오. 에드먼드, 지금 이 순간
미덕과 효심을 아주 칭송할 만한 그대를
내 사람으로 삼겠다. 그토록 깊이 신뢰할 수 있는
천성을 지닌 사람이 긴히 필요하니.
내가 먼저 그대를 택하겠다.

에드먼드 　　　　　　　무슨 일이 있어도　115
성심껏 모시겠습니다, 공작님.

글로스터 　　　　　　　저애에 대해 감사드립니다.

콘월 경은 우리가 온 이유를 모르고 계시지요―

리건 이렇듯 때아니게 밤의 어둠을 더듬어서 말이에요.
글로스터 백작님, 중대한 일이 있어서인데,
그에 대해 백작님의 조언을 들어야겠습니다.　120
아버님과 언니가 두 사람의 불화에 관해서

각각 서찰을 보냈는데, 집을 떠나서 회답하는 것이

맞다고 생각했습니다. 그래서 각각의

전령들이 여기 답장을 기다리고 있습니다. 우리의 오랜

친구이신 백작님, 편하게 우리가 당면하고 있는

이 일에 관해서 긴요한 충고를 해 주십시오.

지금 당장 들어 봐야겠습니다.

글로스터   분부대로 하겠습니다, 마마.

두 분을 환영하옵니다.   (나팔 소리, 퇴장)

제2장 글로스터 백작의 성 앞

켄트와 오즈월드, 따로따로 등장

오즈월드 이보시오, 안녕하시오, 이 댁 사람이오?

켄트 그렇소.

오즈월드 말은 어디에 매면 되오?

켄트 진흙 구덩이 속에.

오즈월드 제발 호의를 갖고 알려 주시오.

켄트 댁에게 호의를 갖고 있지 않은데.

오즈월드 그렇다면 당신은 신경 꺼야겠군.

켄트 만약 내가 네놈을 짐승 우리에 처넣으면 나를 신경 써야 할 걸.

오즈월드   왜 날 이렇게 대하나? 난 댁을 알지도 못하는데.

켄트   이봐, 난 널 알거든.

오즈월드   날 무엇으로 안단 말이냐?

켄트   악한, 불한당, 고기찌꺼기나 먹는 놈, 비열하고, 건방지고, 경박하고, 거지같고, 옷이라곤 세 벌밖에 없고,[30] 연 수입은 100파운드밖에 안 되고, 더러운 털양말이나 신는 놈, 소심하여 싸우기보다는 소송이나 거는 놈, 사생아, 거울이나 들여다보고, 지나치게 알랑거리고, 멋이나 부리는 놈, 가방 하나밖에 물려받은 게 없는 종놈, 상전을 잘 모신답시고 뚜쟁이도 될 놈, 그리고 악당, 거지, 겁쟁이, 뚜쟁이, 잡종개의 아들 겸 상속자를 혼합해 놓은데 불과한 놈, 만일 이 호칭들에 대해 한마디라도 부정하면 엉엉 울게 패줄 테다.

오즈월드   아니, 뭐 이런 망측한 놈이 다 있어, 저도 나를 모르고 나도 저를 모르는데 그렇게 욕을 해대다니!

켄트   날 알면서도 모른 척 하다니 뻔뻔하기 짝이 없는 놈이구나! 국왕 폐하 앞에서 네놈 뒤꿈치를 걷어차 넘어뜨리고 패준 것이 이틀 전이었나? 검을 뽑아라, 이 나쁜 놈아. 밤이라지만 달이 비추니, 네놈 몸 속에 달빛이 스며들게 해 줄 테니.   (검을 빼면서) 이 이발소나 드나드는 천한 사생아 놈, 칼을 빼라.

오즈월드   비켜라! 너하고는 볼일 없으니.

켄트   칼을 빼라니까, 이 불한당아. 네놈은 폐하를 거스르는 서찰을 가

---

30 옷이라곤 세 벌밖에 없고 : 당시 하인들은 일 년에 옷을 세 벌 받았던 것으로 추측된다.

지고 왔고, 인형극에 등장하는 허영[31]의 역할을 맡아 딸이 제 아버지
의 왕권을 부정하는 데 한몫하고 있다. 칼을 빼라, 이 못된 놈아, 아니
면 네놈의 정강이를 난도질할 테다. 칼을 뽑으라니까, 이 불한당아,
자, 덤벼라.

오즈월드 사람 살려! 살인이다! 사람 살려!

켄트 쳐라, 이 종놈아. 서라, 불한당아. 서라니까, 이 멋이나 부리는 종놈
아, 치라니까.   (그를 때린다)

오즈월드 사람 살려! 살인이다! 살인!

에드먼드, 칼을 들고 등장

에드먼드 아니! 무슨 일이냐? 떨어져라!

켄트 이 애송이 양반, 원한다면 상대해 주지. 자, 맛을 보여 줄 테니 덤
비게, 젊은 양반.

콘월, 리건, 글로스터와 하인들 등장

글로스터 무기를 들고! 칼을 빼들고! 이게 웬 일이냐?

콘월 꼼짝들 마라, 살고 싶거든.

---

31 인형극에 등장하는 허영 : 중세에는 교훈과 도덕적 가르침을 목표로 한 도덕극이라는
것이 있었다. 그 극들에서는 '허영', '탐욕', '도덕', '우정' 같은 추상적 개념들이 등장
인물이었다. 이런 도덕극이 엘리자베스 시대에 인형극으로 공연되었다.

다시 공격하는 자는 사형이다, 무슨 일이냐?

리건 언니와 아버지가 보낸 전령들이네요.

콘월 뭣 때문에 싸우느냐? 말해 봐라.

오즈월드 소인은 숨도 제대로 못 쉬겠습니다, 공작님. 50

켄트 그렇게 용기를 발휘하였으니 놀랄 것도 없지.

이 겁쟁이 놈아, 대자연도 너 같은 놈은 만들지 않았다고

부정할 게다. 네놈은 양복쟁이가 만들었어.

콘월 이상한 놈이군. 양복쟁이가 사람을 만들다니?

켄트 저놈을 만든 건 양복쟁이입니다, 공작님. 석공이나 화가라면, 두 해만 55

그 일을 했어도 저렇게 못난 놈을 만들지 않았을 것입니다.

콘월 어찌하여 싸우게 됐는지 말해라.

오즈월드 공작님, 이 늙은 불한당을 회색 수염을 봐서

살려 주었더니, — 60

켄트 이 사생아 놈이! 제트(Z) 자처럼 아무 쓰잘머리 없는 놈이!32 공작

님, 허락해 주시면 이 거친 놈을 밟아 회반죽으로 만들어서 화장실 벽

이나 바르겠습니다. 내 회색 수염을 봐줘, 이 할미새 같은 놈33아?

콘월 입다물어라, 이놈아! 65

이 짐승 같은 놈아, 넌 상전 앞에서 갖출 예의도 모르느냐?

---

32 제트(Z) 자처럼 아무 쓰잘머리 없는 놈이 : 영어 알파벳 'Z'는 알파벳 'S'의 대용 정도로
여겨져 불필요한 글자 대접을 받았기에 당대 사전에선 종종 포함하지 않았다고 한다.
33 할미새 같은 놈: 할미새는 긴 꼬리를 위아래로 강하게 흔드는 게 특징이다. 오즈월드가
겁에 질려 가만히 있지 못하는 모습을 비웃는 표현이라는 주장도 있고 알랑거리는 태도
를 비웃는 표현이라는 주장도 있다.

켄트 알고 있습니다, 공작님, 하지만 화가 날 때는 그런 거 소용없습니다.

콘월 무엇 때문에 화가 났느냐?

켄트 정직함이라고는 하나 없는 이런 종놈이

70 칼을 차고 다니기 때문입니다. 이놈처럼 웃는 얼굴을 한 악당들은

쥐새끼처럼, 타고난 것이라 끊으려야 끊을 수 없는

신성한 혈육의 끈을 물어뜯어 끊고, 제 상전의 천성에서

도발하는 온갖 격정을 부추겨서,

75 불에는 기름을 붓고, 싸늘한 분위기에는 눈을 뿌립니다.

아무것도 모른 채 개처럼 따라다니면서

상전의 기분이 바뀔 때마다 〈아닙니다〉, 〈맞습니다〉 하며

그 물총새 부리의 방향을 바꿉니다.

간질 환자 같은 얼굴에 역병이나 뒤집어써라!

내가 바보광대라도 되는 듯 내 말에 비실비실 웃어?

80 거위 같은 놈, 네놈을 새럼34 들판에서 만나면

꽥꽥거리며 울면서 카멜롯35까지 도망치게 해줄 텐데.

콘월 아니, 미쳤냐. 이 늙은이야?

글로스터 어째서 싸우게 되었느냐? 그걸 말해 봐라.

---

34 새럼 : Sarum은 영국 잉글랜드 남부 월트셔(Wiltshire)주의 주도 솔즈베리(Salisbury)
의 초기 정착지이다.

35 카멜롯 : 흔히 윈체스터(Winchester)와 동일시되는 도시이다. 윈체스터의 거위
(Winchester Geese)라는 말은 12세기에서 17세기까지 런던 남부 외곽 지역의 창녀들
을 뜻한다. 이곳이 윈체스터 주교가 관리하던 곳이고, 창녀들이 하얀색 앞치마를 입거
나 하얀 가슴을 노출하고 다녔기 때문에 이런 이름이 붙여졌다고 한다.

켄트 어떤 적대 관계도 저와 저 악당만큼

서로 상극은 없습니다.

콘월 어째서 저자를 악당이라고 부르느냐? 그가 뭘 잘못했냐?

켄트 저놈 생김새가 맘에 들지 않습니다.

콘월 내 얼굴, 저분 얼굴, 이 부인의 얼굴도 맘에 안 들겠구나.

켄트 공작님, 솔직하게 말하는 게 제 소임입니다.

한창 시절에 소인은 지금 이 순간 소인 앞에 계신

그 어떤 얼굴보다도 훌륭한

얼굴들을 보았습니다.

콘월   이놈이 바로 솔직하다고

칭찬받으니까 건방지게 거친 척하고,

억지로 제 천성에 맞지 않는 태도를 보이는

그런 놈이구나. 아첨은 할 수 없고, 자기는

정직하고 솔직해서 진실을 말할 수밖에 없다.

사람들이 그렇게 받아 주면 좋고, 아니라 해도 솔직할 수는 있지.

내가 그런 유형의 악당들을 아는데, 그놈의 솔직함 속에는

바보같이 굽실거리며 자기 소임을 잘 해내려는

충직한 하인 스무 명보다

더 약고 부패한 목적을 숨기고 있지.

켄트 공작님, 진심으로 말씀드리옵니다만,

번뜩이는 태양신의 앞이마의 찬란한 광채 같은

위세를 지니고 계시는 지엄하신 공작님의

허락 하에, ―

콘월　　도대체 무슨 소릴 하는 게냐?

켄트　공작님께서 그리 못마땅해 하시는 저의 말투에서 벗어나 보려 하옵
니다. 공작님, 소인은 아첨꾼은 아니옵니다. 솔직한 말투로 공작님을
속이는 자는 분명 악한입니다. 하지만 공작님께서 불쾌하니 그런 자가
되어 달라하셔도 저는 그런 아첨꾼은 되지 않을 것입니다.

콘월　넌 저자에게 무엇을 잘못했느냐?

오즈월드　소인은 아무 짓도 하지 않았습니다.

최근에 저자의 주인이신 폐하께서

오해하시어 소인을 때리셨는데,

그때 저자가 한패가 되어 그분의 역정에 비위를 맞추느라고

뒤에서 소인의 다리를 걸어 넘어뜨렸습니다. 소인이 넘어지자

욕을 하며 모욕을 주었고, 그러자 영웅이라도 된 듯,

아주 으스대었고, 일부러 져준 척한 상대 덕에

폐하의 칭찬을 받았습니다. 그리고 이런 대단한

공훈에 맛이 들어 여기서 다시 소인에게

검을 빼든 것입니다.

켄트　　　　　　이런 겁쟁이 악당놈들에게는

에이젝스36가 바보일 뿐이지.

....

36 에이젝스(Ajax) : 그리스 신화에 등장하는 영웅 중 힘과 용기에서 아킬레우스 다음가는
위인인 '아이아스'의 영어식 이름이다. 트로이군에게서 아킬레우스의 시체를 찾아온다.
그러나 아킬레우스의 갑옷을 얻기 위해 오디세우스와 결투하여 패하자 화가 나서 자살

콘월   차꼬[37]를 가져 와라!

이 늙어빠진 고집쟁이요, 허풍장이 같으니,

네놈 버르장머리를 고쳐 주겠다.

켄트   공작님, 전 배우기엔 너무 늙었습니다.

차꼬를 가져오라 하지 마시옵소서. 소인은 폐하를   125

모시는 사람이요, 폐하의 어명을 받고 공작님께 온 사람입니다.

폐하의 전령에게 차꼬를 채우시면 제 주군의

위엄과 주군에 대해 존경을 표하지 않고, 감히

악의를 표하는 것이옵니다.

콘월   차꼬를 가져오라니까!

내 목숨과 명예를 걸고 정오까지는 저놈을 차꼬에 채워 놓을 테다.   130

리건 정오까지라뇨! 밤까지, 아니, 나리, 밤새도록 두십시오.

켄트 아니, 마마. 소인이 설령 아버님의 개라 하더라도

이렇게 대접하시면 안 되시지요.

리건   아버님의 악당이니 그리할 테다.

콘월 이놈이 바로 처형이 말한 그런

놈이오. 자, 차꼬를 가져와라.   135

                    (차꼬를 가지고 온다)

한다. 트로이 전쟁의 다른 영웅들과 어깨를 겨룰 만큼 힘이 셌으나 거만하고 으스대는
성격으로 문제를 많이 일으키기도 했다. 켄트는 오즈월드의 거만함이 에이젝스를 능가
한다는 의미로 말하고 있다.

37 차꼬 : 두 개의 긴 나무토막을 맞대고 그 사이에 구멍을 파서 죄인의 두 발목을 넣어
자물쇠를 채우는 옛 형벌 도구

글로스터 황공하오나, 공작님. 분부를 거두어 주십시오.

저자의 죄는 크나, 저자의 주인이신 폐하께서

다스리실 것입니다. 공작님이 내리시려는 그런

140 천한 처벌은 천하고 경멸스런 자들이 좀도둑같이

아주 흔한 불법 행위를 저질렀을 때

사용하는 것입니다. 전령을 이렇게 소홀히 대하고

이런 제재까지 가한 데 대해

폐하께서 분명 언짢아하실 것이옵니다.

콘월   그건 내가 책임지겠소.

145 **리건** 언니의 시종이 자신의 심부름을 하다가

모욕을 당하고 공격당했다는 걸 알면 언니는 훨씬 더

언짢게 생각할 겁니다. 그놈의 다리를 집어넣어라.

(켄트에게 차꼬를 채운다)

콘월 자, 경, 갑시다.

(글로스터와 켄트를 제외하고 모두 퇴장)

150 **글로스터** 여보게, 미안하네. 세상이 다 알다시피,

공작님은 간섭당하지도, 중단할 줄도 모르는 기질인데.

그래도 자네를 위해 청을 해보겠네.

켄트 제발 그만두십시오, 나리. 전 잠도 안 자고 고된 여행을 해서

눈이나 좀 붙이고, 나머지 시간은 휘파람이나 불겠습니다.

155 착한 사람의 운수도 뒤꿈치가 닳을 수 있지요.

안녕히 주무십시오!

글로스터 이건 공작님이 잘못하신 게야. 언짢게 여기실 텐데.

(퇴장)

켄트 국왕 폐하, 폐하께서는 하늘의 축복에서 벗어나 뜨거운   160

땡볕으로 나선다는 흔한 속담을 입증하실

처지가 되셨습니다!

이 천하를 비추는 횃불[38]이여,

가까이 다가와 그대 평온한 빛으로 내가

이 서찰을 읽게 해다오. 비참한 처지에서만   165

기적을 경험하는 법. 이 편지는 코딜리어 공주님에게서

온 것으로, 그분은 아주 다행히 내가 변장하고

움직인다는 것을 아시고, 이 혼란스런 상황을

바로잡을 기회를 도모하고 계시다.

지칠 대로 지치고 잠을 못 자서 무거운 눈이여,

마침 잘 되었으니 이 누추한

잠자리를 보지 마라. 운명의 여신이여, 안녕히 주무시오.

다시 한 번 더 미소짓고, 그대 수레바퀴를 돌려주소서![39]

(잠든다)

---

38 이 천하를 비추는 횃불 : 달을 뜻한다.
39 운명의 여신이여 ~ 수레바퀴를 돌려주소서 : 로마 신화에 등장하는 운명의 여신 포르
    투나(Fortuna)는 운명의 수레바퀴를 돌려 사람들의 운명을 결정한다.

제3장 숲속

에드거 등장

에드거　내 포고령이 내려졌다는 소식을 들었다.
　　　하지만 다행히 몸을 숨길 나무 구멍을 발견하여
　　　체포되진 않았다. 항구는 모조리 봉쇄되어, 나를 체포하려고
　　　경비병들이 평소와 달리 엄중한 경계를 하지 않는
5　　　곳이 없다. 할 수 있는 데까지 피신해서
　　　목숨을 부지하겠다. 그래서 지금까지 가난이
　　　인간의 품위를 떨어뜨려 짐승과 다름없이
　　　만들었던 것 가운데서 가장 천하고 가장 초라한
　　　모습을 할 작정이다. 얼굴에는 검댕이 칠을 하고,
10　　허리에는 담요를 두르고, 머리칼은 온통 헝클어서
　　　매듭 투성이로 만들고, 알몸을 드러내고 바람과 하늘의
　　　온갖 박해에 맞설 것이다.
　　　이 나라에서는 베들럼의 거지들을 표본으로
　　　삼을 수 있는데, 그들은 큰 소리로 울부짖으면서
15　　얼어서 마비된 자신들의 맨팔에 바늘, 나무 꼬챙이,
　　　못, 로즈마리 가지를 마구 꽂는다.
　　　그리고 그런 끔찍한 모습으로 궁색한 농장이나,
　　　가난한 마을, 양 우리, 방앗간에서

때로는 미친 듯 욕을 하고 때로는 기도를 하면서

동냥질을 한다. 불쌍한 터리곳!40 불쌍한 톰!　　　　　　　　　20

그나마 그걸로는 희망이 있지만 에드거로서는 아무 희망이 없다.

(퇴장)

제4장　글로스터의 성 앞. 차꼬를 차고 있는 켄트

리어, 바보광대와 신사 등장

리어　그들이 그렇게 서둘러 집을 떠나고, 내 전령을

돌려보내지 않다니 이상하구나.

신사　　　　　　　　　　소신이 알아보니

어젯밤만 해도 그분들이 이렇게 떠나실 계획이

없었사옵니다.

켄트　　　　어서 오십시오, 폐하!

리어　하!　　　　　　　　　　　　　　　　　　5

넌 이런 모욕을 놀이로 여기고 있느냐?

켄트　　　　　　　　　　　아니옵니다, 폐하.

---

40 터리곳 : 1600년 파리에서 알몸으로 종교 의식을 거행한 반미치광이 거지 일당에게
　　붙여진 이름이다.

바보광대 하, 하! 거참 잔인한 양말대님을 매었네. 말은 머리를 매고, 개와 곰은 목을 매고, 원숭이는 허리를 매고, 사람은 다리를 매지. 다 리를 너무 많이 사용하면41 나무로 된 양말을 신게 되는 거야.

리어 네 직분을 몰라보고 이렇게 차꼬를 채운 자가 도대체 누구냐?

켄트   내외분입니다.

폐하의 사위와 따님.

리어 아니다.

켄트 사실이옵니다.

리어 아니라니까.

켄트 사실이라니까요.

리어 아니, 아니, 그들이 그럴 리가 없다.

켄트 네, 네 그분들이 그러셨습니다.

리어 주피터42 신에 맹세코 그럴 리가 없다.

켄트 주노43 신에 맹세코 사실이옵니다.

리어   그 애들이 감히 그럴 리가 없다. 그리 할 수도, 그리 하려고도 안 했을 것이다. 어명을 받은 자에게 이런 무례한 짓을 하다니, 이는 살인보다 더한 짓이다.

---

41 켄트가 오즈월드를 발을 걸어 넘어뜨린 사건을 언급하는 것이다.
42 주피터(Jupiter) : 그리스 신화에 나오는 제우스에 해당하는 로마 신이다.
43 주노(Juno) : 그리스 신화에 나오는 올림포스 12신 가운데 한 명인 헤라에 해당하는 로마 신으로 주피터의 아내이다.

네가 이런 벌을 받을 만한 짓을 했는지,

아니면 과인이 보낸 전령이어서 이런 대우를 25

한 건지, 자초지종을 말해 봐라.

켄트   폐하, 그분들의 댁에서

폐하의 친서를 전해 드리고, 소신이 무릎 꿇고

예를 표하던 자리에서 일어나기도 전에,

전령 한 사람이 땀냄새를 풍기면서 당도하였는데

급히 달려오느라 김을 내뿜으며, 숨이 끊어질 듯, 헐떡거리면서 30

그의 안주인 거너릴 공주님의 인사를 전하였습니다.

그리고 서찰을 전했사온데, 그자가 끼어들었음에도 불구하고

그분들은 즉시 그 서찰을 읽으셨습니다. 편지 내용을

읽어 보시고 수행원들을 소집하고, 곧장 말을 타시더니,

소인에게도 따라오라고 명령하고, 시간 날 때 답장을 쓸 테니 35

대기하라고 하셨는데, 소신을 보는 시선이 차가웠습니다.

다른 전령에 대한 환영 때문에

그런 냉대를 받았다는 걸 감지했는데

이곳에 와서 그 전령을 만나 보니

최근에 폐하에게 무엄하게 행동했던 바로 그놈이었습니다. 40

그래서 분별심보다는 용기가 앞서서 칼을 뽑았습니다.

그러자 그놈이 비겁하게 큰 소리로 비명을 질러

집 안 사람들을 다 깨웠습니다. 폐하의 사위와 따님이

소인의 이런 죄가 이 자리에서 소인이

받고 있는 치욕스런 벌을 받을만 하다고 생각하셨습니다.

바보광대 겨울은 아직 끝나지 않았구나. 기러기 저리 날아가는 걸 보니.

> *아비가 누더기 걸치면*
>
> *자식들은 장님이 되고,*
>
> *아비가 돈주머니 지니면*
>
> *자식들은 친절해진다네.*
>
> *악명 높은 창녀인 운명의 여신44은*
>
> *구차한 자에게는 문을 열어 주지 않는다네.*

아자씨는 딸들 때문에 한 해 동안 셀 만큼 많은 슬픔 보따리를 갖게 될 거야.

리어 아! 울화가 가슴에서 치밀어 오르는구나.

울화 덩어리야! 내려가라, 치밀어 오르는 슬픔아!

네가 있을 곳은 아래쪽이다. 내 딸은 어디 있느냐?

켄트 백작님과 함께 안에 계십니다, 폐하.

리어 따라오지 말고 여기 있어라.

(퇴장)

신사 지금 말한 것 외에 다른 무례한 짓은 안 했소?

켄트 전혀요.

폐하께선 어째서 저렇게 소수의 수행원만 데리고 오셨소?

---

44 악명 높은 창녀인 운명의 여신 : 사람들의 운이 아무 이유 없이 급변하는 걸 운명의 여신의 농간이라고 생각하여 운명의 여신을 흔히 '창녀'라고 비유해 왔다.

바보광대 그런 질문을 하다가 차꼬를 찬 거라면 벌 받아도 싸네.

켄트 어째서, 바보광대야?

바보광대 당신을 개미학교에 보내야겠어, 겨울에는 일이 없다는 걸 배우 65
도록 말이야. 코를 따라다니는 자들도 장님이 아니라면 누구나 두 눈
을 안내자로 삼지. 그리고 저 양반에게서 썩은 내가 나는 걸 못 맡는
코는 스무 명 가운데 한 명도 없어. 거대한 수레바퀴가 굴러내려 갈
땐 손을 놓아야 해. 따라가다가 목을 부러뜨리지 않으려면. 하지만 올 70
라가는 큰 수레바퀴는 바싹 붙어야지. 똑똑한 자가 더 좋은 충고를 해
주거든 내 충고는 돌려줘. 바보광대의 충고이니 악당들만 내 충고를
따랐으면 해.

> *봉사를 한답시고 이득만 좇고* 75
> *겉으로만 따르는 척하는 자들은*
> *비가 오기 시작하면 보따리를 싸서,*
> *폭풍 속에 그대만 남겨 두지.*
> *하지만 나는 남을 테야, 바보광대는 남을 테야.*
> *현명한 자들은 도망치라지.* 80
> *도망치는 악한은 바보광대 되어도,*
> *바보광대는 절대 악한 될 리 없지.*

켄트 어디서 그런 걸 배웠냐, 바보광대야?

바보광대 차꼬 차고 배운 건 아냐, 이 바보야.

리어, 글로스터와 함께 다시 등장

리어 나와 이야기하길 거절해! 아프다고! 피곤하다고!

밤새 여행을 해서! 그냥 구실이지, 암.

부모의 뜻을 어기겠다는 암시지.

더 나은 대답을 받아가지고 오너라.

글로스터   폐하,

폐하께서도 공작님의 불같은 성품을 아시옵니다.

90 한번 방향을 잡으면

얼마나 확고부동하신지.

리어 복수여! 역병이여! 죽음이여! 파멸이여!

불같다고! 성품이 어쩌고 어째? 아니, 글로스터, 글로스터,

내가 콘월 공작과 그 부인과 얘기하겠다는 것이다.

95 **글로스터** 네, 폐하, 그리 전해 올렸사옵니다.

리어 그것들에게 전해 올려! 이 사람아, 내가 누군지 아느냐?

글로스터 네, 국왕 폐하.

리어 왕이 콘월과 말하고 싶다는 거다, 사랑하는 아비가 딸과

얘기하고 싶고, 분부를 내려, 그들이 수행해 주기를 원한단 말이다.

100 이렇게 전했느냐? 숨이 막히고 피가 치솟는구나!

불같다고! 불같은 공작! 그 불같은 공작에게 말하라—

아니, 아직 아니다. 정말 몸이 아플 수도 있지.

몸이 아프면 건강할 때는 마땅히 해야 할 일들을 모두

소홀히 하게 되지. 사람의 본성이 억압을

105 받아 육신과 함께 마음도 고통을 받게 되면

사람은 본성에서 벗어나게 되지. 내가 참겠다.

내가 경솔한 충동으로 인해서 격분하여

병들어 온전치 못한 사람의 순간적 증상을 건강한 사람의

의도라고 생각하고 있구나. 내 권세가 땅에 떨어졌구나. (켄트를 보면서)

무엇 때문에 저자가 여기 앉아 있어야 하느냐? 이런 소행을   110

보면 공작 내외가 나를 피해 이리로 온 건

계략인 것만 같다. 내 하인을 풀어 줘라.

공작 내외에게 가서 내가 이야기하고 싶다고 전해라.

지금, 당장. 그들에게 나와서 내 이야기를 들으라고 해라.

안 그러면 그들 방문에 대고 북을 쳐 댈 테다.   115

잠이 확 달아날 때까지.

글로스터 모든 게 서로 잘 화합되시길 바라옵니다.   (퇴장)

리어 아! 이 내 가슴, 북받치는 내 가슴아! 하나, 진정하라!

바보광대 아자씨, 런던 뒷골목 아줌씨가 뱀장어를 산 채로 반죽에 넣었

을 때 뱀장어에게 소리치듯이 그놈45에게 소리쳐요. 그 아줌씨는 막대   120

로 뱀장어 머리통을 내리치며 '들어가, 이 못된 놈, 들어가라니까!'라

고 외쳤지요. 오로지 말에게 친절을 베푼다고 건초에 버터를 바른 건

그 아줌씨의 오라비였어요.46

----

45 그놈 : 앞에서 리어가 말한 '가슴'을 가리킨다.
46 오로지 말에게 ~ 아줌씨의 오라비였어요 : 말들은 기름진 것을 싫어하는데 런던 뒷골
　목 아낙네의 오라버니는 친절을 베푼답시고 건초에 버터를 발라 준 것이다. 이 대사는
　리어가 두 딸들에게 권력과 재산을 다 양도하고 배신당하는 상황을 조롱하는 것이다.

글로스터, 콘월, 리건이 하인들과 함께 다시 등장

리어 두 분 잘 주무셨습니까?

콘월   어서 오십시오, 폐하.

(켄트를 풀어 준다)

125 **리건** 폐하를 뵈니 기쁘옵니다.

리어 리건아, 당연히 그렇겠지. 또 그러리라고

생각할 이유도 알고 있고. 만일 네가 기쁘지 않다면

난 네 어미의 무덤에 함께 묻히지 않을 것이다.

부정한 여자의 무덤이니47. (켄트에게) 아! 풀려났느냐?

130 이 문제는 다음에 이야기하자. (켄트 퇴장) 사랑하는 리건아,

네 언니는 사악한 년이다. 아, 리건아! 그년은

불효라는 날카로운 이빨로 독수리처럼, 여기를 물어뜯었다.

(자신의 가슴을 가리킨다)

이루 다 말할 수가 없구나. 그 태도가 얼마나

악독했던지. 너는 믿지 못할 것이다. — 아, 리건아!

135 **리건** 제발 아버님, 진정하십시오. 언니가

소임을 소홀히 했다기보다는 아버님께서 언니의 노고를

제대로 모르시는 것이길 바랍니다.

---

47 만일 네가 ~ 여자의 무덤이니 : 리건이 자신의 진짜 딸이라면 당연히 아버지를 만나
기쁠 테니까, 만약 기쁘지 않다면 리건은 아내가 불륜을 저질러 낳은 다른 남자의 딸일
거라는 말이다.

리어 　　　　　　　　　　　뭐라고? 그게 무슨 소리냐?

리건 언니가 조금이라도 자신의 의무를 소홀히 했으리라고

여겨지지 않습니다. 만일 아버님, 언니가

아버님 시종들의 소동을 제지했다면　　　　　　　　　　140

그건 언니를 비난에서 벗어나게 해줄 만한 근거와

건전한 목적이 있어서 그랬을 것입니다.

리어 　　　　　　　　　　　　저주받을 년!

리건 아, 아버님, 아버님은 연로하십니다.

아버님은 지금 천수를 마치실 때가

다 되었습니다. 그러니 아버님보다 아버님 상태를　　　145

더 잘 알고 있는 사람의 지도와 인도를 받으셔야 합니다.

그러니 부디 언니에게 돌아가셔서

잘못했다고 말씀하십시오.

리어 　　　　　　　　그년에게 용서를 빌라고?

이것이 집안 체통에 어울리는지 어디 한번 봐라.　　　150

'사랑하는 딸아, 나는 늙었고, 노인은 쓸모없는

존재란 걸 인정한다. 이렇게 무릎 꿇고 애원하마.　　(무릎을 꿇는다)

내게 입을 것, 잠잘 곳, 먹을 것을 베풀어 다오.'

리건 아버님, 그만하십시오. 차마 보기 망측하옵니다.

언니에게 돌아가세요.

리어 　　(일어나면서) 절대 안 간다, 리건아.　　　　　155

그년은 내 수행원을 반으로 줄이고,

날 노려보고, 독사처럼

독설로 바로 이 심장을 물어뜯었다.

하늘에 비축된 복수란 복수는 다

160 배은망덕한 그년 머리 위에 떨어져라! 역병을 옮기는 대기여,

젊은 그년의 뼈에 내리쳐서 절름발이로 만들어 버려라!

콘월   저런, 폐하, 저런!

리어 날쌘 번개여, 눈을 멀게 하는 너의 불꽃으로

경멸에 찬 그년의 눈을 찔러라! 강한 햇볕에

피어오르는 늪의 독기여, 그년의 예쁜 얼굴을 감염시켜

165 시들고 물집투성이로 만들어라!

리건 아, 하나님 맙소사! 분노에 사로잡히시면

저에게도 그렇게 저주를 하시겠지요.

리어 아니다, 리건아, 절대 너를 저주하는 일은 없을 것이다.

너는 천성이 유순하니 너에게 가혹한 짓은 하지 않을 것이다.

170 그년의 눈은 사나웠지만 네 눈은 사람의 마음을

편히 해 주고 이글거리지 않는다. 너는

내 즐거움을 못마땅해하고, 수행원의 수를 줄이고,

바로 말대꾸하고, 내 생활비를 줄이고,

결국 내가 들어가지 못하도록 문의 빗장을

175 채우지 않을 것이다. 천륜에 따르는 의무, 자식으로서의 도리,

예의 바른 행위, 은혜에 보답하기 위해 해야 할 일을

더 잘 알고 있다. 내가 준 왕국의 절반을

잊지 않았겠지.

리건　　　　아버님, 요점만 말씀해 주십시오.

리어　누가 내 전령에게 차꼬를 채웠느냐?　　　(안에서 나팔 소리)

콘월　　　　　　　　　저건 무슨 나팔 소리지?　　　180

리건　언니의 나팔 소리예요. 편지에서 곧 이리로

　온다더니 오나 보네요.

오즈월드 등장

　　　　자네 주인마님이 오셨느냐?

리어　이놈이 제가 모시는 안주인의 변덕스러운 총애를

　믿고 경망스럽게 우쭐대던 바로 그 종놈이다.

　내 앞에서 썩 꺼져라, 이 종놈아?

콘월　　　　　　　왜 그러시옵니까, 폐하?　　　185

리어　누가 내 전령에게 차꼬를 채웠느냐? 리건아, 제발 너는

　모르는 일이길 바란다. 여기 오는 게 누구냐?

거너릴 등장

　　　　　　　아, 천지신명이시여,

　당신이 노인들을 아끼고, 당신의 자상한 통치가

　효심을 인정하고, 당신 자신이 연로하시다면,

190 이를 자신의 일로 여기시어 제 편이 되어 주소서!

(거너릴에게) 이 수염 보기가 부끄럽지 않느냐?

아, 리건아! 저년 손을 잡을 셈이냐?

거너릴 왜 손을 못 잡습니까, 아버님? 제가 뭘 잘못했습니까?

무분별한 사람과 망령 든 사람이 죄라고 생각하는 게

다 죄는 아닙니다.

195 **리어** 아 가슴아! 너는 너무 튼튼하구나,

아직도 버틸 셈이냐? 내 전령이 어째서 차꼬를 찼느냐?

콘월 소신이 그리했습니다, 폐하. 하오나 그놈이 벌인 소동은

더 심한 벌을 받아 마땅했습니다.

리어 그대가? 그대 소행이라고?

리건 제발 아버님, 노쇠하시니, 그에 맞게 처신하십시오.

200 정해진 한 달이 될 때까지

돌아가셔서 언니와 함께 계시다가

수행원을 반으로 줄이고 제게 오십시오.

저는 지금 집을 떠나 있어서 아버님을 모시는 데

필요한 준비를 할 수가 없습니다.

205 **리어** 저년에게 돌아가라고? 수행원 오십 명을 줄이고?

아니, 내 차라리 그 어떤 지붕 밑에도 들어가지 않고,

사나운 비바람과 싸우고,

늑대나 올빼미의 동무가 되어서

궁핍의 고통을 감내하겠다! 저년과 돌아가라고!

차라리 막내를 지참금 한 푼 없이 데려간   210

열정적인 프랑스 왕의 권좌 앞에 가서 무릎을 꿇고,

그의 시종처럼 이 천박한 목숨을 부지하기 위해서

생계비를 구걸하겠다. 저년과 돌아가라고!

차라리 나에게 이 혐오스런 종놈의 종이나

마부가 되라고 해라.   (오즈월드를 가리킨다)

거너릴   맘대로 하십시오, 아버님.   215

리어 얘야, 제발 날 미치게 하지 마라.

널 귀찮게 하지 않을 테니. 잘 가거라.

우리는 두 번 다시 만나지도, 보지도 않을 것이다.

하지만 너는 내 살이요, 내 혈육이요, 내 딸이요,

아니, 내 살 속에 자리 잡고 있는 질병이니,   220

이 또한 내 것이라 해야겠지. 너는 내 썩은 피 속의

부스럼이요, 역병의 상처요, 부어오른 종기다.

하지만 널 꾸짖진 않겠다. 수치심이 올 때 오더라도

내가 그걸 소환하진 않겠다. 벼락의 신에게

너를 내리치라고 요구하지도, 높은 곳에서 인간을 재판하는   225

조브48 신에게 널 이르지도 않겠다.

할 수 있을 때 심보를 고쳐라. 적당한 시기에 더 좋은 사람이 되라.

난 참을 수 있다. 난 리건과 있겠다,

---

48 조브 : 주피터의 또 다른 이름이다.

나와 내 기사들 백 명과 말이다.

리건   그건 절대 안 됩니다.

230 아버님께서 아직 오시리라고 예상 못 했고, 아버님을 제대로

맞을 준비도 안 되어 있습니다. 언니 말을 들으세요, 아버님.

아버님의 격정을 이성적으로 판단하는 사람이면

아버님이 연로하셨다는 생각에 동의할 겁니다. 그러니

언니가 자기 할 일을 알고 있는 겁니다.

리어   진정으로 하는 말이냐?

235 **리건** 그렇사옵니다. 아버님, 아니! 수행원 오십 명이라고요?

충분하지 않습니까? 더 이상 무슨 필요가 있습니까?

그럼요, 아니, 비용으로 보나 위험성으로 보나 그렇게

많은 수는 부정적이니 그것도 많지 않습니까? 한 집안에서

많은 사람이 두 사람의 명령을 받으면서 어떻게 평온을

240 유지하겠습니까? 어렵지요, 아니 거의 불가능합니다.

거너릴 아버님, 동생의 하인이나 제 하인의

시중을 받으시면 왜 안 되십니까?

리건 왜 안 되는지요, 아버님? 그들이 혹시 아버님을 소홀히

대하면 저희가 그들을 다스리면 됩니다. 저에게 오시려면,

245 이제 그 위험을 알았으니, 부디

스물다섯 명만 데리고 오십시오. 그 이상은

거처할 곳도, 잘 돌봐 줄 수도 없습니다.

리어 난 네게 모든 걸 주었는데ㅡ

리건   적절한 시기에 양도하신 겁니다.

리어 수행원 백 명을 거느린다는 조건으로,

　　너희들을 내 재산 관리인으로, 내 후견인으로   250

　　삼았다. 뭐! 스물다섯 명만 데리고

　　와야 한다구? 리건아, 너 그리 말했느냐?

리건 다시 말씀드립니다, 아버님. 그 이상은 안 됩니다.

리어 사악한 인간이라도 더 사악한 것이 있으면

　　괜찮아 보이지. 가장 사악한 건 아니니   255

　　그래도 조금은 칭찬받을 만하지. (거너릴에게) 너와 함께

　　가겠다. 네가 제안한 오십 명은 스물다섯 명의 두 배이니,

　　네 사랑도 저년 사랑의 두 배겠지.49

거너릴   들어보세요, 아버님.

　　스물다섯 명, 열 명, 아니 다섯 명이 왜

　　필요합니까, 그 배나 되는 사람들이 아버님   260

　　시중을 들도록 명령받고 있는 집에서?

리건   한 명인들 왜 필요합니까?

리어 아! 필요를 따지지 마라. 가장 천한 거지도

　　그 구차한 소유물 가운데 꼭 필요치 않은 것이 있다.

　　인간에게 자연이 필요로 하는 것 이상을 허용하지 말아 봐라.

---

49 네가 제안한 ~ 두 배겠지 : 이 부분도 리어가 얼마나 자본주의의 교환 개념에 물들어
　있는지를 보여 준다. 리어는 사랑이라는 감정을 수행원 숫자로 재고 있다.

인간의 삶은 짐승의 삶처럼 천박해질 것이다. 너는 귀부인이다,

몸을 따뜻하게 하는 것만이 중요한 것이라면,

네가 입고 있는 그 멋진 옷은 별로 몸을 따뜻하게

해 주지도 않으니, 필요 없을 것이다. 하나 진정 필요한 것은—

하늘이시여, 제게 인내심을 주소서. 제겐 인내심이 필요합니다!

그대 신들은 나이만큼이나 슬픔에 가득한 이 불쌍한

늙은이를 보고 계십니다. 나이로 보나 슬픔으로 보나 비참한!

이 딸년들의 마음을 부추겨 아비를 거스르게 한 것이

당신들이라면 그것을 가만히 참고 있을 만큼

절 바보로 만들지 말고, 저에게 고귀한 분노를 불러일으키시고

여자의 무기인 눈물이 사내의 **뺨**을

얼룩지게 하지 마소서! 아니다, 이 패륜을 일삼는 마녀들아,

너희 둘에게 온 세상이 다— 나도 어떤 것인지 모르지만

온 세상이 다 공포로 떨 만한 그런

복수를 할 것이다. 내가 울 거라고 생각하겠지만

천만에, 난 울지 않을 것이다.

울 이유야 넘쳐나지만. 이 가슴　　　　　　　　　(멀리서 천둥소리)

천 갈래 만 갈래로 찢어질 때까지는

울지 않을 것이다. 아, 바보광대야! 난 미칠 것 같구나.

　　　　　　　　　　(리어, 글로스터, 신사 그리고 바보광대 퇴장)

콘월 들어갑시다. 폭풍이 불 것 같소.

리건 이 집은 좁아서 저 노인과 시종들을

다 수용하지도 못해요.

거너릴 그야 본인 탓이지. 스스로 안락함을 버렸으니,

자신의 어리석은 행동의 맛을 봐야 해.

리건 아버님 한 분은 기쁘게 모시겠지만 수행원은   290

한 사람도 받아들이지 않겠어요.

거너릴   나도 그럴 작정이다.

글로스터 백작은 어디 있지?

콘월 그 노인을 뒤쫓아 갔어요. 저기 돌아오네요.

글로스터 다시 등장

글로스터 폐하께서 진노하고 계십니다.

콘월   어디로 가신답니까?

글로스터 말을 대령시키셨으나 어디로 가실지는 모르겠습니다.   295

콘월 그냥 하고 싶은 대로 하시게 두는 게 상책이오. 고집대로 하실 테니.

거너릴 백작님, 절대 머무시라고 간청하지 마세요.

글로스터 세상에! 밤이 다가오고, 살을 에는 듯한 바람이

심하게 불어대는데, 이 근방 수 마일 내에는

나무 덤불 하나 없습니다.

리건   아! 백작님, 고집스런 사람에게는   300

스스로 자초한 고통이 버릇을 고쳐 주는

선생이 되어야 해요. 성문을 닫으세요.

그분은 위험한 사람들의 시중을 받고,

귀가 여려 쉽게 휘둘리어 그들이 충동질할 수도 있으니

305   신중함이 조심하라고 경고하네요.

콘월 백작, 성문을 닫으시오. 거친 밤이구려.

우리 부인의 말씀이 맞소. 폭풍우를 피합시다.   (모두 퇴장)

제3막

존 해밀턴 모티머, 〈셰익스피어 등장인물들의 얼굴들 중 에드거의 얼굴〉,
1775년, 빅토리아와 앨버트 미술관 소장

제1장 황야

천둥 번개를 동반한 폭풍우. 켄트와 신사가 등장하여 만난다.

켄트 이 험한 날씨에 게 누구요?

신사 날씨만큼이나 마음이 몹시 심란한 사람이오.

켄트 난 당신을 알고 있소. 폐하께선 어디 계시오?

신사 사나운 날씨와 겨루고 계시오.

바람에게 불어 대지를 바다 속에 처넣으라 명하시다가   5

치솟는 파도에게 육지를 뒤덮어서

모든 걸 바꾸든가 없애 버리라고 명하시다가

눈앞이 안 보이게 몰아치는 사나운 돌풍이

당신의 백발을 인정사정없이 사납게 쥐어뜯는데,

폐하께서는 인간이라는 소우주50로   10

---

50 소우주 : 인간이 대우주를 반영하는 하나의 작은 우주라는 서양의 철학적 사상

이리저리 불어대는 비바람을 이기려고 애쓰고 계시오.

새끼에게 젖을 다 빨린 곰도 웅크리고 있고,

사자와 배고픈 늑대도 털을 적시지 않으려고 하는 이런 밤에,

폐하께선 모자도 안 쓰시고 뛰어다니시며 덤빌 테면

덤비라고 외치고 계시오.

₁₅　**켄트**　　　　　그런데 누가 폐하와 함께 있소?

　　신사　폐하의 마음의 상처를 재담으로 달래 보려

애쓰는 바보광대뿐이오.

　　켄트　　　　　신사 나리, 내가 댁을 알기에

그걸 믿고 감히 중요한 부탁을 드리오.

서로가 교묘하게 숨겨서 아직 표면에

₂₀　드러나진 않았지만, 올버니 공작과

콘월 공작 사이에는 불화가 싹트고 있소.

그분들에게는 ─ 위대한 별자리 덕택으로 왕위나 높은 지위에

오른 사람들 가운데 안 그런 사람이 없듯이 ─

하인처럼 보이나, 우리나라에 관한 정보를

₂₅　프랑스 왕에게 보내는 간첩이요, 첩자인 자들이 있소.

두 공작 사이의 알력이나 음모 가운데 목격된 것, 두 분이

인자하신 노왕께 가한 가혹한 처사,

겉으로 드러난 이런 것뿐만 아니라,

보다 깊은 비밀 같은 정보 말이오.

₃₀　그런데, 사실은 분열된 이 왕국에 프랑스 군대가

들어와서 이미 우리가 방심하고 있는 틈을 이용해

우리나라의 몇몇 중요 항구에 몰래 상륙하여

공공연하게 군기를 휘날릴 태세를

갖추고 있소. 이제 그대에게 말하노니

만일 날 믿고, 도버[51]로 달려가,   35

천륜에 어긋난 학대를 받으시고 미칠 것 같은 슬픔 때문에

폐하께서 얼마나 비탄에 빠져 계시는지

제대로 보고만 하면 당신에게 감사할

분을 만나게 될 겁니다.

나는 혈통으로 보나 양육 과정으로 보나 신사요. 내가   40

입수한 정보가 있고, 그에 대해 확신하기 때문에

이런 부탁을 드리는 거요.

신사 당신하고 좀 더 얘기해 봐야겠소.

켄트   아니, 그러지 마시오.

내가 겉보기보다는 훨씬 더 대단한 사람이라는 증거로

이 지갑을 열고 그 속에 들어 있는 것을   45

꺼내 보시오. 코딜리어 공주님을 만나시거든―

꼭 만나게 될 터인데― 그분에게 이 반지를 보여 주시오.

그러면 공주님이 아직 당신이 모르는 이 사람이

---

51 도버 : 영국 잉글랜드 켄트 주에 있는 항구 마을로 유럽 대륙과의 교통을 연결하는
  중요한 지점이다. 맑은 날씨에는 프랑스 해안이 보일 정도로 가깝다. 코딜리어를 포함
  한 프랑스 군대가 여기 주둔한 것이다.

누구인지 알려줄 것이오. 이 놈의 폭풍우!

50 난 가서 폐하를 찾아보겠소.

신사 그대 손을 이리 주시오, 더 할 말은 없으시오?

켄트 몇 마디 안 되지만 지금까지 한 말보다

더 중요한 건데 당신은 저리로, 난 이리로 가서

폐하를 먼저 발견하는 사람이 다른 쪽에게

55 고함을 쳐서 알려 주기로 합시다.

(각자 따로 퇴장)

제2장 황야의 다른 곳, 폭풍우가 계속 불고 있다

리어와 바보광대 등장

리어 불어라, 바람아, 네 뺨을 찢어라! 미쳐 날뛰어라! 불어라!

그대 대홍수여, 물기둥이여, 뾰족탑이 묻히고,

바람개비 수탉52이 물에 잠길 때까지 솟아올라라!

그대, 생각처럼 빠르게 실행하는 유황불이여,

5 참나무를 쪼개는 벼락의 선도자여,

내 백발을 지져라! 그리고 그대 천지를 흔드는 천둥이여,

---

52 바람개비 수탉 : 수탉 모양의 풍향계를 말한다.

이 두껍고 둥근 지구를 납작하게 만들어라!

대자연의 주조 틀을 깨부수고, 배은망덕한 인간을

만들어 내는 씨앗을 다 쏟아 버려라!

바보광대 아, 아자씨, 비 안 맞는 집안에서 알랑거리는 것이 밖에서 10

이렇게 폭우를 맞는 것보다는 나아. 아자씨, 들어가서 딸들에게 자

비를 베풀어 달라고 해. 이런 밤은 똑똑한 사람도 바보광대도 봐주

지 않아.

리어 마음껏 으르렁거려라! 불을 내뱉어라! 비를 퍼부어라!

비도, 바람도, 천둥도, 번개도, 내 딸들은 아니다. 15

나는 너희들을 불친절하다고 비난하지 않겠다.

너희들에겐 왕국을 준 일도, 자식이라고 불러 본 일도 없으니,

너희들은 나에게 경의를 표할 이유가 없다. 그러니 실컷

가공할 짓을 퍼부어라. 그대들의 노예인 가련하고,

노쇠하고, 나약하고, 멸시당한 늙은이가 여기 서 있다. 20

그래도 난 너희들을 비굴한 대리인이라고 부르겠다.

사악한 내 딸년들과 합세하여, 이처럼 늙어 백발이 된

사람과 싸우려고 하늘의 대군을 이끌고

오니 말이다. 아, 참으로 역겹다!

바보광대 머리를 넣을 집을 갖고 있는 사람은 머리가 좋은 사람이야. 25

머리 들이밀 집보다

불알싸개부터 가지면,

머리에도 몸뚱이에도 이가 꾄다네.

거지들은 그렇게 장가를 간다네.

가슴보다 발가락을

중시하는 사람은

티눈 때문에 슬피 울고

*밤에 잠을 못 이루리.*53

예쁜 여자치고 거울 앞에서 온갖 표정 지어 보이지 않는 사람 없다니까.54

켄트 등장

리어   아니, 나는 모든 인내의 모범이 되련다.

아무 말 않겠다.

켄트   게 누구요?

바보광대   양반 나리와 불알싸개, 다시 말해 현명한 양반과 바보광대.

---

53 머리 들이밀 ~ 못 이루리 : 이 노래는, 정말 중요한 것은 신경 쓰지 않고 신체의 하찮
은 곳만 신경 쓰는 사람이 바보같이 신경 쓴 하찮은 신체 부위 때문에 고생하게 될 거
라는 내용으로, 역시 진짜 사랑해야 할 코딜리어는 내쫓고 못된 두 딸들에게 모든 호의
를 베푼 리어의 어리석음을 조롱하는 것이다.
54 예쁜 여자치고 ~ 사람 없다니까 : 여성들의 표정 연습은 그들의 가식 혹은 허영을 말하
는 것으로, 거너릴과 리건의 가식적 혹은 꾸며 낸 사랑을 비유한 것이다.

켄트 세상에! 폐하, 여기 계시옵니까? 밤을 좋아하는 것들도

이런 밤은 좋아하지 않습니다. 성난 하늘은 밤에

활동하는 짐승들도 두렵게 해서

자기 굴속에 숨어 있게 합니다. 소신이 태어난 이래,   45

이렇게 널리 퍼지는 번개, 이렇게 무섭게 터지는 천둥,

그렇게 으르렁거리는 비바람은 들어본 기억이

없사옵니다. 인간은 이런 고통이나 두려움을

견디지 못하옵니다.

리어   우리 머리 위에서

이 무시무시한 소란을 벌이는 위대한 신들이   50

지금 그들의 처벌의 대상을 찾아내게 하라. 자기 안에

폭로되지 않은 죄를 지니고도 정의의 신의 채찍질을

당하지 않은 악한아, 벌벌 떨어라. 숨어라, 너 살인자야,

위증한 놈아, 근친상간을 하면서도 미덕을 지닌

체하는 위선자야, 그럴듯해 보이는 가면을 쓰고   55

인간의 생명을 노리는 비혈한아, 온몸이

산산조각 나게 떨어라. 은밀히 숨겨진 죄악들아, 너희들을

감추고 있는 가리개를 찢어 버리고, 이 무서운 저승사자들한테

자비를 빌어라. 나는 내가 지은 죄보다 남이 내게

지은 죄가 더 많은 사람이다.

켄트   세상에, 모자도 안 쓰시고!   60

폐하, 바로 이 근방에 헛간이 하나 있사옵니다.

호의적인 사람이면 폐하께서 폭풍우를 피하시게 빌려 줄

것입니다. 그곳에서 쉬고 계시면, 소신은 그 인정머리 없는

집55으로— 그 집을 지은 돌덩이보다도 더 인정머리

65 　 없어서, 방금도 폐하의 행방을 물어보자 들어가지도

못하게 했던— 그 집으로 돌아가 그들의 인색한 친절을

강요해 보겠습니다.

리어　　　　　내 정신이 돌기 시작한다.

얘야, 이리 오너라, 어떠냐, 얘야? 춥냐?

나도 춥다, 여봐라, 그 초막은 어디 있느냐?

70 　 필요라는 마법은 신기하여 하찮은 것도

귀중한 것으로 만들어 준다. 가자, 오두막으로.

불쌍한 바보광대야, 내 마음 한구석에 너에게

미안한 마음이 드는구나.

바보광대　　　　*지혜가 눈곱만큼이라도 있는 사람은,*

75 　 *바람이 부나 비가 오나 에야디야 하면서*

운명 탓으로 돌리고 만족해야 하네.

허구한 날 비가 온다 해도.

리어　맞다, 얘야. 자, 우리를 그 오두막으로 데려다 다오.

(리어와 켄트 퇴장)

바보광대　오늘 밤은 매춘부의 음욕도 식힐 대단한 밤이네.

---

55 집 : 글로스터의 성을 말한다.

가기 전에 예언 한 말씀 드리리다. 80

신부님이 설교 내용보다 기교에 더 관심 기울이고,

양조업자가 누룩에 물을 섞고,

귀족이 재단사의 스승이 되고,

이교도는 놔두고 기생 서방만 화형에 처하고,

법정 소송 사건이 모조리 정당한 판결을 받고, 85

빚진 향사도 없고, 가난한 기사도 없고,

중상가들이 혀를 놀려 먹고살지 않게 되고,

소매치기 군중들 틈에 나타나지 않고

고리대금업자가 들판에서 돈을 세고,

뚜쟁이들과 매춘부들이 교회를 세우는, 90

그런 날이 오면 알비온 왕국56은

큰 혼란을 맞게 되리니,

살아서 그걸 볼 사람에게는 그때가 올 것이니,

사람의 발이란 걸어가는 데 쓰일 것이다.57

---

56 알비온 왕국 : 영국 섬을 지칭하는 명칭들 가운데 가장 오래된 것으로 '하얀 땅'이란
  뜻이다. 고대 로마인들이 영국으로 들어갈 때 가장 먼저 만나게 되는 도버 해협의 백악
  절벽과 관련해 유래된 것이 아닐까 하는 가설이 있다.
57 신부님이 설교 ~ 쓰일 것이다 : 이 예언 중 앞의 네 줄은 현실을 말하고 다음 여섯
  줄은 이상적인 사회를 말하는 것이라고 여겨진다. 그런 이상적인 세상이 되면 '발이 걷
  는 데 쓰이는' 지극히 정상적인 세계가 될 것이란 뜻이다.

95   이런 예언은 멀린[58]이 해야지, 나는 그보다 이전에 산 사람이니까.

(퇴장)

제3장   글로스터의 성 안 방

글로스터와 에드먼드, 횃불을 들고 등장

글로스터   아이고, 세상에! 에드먼드야, 이런 천륜에 어긋난 처사는 마음
에 들지 않는구나. 그분을 도와 드릴 수 있도록 공작 내외의 허락을
받고자 했더니, 그들은 내 집의 사용권을 박탈하고, 영구히 자기들의
5   노여움을 살 테니 그분에 대해서 말하지도, 간청하지도 말고, 그분을
도우려는 어떤 시도도 하지 말라고 엄명하는구나.

에드먼드   정말 잔인하고 불효막심하군요!

글로스터   아서라, 넌 아무 말 마라. 두 분 공작 사이의 불화에다가 그보
다 더 심각한 일이 있다. 오늘 밤 서찰[59] 하나를 받았는데, 발설하기도
10   위험하여, 그 서찰을 장롱 안에 넣고 잠가 두었다. 폐하가 지금 겪고
계시는 학대에 대해 철저한 보복이 있을 것이다. 이미 일부 군대가 상

---

58 멀린(Merlin) : 아서 왕 이야기에 나오는 마술사로 아서 왕의 마법사이자 조언자였고,
아서의 왕국을 설계한 장본인이다. 아서 왕 이야기가 중세 이야기인데 비해, 리어 왕은
기원전에 살았던 전설적인 왕이므로 바보광대는 자기가 멀린보다 앞선 시기의 사람이
라고 말하는 것이다.
59 서찰 : 이어지는 상황으로 보아 이것은 코딜리어 측에서 보내온 편지이다.

룩해 있다. 우리는 폐하 편에 서야 한다. 나는 폐하를 찾아 은밀히 구
해 드릴 것이니, 너는 가서 공작과 계속 대화를 나눠라. 폐하에게 내가 15
호의를 베푸는 걸 눈치 채지 못하게. 만약 나에 대해 물으시면 몸이
아파 잠자리에 들었다고 해라. 이 일로 죽는다 하더라도, 그들이 그렇
게 위협하고 있다만, 나의 옛 주군이신 폐하를 구해 드려야겠다. 심상
치 않은 일이 벌어지고 있으니, 에드먼드야, 제발 조심해라.　　(퇴장) 20

에드먼드　아버지에게 금한 이런 호의를 베푸는 것을
　　공작에게 즉시 알려야지. 그 서찰에 대해서도.
　　이건 훌륭한 공적이 될 테니, 아버지가 잃은 것을
　　내가 차지할 것이다. 전 재산을 말이다.
　　늙은이가 쓰러지면 더 젊은 사람들이 일어서는 법이지.　　(퇴장) 25

제4장　황야. 어느 오두막 앞

리어, 켄트, 바보광대 등장

켄트　폐하, 여기이옵니다. 드시지요, 폐하.
　　이렇게 거친 밤을 밖에서 지내는 것은 사람에게는
　　버거운 일이옵니다.　　　　　　　　　(폭풍우가 계속 분다)

리어　　　　　　나를 그냥 두어라.

켄트　폐하, 이리 드십시오.

리어   내 가슴을 찢어 놓겠단 말이냐?

켄트 오히려 소신의 가슴을 찢고 싶습니다. 폐하, 드시옵소서.

리어 너는 이 사나운 폭풍이 피부까지 뚫고 들어오는 것을

심각하게 생각하는구나. 네겐 그렇겠지.

하지만 더 심한 병이 있으면,

그보다 가벼운 병은 느껴지지 않지. 곰과 마주치면

피하겠지만, 도망가는 길에 거친 바다가 있으면

곰과 정면으로 맞설 것이다. 마음에 근심 걱정이 없으면

육신이 예민해지는 법. 내 마음에 부는 폭풍우 때문에

내 감각들은 아무것도 느끼지 못한다.

마음속에서 들끓는 배은망덕이라는 고통 외에는!

음식을 넣어 준다고 이 입이 이 손을 물어뜯는 것과

같은 짓 아니냐? 철저하게 갚아줄 것이다.

아니, 더 이상 울지 않을 것이다. 이런 밤에

나를 내쫓아? 쏟아져라, 참고 견딜 테니.

이런 밤에? 오, 리건, 거너릴!

인자한 마음으로 모든 걸 준 이 늙고 친절한 아비를, ─

아! 그렇게 생각하다 보면 미친다. 생각하지 말자.

더 이상 생각하지 말자.

켄트   폐하, 안으로 드십시오.

리어 제발 너나 들어가라, 너나 편히 쉬어라.

이 폭풍우 덕에 나를 더욱 상심하게 만들 일들을 생각하지

않게 되는구나. 하지만 들어가마.   (바보광대에게)   25

들어가라, 얘야, 너 먼저. 집도 없이 가난한 사람들은—

아니, 들어가라니까. 난 기도 좀 하고 자겠다.

                                (바보광대, 안으로 들어간다)

이 무자비하게 몰아치는 폭풍우를 견디고 있는

가난하고 헐벗은 자들아, 어디서든

머리를 넣을 집도 없이, 굶주린 배로,   30

구멍 난 누더기를 걸치고 어떻게 이런 고약한 날씨로부터

자신을 보호하느냐? 아! 나는 지금까지 이런 일에 너무

무관심했다. 사치스런 자들아, 이걸 약으로 삼아라.

가난한 사람들이 느끼는 것을 몸소 겪어 보고

네게 넘치는 것을 털어 내 가난한 자들에게 나눠 주어   35

하늘의 신들이 좀 더 공정하다는 것을 보여 줘라.

에드거 (안에서) 한 길 하고도 반, 한 길 하고도 반!

불쌍한 톰이야!

                                (바보광대가 오두막에서 뛰어나온다)

바보광대 여기 들어가지 마, 아저씨. 여기 귀신 있어.

사람 살려! 사람 살려!   40

켄트 네 손 이리 내라. 게 누구냐?

바보광대 귀신이라니까, 귀신. 제 이름이 불쌍한 톰이래.

켄트 거기 초막에서 중얼거리고 있는 놈은 누구냐?

이리 나오너라.

광인으로 변장한 에드거 등장

에드거 45 꺼져! 못된 악귀가 나를 따라와! 뾰족뾰족한 산사나무

사이로 찬바람이 불어. 흠! 잠자리에

들어가서 몸을 덥혀.

리어 그대도 딸들에게 다 주었소?

그래서 이 지경이 되었소?

에드거 50 못된 악귀가 불 속, 화염 속, 개울과 소용돌이치는 물속, 늪과

수렁 위로 끌고 다닌 불쌍한 톰에게 누가 뭐든 좀 줘. 그는 톰의 베개

밑에는 칼을, 의자에는 목 매달 올가미를, 죽 옆에는 쥐약을 놓아둬.60

톰에게 자만심을 일으켜 갈색 말을 타고 너비가 10cm밖에 안 되는 다

55 리를 건너게 하고, 제 그림자를 보고 반역자라 하며 추격하게 만들어.

당신 오감에 신의 가호가 있기를! 톰은 추워. 아! 덜덜덜덜, 덜덜. 당신

이 회오리바람, 급살, 역병에 걸리지 않도록 신의 가호가 있기를! 악귀

에 시달리는 불쌍한 톰에게 적선 좀. 이번에 저기서 그놈을 붙잡을 수

60 있을 것 같아. 저기다, 저기에도 있다, 저기다.   (폭풍우가 계속 분다)

리어 뭐라고! 그의 딸들이 그를 이 지경으로 만들었다고?

아무것도 남기지 못했소? 다 줘 버렸소?

바보광대 아니지, 담요 한 장은 남겨 뒀어. 그렇지 않았으면 우리 모두

65 부끄러웠을 거야.

----

60 그는 톰의 ~ 쥐약을 놓아둬 : 당시에는 악마가 사람들이 자살하게 부추긴다고 믿었다.

리어 대기 중에 떠다니다 인간의 과오에

떨어지게 되어 있는 온갖 역병이 그대 딸들에게 떨어지길!

켄트 저놈에게는 딸이 없습니다, 폐하.

리어 뒈져라, 이 반역자야! 불효막심한 딸들이 아니고서야 인간을

저리 비천하게 전락시킬 수 있는 건 아무것도 없다.　　　　　　70

버림받은 아비들이 저토록 자신의 육신을

함부로 하는 것이 유행인가?

정당한 처벌이지! 펠리컨61 같은

딸들을 낳은 게 바로 이 몸뚱이니까.

에드거 필리콕62은 필리콕 언덕 위에 앉아 있어.　　　　　　75

훠이, 훠이, 워, 워!

바보광대 밤이 너무 추워서 우리 모두 바보 미치광이가 되겠어.

에드거 못된 악귀를 조심해. 부모에게 순종하고, 약속을 잘 지키고, 욕

을 하지 말고, 언약한 짝 있는 여자와 바람 피지 말고, 화려한 의상에　　80

마음 빼앗기지 마. 톰은 추워.

리어 그대는 지금까지 무엇 하는 사람이었소?

---

61 펠리컨 : 펠리컨은 새끼를 너무 사랑하여 새끼가 죽어 가면 자기 옆구리를 쪼아 피를
흘려 새끼를 살린다는 내용이 셰익스피어 시대인 1582년에 출간된 『바톨로뮤의 배트
맨 *Batman uppon Bartholome*』이란 책에 실려 있다. (Arden 111쪽 주석 참조)

62 필리콕 : phillicock은 연인을 부르는 호칭인 darling과 같은 뜻이기도 하고, 남성 성기
(phallus)의 동의어이기도 하다. 앞에서 리어가 펠리컨을 언급하는 것을 듣고 에드거
가 이 단어를 떠올린 것으로 해석된다.(Arden 112쪽 주석, 박우수 역, 『햄릿』, 105쪽
주석 10 참조)

에드거 가슴과 마음의 허영심을 채워주는 자. 머리는 곱슬곱슬 지지고, 모자에는 장갑 달고, 애인의 마음속 욕정을 채워 주느라 그 여자와 어두컴컴한 짓거리도 하고, 말을 할 때마다 맹세를 하고, 하늘이 내려다보는데 그 맹세를 어긴 사람. 색정을 채울 궁리를 하면서 잠들고, 깨서는 그걸 실행한 사람. 술은 고래요, 노름은 광이고, 술탄[63]보다 많은 여자를 거느리고, 마음은 거짓되고, 귀는 여리고, 손은 잔인하고, 게으르긴 돼지, 교활하긴 여우, 탐욕스럽긴 이리, 미친 짓은 개, 먹이를 잡아먹는 건 사자 같은 사람. 구두 소리, 비단 옷 살랑거리는 소리 때문에 여자들에게 여린 마음 빼앗기지 말고, 매춘 굴에는 발도 들여놓지 말고, 여자의 속옷에 손을 넣지 말고, 고리 대금업자의 장부에 펜을 대지 말고, 못된 악귀를 물리쳐. 아직도 산사나무 사이로 찬바람이 불어. 쉬잉. 쉬잉, 에야디야, 어이, 프랑스 꼬마. 자자! 그놈을 통과시켜 줘.[64]

(폭풍우가 계속 분다)

리어 그대는 이런 사나운 날씨를 벌거벗은 몸으로 버티기보다는 차라리 무덤 속에 들어가 있는 편이 낫겠소. 인간은 이것밖에 안 된단 말인가! 저자를 잘 생각해 보아라. 그대는 누에에게서 비단도, 짐승에게서 가죽도, 양에게서 양모도, 사향고양이에게서 사향도 빚지지 않았다. 하! 여기 우리 세 사람은 겉치장을 했지만, 그대는 날 것 그대로구나. 아무것도 걸치지 않은 인간은 그대처럼 구차하고 벌거벗은 두 발 동

---

63 술탄 : 옛 터키 황제인 술탄들은 하렘이라는 장소에 많은 첩들을 거느리고 있었다.
64 가슴과 마음의 ~ 통과시켜 줘 : 에드가가 미친 사람처럼 광기 연기를 하는 장면이라서 대사가 횡설수설하고 있다.

물에 불과하구나. 벗어라, 벗어. 이 빌려 입은 겉치레를! 여기 단추 좀 끌러 다오. (옷을 찢는다)

바보광대 제발 아저씨, 진정해. 수영하기에는 너무 궂은 밤이야. 이런 때는 황량한 들판에 작은 횃불 하나 있어 봐야 늙은 호색가의 욕정 같지. 작은 욕정의 불꽃 튀어도 온몸이 싸늘한. 저 봐! 저기 걸어 다니는 불이 오네. 110

글로스터, 횃불을 들고 등장

에드거 이건 고약한 프리버티지베트65다. 그놈은 밤 9시에 시작해서 첫 닭이 울 때66까지 돌아다녀. 그놈은 눈에 백내장이 끼게 하고, 사팔뜨 기가 되게 하고, 언청이를 만들고, 또 밀에 흰곰팡이67가 끼게 하고, 115 땅속 미물까지도 못 살게 해.

귀신 쫓는 성자님 고원을 세 번 지나갔네.

그분 악몽 귀신과 그녀의 아홉 자식 만났네.

그 귀신에게 명했네!

썩 내려와 맹세하라고. 120

물러가라, 마녀야, 썩 물러가!

---

65 프리버티지베트 : 여기서부터 에드거는 온갖 악귀들의 이름을 거명하는데, 이것들은 셰익스피어가 새뮤얼 하스넷(Samuel Harsnet)이 엑소시즘(마귀 퇴치) 관행을 비판한 것으로 알려진 책『말도 안 되는 교황의 사기에 대한 선언 *Declaration of Egregious Popishe Imostures*』에 의존하여 쓴 것이다. 하스넷의 설명에 의하면 프리버티지베트는 춤추는 악마이다.
66 첫 닭이 울 때 : 자정(밤 12시)
67 흰곰팡이 : 종자나 곡식 속에 곰팡이의 균사나 포자들이 가득 들어 있는 알갱이

켄트 폐하, 어떠십니까?

리어 저자는 누구냐?

켄트 게 누구냐? 무얼 찾고 있느냐?

125 **글로스터** 거기 누구요? 그대 이름은?

에드거 불쌍한 톰, 헤엄치는 개구리, 두꺼비, 올챙이, 뭍 도룡뇽, 물 도
룡뇽을 먹고, 악귀가 발광해서 가슴속에 화가 치밀면 샐러드 대신 쇠
130 똥도 먹고, 늙은 쥐나 개천에 버려진 개도 삼키고, 고인 웅덩이에 낀
초록 이끼도 마시고, 이 마을 저 마을 지날 때마다 채찍으로 얻어맞
고, 차꼬 차는 벌을 받고, 감옥에 갇히고, 등에 세 벌을 걸치고, 몸에
는 셔츠 여섯 개를 입은 자.

> *말도 타고, 칼도 차고 다녔건만,*

135
> *기나긴 칠 년 세월 동안 톰이 먹은 건*

> *생쥐, 큰 쥐, 작은 사슴.*

나를 쫓아다니는 놈을 조심해. 가만 있어, 악귀 스멀킨아! 가만히, 이
악귀야!

글로스터 저런! 이런 자들밖에는 폐하의 동행이 없습니까?

140 **에드거** 어둠의 왕자는 신사야. 그는 모도라고도 하고, 마후라고도 해.

글로스터 폐하, 혈육들이 너무 비도덕적이 되어서
자신을 낳아 준 부모를 증오합니다.

에드거 불쌍한 톰은 추워.

145 **글로스터** 소신과 함께 거처하실 만한 곳으로 가시옵소서. 신하의 도리로
공주님들의 잔인한 명령에는 복종할 수 없습니다.

성문을 걸어 잠그고 폐하를 포악한 밤의

처분에 맡기라고 엄명하셨으나,

소신은 폐하를 불과 음식이 준비되어 있는 곳으로

모시고자 찾아 나왔습니다.   150

리어 먼저 이 철학자와 이야기 좀 해야겠다.

천둥이 치는 이유는 무엇이오?

켄트 폐하, 저 나리의 제안대로 집 안으로 들어가십시오.

리어 난 이 테베[68]의 현자[69]와 얘기 좀 해야겠어.

어떤 학문을 공부하시오?   155

에드거 악귀를 막고, 벼룩을 죽이는 일.

리어 은밀히 한마디만 물어봅시다.

켄트 (글로스터에게) 폐하께 들어가시자고 한 번 더 권해 주십시오,

나리. 폐하의 정신이 흐려지기 시작하십니다.

글로스터   폐하의 탓이겠소?

(폭풍우가 계속 분다)

폐하의 따님들이 폐하의 목숨을 노리고 있소. 아! 켄트 백작,   160

그가 이리 되리라고 말했었지. 가엾게 추방당한 그 사람이!

폐하가 정신을 잃어 간다 말하는데, 이보시오. 사실, 나도

----

68 테베 : 『오이디푸스 왕』 등 그리스 비극에 등장하는 도시.
69 테베의 현자 : 리어 왕은 에드거를 『오이디푸스 왕』에서 오이디푸스가 저지른 범죄,
   즉 아버지를 죽이고 어머니를 아내로 맞아 자식을 낳은 죄를 알려 주는 현명한 예언자
   테이레시아스에 비유하고 있는 것 같다.

미칠 지경이오. 아들이 하나 있는데, 그놈과 혈육의

연을 끊었소. 그놈이 글쎄 최근에, 아주 최근에

165 내 생명을 노렸소. 난 그놈을 몹시 아꼈는데, 이보시오.

자식을 나보다 더 아낀 아비는 없을 거요. 사실

너무 비통해서 나도 제정신이 아니오. 참 고약한 밤이군!

부디 폐하, ―

리어   아, 용서하시오. 선생.

고귀하신 현자 선생, 같이 갑시다.

170 **에드거** 톰은 추워.

글로스터 여봐라, 너는 그 오두막으로 들어가서 몸을 녹여라.

리어 자, 모두 들어갑시다.

켄트   이쪽이옵니다, 폐하.

리어   저분도 같이.

난 이 현자분과 같이 있을 거야.

켄트 나리, 폐하 하자는 대로 합시다. 저 사람을 데려가게 해 주십시오.

175 **글로스터** 데리고 가시오.

켄트 이놈아, 자. 우리랑 같이 가자.

리어 갑시다, 아테네 선생70.

글로스터 조용, 조용, 쉿.

---

70 아테네 선생 : 왜 리어가 에드거를 아테네 사람이라고 불렀는지는 확실치 않지만 『오
이디푸스 왕』을 쓴 소포클레스가 아테네 극작가였던 것과 상관이 있을 것으로 보인다.

에드거	*수습기사 롤랑[71] 어두운 탑에 왔네.*
	그의 암호는 언제나 "파이, 포, 펌".
	영국 놈 피 냄새가 나네.

180

(모두 퇴장)

제5장 글로스터의 성 안 방

콘월과 에드먼드 등장

콘월 이 집을 떠나기 전에 복수할 것이다.

에드먼드 공작님, 천륜을 버리고 충성을 택한 데 대해 얼마나 비난을 받을지 생각하니 두렵습니다.

콘월 내 이제 그대 형이 아비의 목숨을 노린 것이 오로지 그의 사악한 성품 때문이 아니라, 아비 자신에게 비난받을 만한 결점이 있어서 그랬다는 것을 알겠다.

5

에드먼드 옳은 일을 하고도 후회해야 하니 참 짓궂은 운명입니다! 이게 아버님이 말씀하신 서찰로, 그분이 프랑스 왕의 첩자라는 걸 증명해 줍니다. 아, 하늘이시여! 이런 역모가 없던가, 아니면 내가 그 적발자가

10

---

71 롤랑 : 프랑크 왕국의 2대 국왕인 샤를마뉴 대제에 관한 서사시에 등장하는 중요한 기사이다.

아니었더라면 좋았을걸!

콘월 나와 함께 공작 부인에게 가세.

에드먼드 이 서찰의 내용이 사실이라면, 곧 중대한 일을 치르셔야겠습니다.

콘월 사실이든 아니든, 그 덕분에 그대는 글로스터 백작이 되었다. 그대 아버지가 어디 있는지 찾아와라, 당장 체포할 수 있도록.

에드먼드 (방백) 만일 아버지가 왕을 돕고 있는 것을 발견하면 아버지의 혐의를 더욱 짙게 해 줄 것이다. (큰 소리로) 소신은 충성심과 혈육의 정 사이 갈등으로 심히 고통스럽더라도 충심을 지켜 나갈 것입니다.

콘월 내 그대를 신임하니, 그대는 내 총애 속에서 더 귀한 부성애를 발견할 것이다.

(모두 퇴장)

제6장 성 근처 어느 농가의 방

글로스터와 켄트 등장

글로스터 여기가 바깥보다는 나을 테니 감사히 여기시오. 난 폐하를 편히 해드릴 수 있는 건 다할 것이오. 곧 돌아오겠소.

켄트 고통을 견디다 못해 폐하의 정신이 나가셨습니다. 나리의 친절에 신들이 보답해 주시길! (글로스터 퇴장)

에드거 악마 프라터레토가 나를 불러 네로72가 지옥 호수에서 낚시질하
고 있다고 말해줘. 바보야, 기도하고, 악귀를 조심해.

바보광대 근데, 아저씨, 말 좀 해줘. 미치광이는 먹고 노는 신사야, 아님
손수 농사짓는 향사73야?　　　　　　　　　　　　　　　　　10

리어 왕이다, 왕!

바보광대 아니야, 먹고 노는 신사를 아들로 둔 손수 농사짓는 향사야.
왜냐하면 아들이 자기보다 먼저 먹고 노는 신사가 되는 꼴을 보고
있는 향사는 미친 놈일 테니까.

리어 빨갛게 달구어진 쇠꼬챙이를 든 악귀 천 명이 그년들을 지지게 할　15
테다 —

에드거 못된 악귀가 내 등을 물어뜯어.

바보광대 이리의 온순함을, 말의 건강함을, 소년의 사랑을, 창녀의 맹세
를 믿는 자는 미친 자야.

리어 그리하고 말 테다. 그년들을 당장 심문해야겠다.　　　　　　20

(에드거에게) 자, 여기 앉으십시오, 대단히 박식하신 재판장님.

(바보광대에게) 현명하신 나리도 이리 앉으십시오. 그리고 이 여우 같은

---

72 네로(Nero) : 로마 제국의 제5대 황제로 17세에 왕위에 올라 초기에는 선정을 베풀었
으나 여러 가지 복잡한 정치적 상황에서 어머니를 살해했고, 그리스도 교도들을 박해하
여 폭군으로 악명이 높다.

73 향사(yeoman) : 직접 농사를 짓는 자작농이다.

년들아!

에드거 저 악귀가 버티고 서서 노려보는 거 봐라! 방청객들이 재판을 지
켜봐도 되겠소, 부인?

개울 건너 내게로 와, 베시야 — 74

바보광대 (노래 부른다) *그 여자의 배는 물이 새네.*

그래도 그녀는 말 못 하네.

그대에게 못 가는 이유를!

에드거 못된 악마가 나이팅게일 목소리를 하고 불쌍한 톰을 따라와.75
악마 호프댄스76가 톰의 배 속에서 흰 살 청어 두 마리 달라고 소리
질러. 꼬르륵거리지 마, 이 시커먼 악마야. 네게 줄 음식은 없어.

켄트 왜 그러십니까, 폐하? 그렇게 놀라 서 계시지 마십시오.
좀 누워 쉬시겠습니까?

리어 저년들의 재판을 먼저 보겠다. 저년들의 증인을 데려와라.
(에드거에게) 그대 법복을 입으신 재판장님, 자리에 앉으십시오.
(바보광대에게) 그리고 동료 재판관인 나리도 그의 옆에 있는 의자에
앉으시오. (켄트에게) 그대도 재판관 직책을 맡고 있으니, 앉으시오.

에드거 사건을 공정하게 처리합시다.

자는가, 깨었는가, 태평스런 목동아?

---

74 개울 건너 내게로 와, 베시야 : 사랑하는 여인에게 개울 건너 자기에게 오라고 하는
옛 노래의 한 소절이다.
75 못된 악마가 나이팅게일 목소리를 하고 불쌍한 톰을 따라와 : 바보광대가 자기 노래의
뒷부분을 부르자 악마가 나이팅게일 목소리로 자기를 따라온다고 하는 것이다.
76 호프댄스 : Hoppedance는 하스넷의 책에서 호버디단스라고 한 춤추는 악마이다.

> *그대 양 밀밭에 들어갔으니*
>
> *그대 작은 입으로 피리 한 번 불면*
>
> *그 양 아무 해도 입지 않으리.*

가르랑, 고양이는 회색이다.   45

리어 저년을 먼저 재판하시오. 이년은 거너릴입니다. 존경하는 여러분
앞에서 맹세컨대, 저년은 아비인 불쌍한 왕을 발로 찼습니다.

바보광대 이리 가까이 오시오, 부인, 그대 이름이 거너릴이오?

리어 아니라고는 못하지.   50

바보광대 용서하시오. 난 그대가 접이식 의자인 줄 알았소.

리어 여기 또 한 년이 있는데, 비뚤어진 표정을 보면 그년의 심보가 어
떤지 알 수 있습니다. 저년을 막아라!
무기, 무기를, 검을, 불을! 이 법정은 썩었다!
거짓된 재판관아, 왜 그년을 도망가게 내버려 두었느냐?   55

에드거 그대 오감에 신의 가호가 있길!

켄트 아, 가여우셔라, 폐하! 폐하께서 지니고 계시다고
자랑하시던 인내심은 어디로 갔습니까?

에드거 (방백) 내 눈물이 폐하를 너무 동정하여
변장을 망칠 것 같다.   60

리어 봐라, 트레이, 블랜취, 스위트하트 등
온갖 개새끼들이 다 나를 보고 짖는다.

에드거 톰이 머리를 획 디밀어 놈들을 쫓아 버릴게. 꺼져, 개새끼들아!
> *네놈 주둥이가 검든 희든*

물면 이빨에서 독이 나오지.

맹견이든, 그레이하운드든, 못생긴 잡종 개든,

사냥개든, 스파니엘이든, 암캐든, 수캐든

꼬리 짧은 개든, 꼬리 긴 개든,

이 톰이 깨갱거리고 울게 만들어 주지,

내가 머리를 휙 디밀면, 개들은

문짝을 뛰어넘어 모조리 도망쳐 버리거든.

덜덜덜덜, 자, 자! 교회 잔치 마당으로, 장터로, 시장거리로 가자.

불쌍한 톰, 그대 뿔 고동 술잔이 말랐네.

리어 그럼 리건을 해부해서 그년의 심장 근처에 뭣이 자라고 있는지 알

아보게 하시오. 자연에 이런 냉정한 심장을 만들어 내는 무슨 이유라

도 있소? (에드거에게) 여봐라, 그대를 내 시종 백 명 중 한 명으로 채

용하겠다. 다만 그대 복장 스타일이 마음에 들지 않아. 그대는 그걸 페

르시아식이라고 하겠지만, 스타일을 바꾸게.

켄트 폐하, 이제 여기 누워 쉬십시오.

리어 조용히 해라, 조용히. 커튼을 쳐라.

그렇지, 그렇지. 저녁은 아침에 먹으러 가겠다.

바보광대 그럼 난 한낮에 잠자리에 들어야지.

글로스터 다시 등장

글로스터 여보게, 이리 오게. 폐하는 어디 계신가?

켄트   여기 계신데 깨우지 마십시오. 제 정신이 아니십니다.   85

글로스터   이보게, 어서 폐하를 자네 팔에 안게.

폐하를 시해하려는 음모를 엿들었네.

들것을 준비했으니 폐하를 거기 태워

도버로 모셔 가게. 이보게, 거기 가면 환영도 받고,

보호도 받을 걸세. 어서 폐하를 안게.   90

30분만 지체해도 자네의 목숨은 물론이고, 폐하의 목숨

뿐만 아니라 그분을 지키려 한 모든 이들이 분명 목숨을

잃을 걸세. 어서 안게, 어서.

나를 따라오면 떠날 준비가 되어 있는 곳으로

서둘러 안내하겠네.

켄트   사람은 너무 시달리면 잠을 자지요.   95

이렇게 쉬시면 폐하의 고장난 신경이 치유될

수도 있지만, 사정이 나아지지 않으면

회복되기 힘들 수도 있습니다. (바보광대에게) 자, 네 주인을 들게 도와

다오.

너도 뒤에 처지면 안 된다.

글로스터   자, 자, 가세.

(켄트, 글로스터, 바보광대, 왕을 데리고 퇴장)

에드거   우리 상전들이 우리와 같은 비애를 지닌 걸   100

보니 우리 비참함이 원수처럼 여겨지지 않는구나.

걱정 근심 없이 행복한 광경들을 뒤로 하고

홀로 고통당하면 마음이 괴로우나,

슬픔에 동지가 있고 인고에 동반자가 있으면

105 마음의 고통이 훨씬 덜어진다,

내 허리를 굽게 만든 고통이 폐하도 굽게 하니,

이제 내 고통은 얼마나 가볍고 견딜 만한지.

내가 아버지 때문에 그렇듯, 그분은 딸자식 때문에! 톰아, 물러가라!

높은 사람들 사이의 불화를 지켜보고 있다가, 네 정체를 드러내라.

110 지금은 오해를 받아 그대 이름 더럽혀졌지만,

정당한 증거로 원상회복이 되거든.

오늘 밤 무슨 일이 더 벌어지더라도 폐하께서 무사히

피신하시기를! 숨자, 숨어.   (퇴장)

제7장 글로스터 성의 방

콘월, 리건, 거너릴, 에드먼드와 하인들 등장

콘월 (거너릴에게) 어서 부군이신 공작님께 돌아가셔서 이 편지를 보여
드리세요. 프랑스군이 상륙했습니다. 역적 글로스터를 찾아와라.

(하인 몇 명 퇴장)

리건 당장 그자를 교수형 시키세요.

5 **거너릴** 그자의 눈을 뽑아 버리세요.

콘월 그 사람은 내 노여움에 맡기십시오. 에드먼드, 그대는 처형을 모셔

　　다 드려라. 그대의 반역자 아비에게 우리가 가할 보복 조치를 그대가

　　보지 않는 게 좋겠다. 거기 가거든 최대한 서둘러서 전쟁 준비를 하시 　　　10

　　도록 공작님께 권해 다오. 우리도 그리해야 하네. 양측 사이에 전령이

　　신속히 정보를 전달할 것이네. 안녕히 가십시오, 처형. 잘 다녀오게,

　　글로스터 백작.

오즈월드 등장

　　어떻게 되었느냐! 왕은 어디 있느냐?

오즈월드 글로스터 백작님께서 그분을 모시고 갔습니다. 　　　　　　15

　　열심히 폐하를 찾고 있던 그분의 기사

　　삼십오륙 명이 성문에서 그분과 만났습니다.

　　그들은 백작님의 다른 시종들과 함께 폐하를

　　모시고 도버로 갔습니다. 그곳에 무장한

　　우군이 있다고 큰 소리쳤습니다.

콘월 　　　　　　　　　　네 마님이 타고 갈 말을 준비해라. 　　　20

거너릴 안녕히 계세요, 공작님, 그리고 동생도.

콘월 에드먼드, 잘 다녀오게. 　　　(거너릴, 에드먼드와 오즈월드 퇴장)

　　　　　　　가서 역적 글로스터를 찾아,

　　그자를 도둑놈처럼 두 손을 묶어 내 앞으로 끌고 와라.

(다른 하인들 퇴장)

재판 절차 없이 그자에게 사형을

25   선고할 수는 없더라도, 분에 못 이겨

내가 권력을 행사한다 해도, 비난은 할지언정

막지는 못할 거요. 게 누구냐? 반역자 놈이냐?

하인들이 글로스터를 체포하여 다시 등장

리건   배은망덕한 여우같으니! 그자입니다.

콘월   말라비틀어진 그놈의 두 팔을 단단히 묶어라.

30   **글로스터**   어쩌시려는 겁니까? 두 분께선 소신의 손님임을 잊지 마시고

그릇된 행동을 멈추십시오.

콘월   저놈을 묶으라지 않느냐.   (하인들이 그를 묶는다)

리건   단단히 묶어라, 단단히. 이 더러운 반역자!

글로스터   마마께서는 잔인하시나 소신은 반역자가 아닙니다.

콘월   이 의자에 그놈을 묶어라. 고얀 놈, 본때를 보여 줄 테다―

                    (리건이 그의 수염을 잡아 뽑는다)

35   **글로스터**   하나님 맙소사, 내 수염을 잡아 뽑다니,

이는 너무 상스런 행동이십니다.

리건   수염은 흰 것이 속은 시커먼 반역자라니!

글로스터   사악한 마마,

마마가 내 턱에서 뽑은 수염들이

살아나서 마마를 비난할 것입니다. 나는 이 집 주인입니다.

두 분을 환대한 호의를 날강도 같은 손으로 이렇게   40

　　잔인하게 보답하실 수는 없습니다. 어쩌실 셈입니까?

콘월　네, 이놈, 최근 프랑스로부터 어떤 편지를 받았느냐?

리건　솔직히 대답해라, 다 알고 있으니.

콘월　그리고 최근 이 나라에 상륙한 역적들과

　　어떤 음모를 꾸몄느냐?

리건　　　　　　　　　어떤 자에게   45

　　미친 왕을 보냈는지 말해라.

글로스터　저는 추측에 근거하여 쓴 편지를 받았으나

　　그건 중립적 입장의 사람에게서 온 것이지

　　적에게서 온 것이 아닙니다.

콘월　　　　　　　　　교활한 놈.

리건　　　　　　　　　　　　가식적인 놈.

콘월　왕을 어디로 보냈느냐?

글로스터　　　　　　　　도버로 보냈습니다.

리건　도버는 왜? 목숨이 위험하다 하지 않았더냐―   50

콘월　도버로 왜? 그 말에 대답하게 하시오.

글로스터　난 말뚝에 매였으니77, 온갖 공격을 견뎌야겠구나.

리건　왜 도버로 보냈느냐?

---

77 난 말뚝에 매였으니 : 셰익스피어 시대에 곰 굴리기라는 유흥이 있었다. 곰을 말뚝에
　매어 놓고 개들을 풀어 싸우게 하는 경기이다. 사람들은 돈을 걸고 승부 점치기를 했다.

글로스터   마마의 그 잔인한 손톱이

55   그 분의 가련한 늙은 눈을 뽑고, 또 악랄한 마마의 언니가

          성유를 바른 그분의 옥체78를 멧돼지 송곳니로 찌르는 것을

          보고 싶지 않아서입니다. 그분이 모자도

          쓰지 않고 지옥같이 어두운 밤에 견디셨던 그런 폭풍은

          바다도 솟구쳐 오르게 해서 별빛을 껐을 겁니다.

60   그런데 가엾으신 노왕께선 하늘의 폭우에 눈물을 보태셨습니다.

          그런 무서운 때에는 이리가 문 앞에서 울부짖더라도

          '문지기야, 문을 열어 주어라.'고 하셨어야 합니다.

          아무리 잔인한 존재들도 잔인함이 누그러지는 법입니다.

          그런 자식에게 신속한 천벌이 내리는 것을 두고 볼 것입니다.

65   **콘월**   결코 보지 못할 게다. 여봐라, 의자를 잡아라.

          네놈 눈알들을 내 발로 짓밟아 줄 테다.

     글로스터   노년까지 살고자 하는 자는

          나 좀 도와주시오! 오, 잔인하다! 오, 신들이시여!

                                        (콘월이 눈 하나를 뽑아낸다)

     리건   한쪽이 다른 쪽을 비웃을 테니, 다른 쪽도 빼 버리세요.

     콘월   천벌 내리는 걸 보겠다면 ―

70   **하인 1**   손을 멈추소서, 나리.

---

78 성유를 바른 그분의 옥체 : 절대 왕정이던 셰익스피어 시대에 왕은 하늘이 내린 존재라
  는 왕권신수설이 통치 이데올로기였다. '성유를 바른 신성한 옥체'라는 글로스터의 이
  대사도 리어의 몸을 신격화하는 것이다.

저는 어릴 때부터 나리를 모셔 왔으나,

지금 나리께 그만하시라고 말씀드리는 것보다

더 잘 모신 적이 없사옵니다.

리건   뭣이 어째, 이 개 같은 놈!

하인 1 만일 마님 턱에 수염이 나 있다면 이런 행동에

화가 나서 그걸 쥐고 흔들었을 것입니다.

리건   그래 어쩔 셈이냐?   ₇₅

콘월 이 못된 놈!   (그들이 검을 뽑아서 싸운다)

하인 1 아니, 그렇다면, 자 화풀이를 해보시지요.

리건 (다른 하인에게) 네 검을 다오, 천한 놈이 어디서

                                (리건, 검을 받아 뒤에서 그를 공격한다)

하인 1 아! 난 살해됐다! 나리, 아직 한쪽 눈이 남아 있으니

그에게 입힌 상처를 보십시오. 아!   (죽는다)   ₈₀

콘월 더 보지 못하도록 해 주지. 나와라, 사악한 눈알아!

이제 너의 빛은 어디 있느냐?

글로스터 온통 컴컴하고 절망뿐이구나. 내 아들 에드먼드는 어디

있느냐? 에드먼드야, 네 효심의 불씨마다 불을 댕겨

이 끔찍한 행위에 복수해 다오.

리건   꺼져라, 이 반역자야!   ₈₅

너는 너를 미워하는 자를 부르고 있어. 네놈의

역모를 우리에게 알려준 게 바로 네 아들이다. 그는

너무 올곧아서 너 같은 인간은 동정하지 않는다.

글로스터 아, 나의 어리석음이여! 그렇다면 에드거가 모략을 당했구나.

자비로운 신들이시여, 절 용서하시고 에드거를 돌봐 주소서!

리건 저놈을 성문 밖으로 내쫓아서 냄새를 맡아

도버로 가게 해라. (하인 한 사람 글로스터를 데리고 퇴장)

어떠세요, 나리, 괜찮으세요?

콘월 상처를 입었소. 나를 따라오시오, 부인.

그 눈 없는 악당은 내쫓고, 이 노예 놈은 쓰레기 더미

위에 던져 버려라. 리건, 피가 많이 나는구려.

이런 때에 상처를 입다니. 나 좀 부축해 주시오.

(리건에게 부축되어 콘월 퇴장)

하인 2 이런 인간이 잘 된다면 난 어떤 악독한

짓도 다 하겠다.

하인 3 만일 저런 여자가 오래 살아,

천수를 다 누리다 죽으면

여자들이 모두 괴물로 변할 것이다.

하인 2 노 백작님을 따라가서 베들럼 거지에게 그분이 가고자 하는 곳으

로 모셔다 드리게 하세. 그는 어차피 떠돌이 미치광이니 어떤 짓을 해

도 괜찮을 거야.

하인 3 그렇게 하게. 나는 헝겊과 달걀흰자를 가져다 피 나는 그 분의

얼굴에 발라 드리겠네. 하늘이 그분을 도와주시길! (각자 퇴장)

제4막

벤자민 웨스트, 〈폭풍우 속의 리어〉, 1788년, 디트로이트 예술연구소 소장

제1장 황야

에드거 등장

에드거 멸시당하면서 겉으로만 아첨을 받는
것보다는 이렇게 멸시당한다는 걸 아는 편이 낫지.
운명의 여신의 버림을 받고 바닥 신세가 되면
오히려 희망을 갖고 두려움 없이 살 수 있지.
최상의 상태에서 몰락하는 것이 비탄할 일이지,
최악의 상태에서는 웃을 일만 있다. 그러니,
나를 둘러싼 너 실체 없는 공기여, 와라,
네가 최악의 상태로 몰아넣은 이 가련한 몸은
네가 휘몰아쳐도 두려울 게 없다. 그런데 저기 오는 건 누구지?

글로스터, 한 노인의 인도를 받으며 등장

10 아버님이, 구차한 자에 이끌려서? 아, 세상아. 이놈의 세상아!

너의 이상한 변덕 때문에 우리가 너를 미워하지 않으면

아무도 늙어 죽으려 하지 않겠지.

노인   아, 나리!

소인은 팔십 년 동안 나리와 나리 선친의

소작인79이었습니다.

15 **글로스터** 가거라, 어서 가. 고맙지만, 어서 가.

자네의 위로가 내겐 아무 소용 없고, 괜히

자네에게 화만 입힐지 모르니.

노인   앞을 못 보시는데 어떻게 길을 가시려구요.

글로스터 난 갈 곳도 없으니 눈도 필요 없다.

눈이 보일 때도 난 걸려 넘어졌어. 수단이 있으면

20 방심하지만 우리의 결함이 오히려 유용한 걸

수도 없이 볼 수 있다. 아! 속임 당한 아비 노여움의

먹이가 된 내 소중한 아들 에드거야.

살아생전 너를 만져라도 볼 수 있다면

잃어버린 눈을 되찾았다고 하련만.

노인   아니! 거기 누구냐?

에드거 (방백) 아, 신들이시여! 누가 '나는 최악이다.'고

25 말할 수 있겠습니까?

----

79 소작인 : 주인에게서 땅을 하사받은 하인의 신분일 것이다.

난 그 어느 때보다 더 비참해졌다.

노인   미친 거지 톰이구나.

에드거 (방백) 앞으로 더 비참해질지도 모르지. '이것이
최악이다.'라고 말할 수 있는 한 최악은 아니야.

노인 이놈아, 어디로 가느냐?

글로스터   거지인가?

노인 미친 거지입니다.   30

글로스터 그래도 구걸하는 걸 보면 조금은 정신이 있겠지.
어젯밤 폭풍 속에서 그런 자를 봤는데,
그자를 보니 인간이 벌레 같다는 생각이 들더군. 그때 내 아들이
떠올랐는데, 그때는 아직 내 마음이 그 애를 좋게 생각하지
못했는데. 그 후 많은 얘길 들었지.   35
장난꾸러기 아이들이 파리를 죽이듯, 신들은 우리 인간을
장난삼아 죽인다.

에드거 (방백)   어떻게 이런 일이?
자신은 물론 다른 사람들도 화나게 하면서, 슬픈 사람에게
바보광대 노릇하는 건 안 좋구나. (큰 소리로) 나리, 신의 가호가 있길!

글로스터 그 벌거숭이인가?

노인   그렇습니다, 나리.   40

글로스터 그렇다면 자네는 어서 가 보게. 나를 위해
도버로 가는 방향으로 1, 2 마일 우리를 따라잡을 수 있으면,
옛정을 생각해서 그리 해주게. 안내를 부탁하려는 이 벌거숭이

입을 것 좀 챙겨서.

노인　　　　　　　아이고, 나리, 저자는 미친 놈입니다.

글로스터　시대가 험하니, 미친놈이 장님의 길잡이가 되는군.

내가 부탁한 대로 해주게, 아니면 자네 맘대로 하든지.

아무튼 어서 가게.

노인　소인이 가진 것 가운데 제일 좋은 옷을 가져다주겠습니다.

그로 인해 어떤 화를 입더라도 말입니다.

글로스터　　　　　　　　　이봐, 벌거숭이야―

에드거　불쌍한 톰은 추워. (방백) 더 이상 연기를 못 하겠구나.

글로스터　이리 오너라, 얘야

에드거　(방백) 그래도 해야지. 나리 눈에 축복을, 눈에서 피가 나요.

글로스터　너 도버로 가는 길을 아느냐?

에드거　층계 길도, 대문 길도, 말달리는 길도, 걸어가는 길도 다 알아.

불쌍한 톰은 무서워서 정신이 다 나갔어. 나리한테는 악귀가 씌지 않

도록 신의 가호가 있길! 악마 다섯이 한꺼번에 불쌍한 톰에게 씌었어.

음탕한 오비디커트, 벙어리 왕자 호버디단스, 도둑질하는 마후, 살인

마 모도, 인상파 프리버티지베트, 그런데 인상파 악마는 그 후에 시녀

들에게 씌었어. 그러니 나리에게 신의 가호가 있길!

글로스터　자, 이 돈주머니를 받아라. 너는 하늘의 저주가 내린

온갖 역경을 겸허히 받아들이고 있구나. 나의 비참함이

너를 그나마 행복하게 만들어주는구나. 하늘이여, 늘 그러소서!

당신의 섭리를 하찮게 생각하고 느껴 보지 못했기 때문에

알려고도 하지 않는, 너무 많이 가져 욕망에 빠져 사는 사람들이

당장 당신의 힘을 느끼게 하소서.

그래서 과도하게 지닌 자 없게 하시고

모두가 넉넉하게 하소서. 너 도버를 아느냐? 70

에드거 네, 나리.

글로스터 거기에는 절벽이 하나 있는데, 그 높이 솟은

꼭대기는 절벽으로 둘러싸인 심해를 무섭게 굽어보고 있다.

나를 그 절벽 끝으로만 데려다 다오.

그러면 내가 가지고 있는 값진 것으로 네가 겪고 있는 75

비참한 생활에서 벗어나게 해 주겠다. 그곳에서부터는

네 도움이 필요 없다.

에드거 팔을 이리 줘요.

불쌍한 톰이 데려다줄게.

(모두 퇴장)

제2장 올버니 공작의 궁궐 앞

거너릴과 에드먼드 등장

거너릴 환영합니다, 백작님. 그런데 유약한 우리 집 양반이 나와 맞아

주지 않다니 이상하네요.

오즈월드 등장

주인 나리는?

오즈월드 마님, 안에 계십니다만, 완전히 딴 사람이 되셨습니다.

　　　　　프랑스군이 상륙했다고 말씀드렸더니 그저 웃으셨고,

5　　　　마님께서 오시고 계시다고 말씀드렸더니

　　　　　'그건 더 고약하군.' 하셨습니다. 글로스터의 역모와

　　　　　그 아드님의 충성스러운 행동에 관해

　　　　　알려드렸더니, 저를 멍청이라고 하시면서

　　　　　제가 사실을 다 거꾸로 알고 있다고 말씀하셨습니다.

10　　　나리께서는 싫어하셔야 할 건 좋아하고, 좋아하셔야

　　　　　할 건 싫어하시는 것 같았습니다.

거너릴 (에드먼드에게) 백작님은 더 이상 가지 않는 게 좋겠어요.

　　　　　그건 대담하게 일을 수행하지 못하는 그 양반의 비겁한

　　　　　두려움 때문이에요. 그 양반은 꼭 응대해야 할

　　　　　모욕적인 일도 느끼지 못합니다. 오면서 이야기했던 우리의

15　　　소망은 이루어질 거예요. 에드먼드, 제부에게 돌아가세요.

　　　　　서둘러 그의 군대를 소집하고 지휘하세요.

　　　　　난 집에 가면 서로 도구를 바꾸어 남편 손에는 실패를

　　　　　쥐여 줘야겠어요. 이 충실한 하인을 통해 서로 연락할 거예요.

20　　　백작님이 자신을 위해 모험할 용기가 있다면

　　　　　곧 어떤 귀부인의 명령을 받게 되실 겁니다.

아무 말 말고 이걸 받으세요.　　　　　　　(사랑의 징표를 준다)

머리 좀 숙이세요. 이 키스가 말을 한다면, 당신은

너무 기뻐 하늘로 날아갈 기분이 되실 겁니다.

이 마음 간직하시고, 안녕히 가세요.

에드워드　이 목숨 다 하도록 소인은 마님 것입니다.

거너릴　　　　　　　　　　　　내 사랑 글로스터!　　25

　　　　　　　　　　　　　　　　(에드먼드 퇴장)

아! 같은 남자인데 이리도 다르다니.

저이가 여인의 사랑을 받을 만한 사람인데

바보가 내 잠자리를 차지하고 있으니.

오즈월드　　　　　　　마님, 나리께서 오십니다. (퇴장)

올버니 등장

거너릴　제가 휘파람을 불어 줄 만한 가치는 있을 텐데요.

올버니　　　　　　　　　　　　　아, 거너릴!

당신은 거친 바람이 당신 얼굴에 불어다 주는 먼지만 한　　30

가치도 없는 사람이요. 난 당신의 기질이 두렵소.

제 뿌리를 멸시하는 성향의 인간은

제 울 안에 안전하게 머물러 있지 못하지.

자양분을 빨아들이는 뿌리로부터 스스로 떨어져나간

여인은 시들어 땔감으로나　　35

사용될 수밖에 없지.

거너릴   그만하세요, 그런 어리석은 설교는.

올버니   사악한 자에겐 지혜도, 선도 사악하게 보이고,

쓰레기에게는 모든 게 더럽게 느껴지는 법. 당신 무슨 짓을 한 거요?

40   딸들이 아니라 호랑이들이지, 무슨 짓들을 했냐고?

목줄에 매여 끌려 다니는 곰도 핥으면서 존경을 표하고 싶어 할

인자하신 노인인, 아버님을

참으로 잔인하고 부도덕하게! 실성하시게 했단 말이오.

동서는 당신들의 그런 행위를 보고만 있을 수 있소?

45   대장부요, 군주가, 그렇게 큰 은혜를 입고도!

만일 하늘이 눈에 보이는 정령들을 신속하게 내려 보내

이런 흉악한 죄들을 벌하지 않는다면,

마치 심해의 괴물처럼 인간이 서로가 서로를 잡아먹는

날이 오고야 말거요.

50   **거너릴**   이 유약한 양반아!

뺨은 맞기 위해, 머리는 부당한 일을 당하기 위해 갖고 다니고,

이마에는 명예와 굴욕을 분간할 눈이 없고.

악행을 저지르기 전에 처벌받는 악한을 보고

불쌍하다고 생각하는 건80 바보라는

---

80 악행을 저지르기 ~ 생각하는 건 : 거너릴은 리어 왕이 프랑스와 결탁한 것이 잘못된
  행동이므로 그가 당하고 있는 고통이 타당하다고 생각하기 때문에 그를 동정하는 올버
  니를 비난하고 있는 것이다.

것도 모르는. 당신 고수는 어디 있나요.   55

프랑스 왕은 조용한 이 나라에 군기를 휘날리고,

깃털 꽂은 투구로 당신의 권력을 위협하고 있는데,

어리석은 도덕군자 같은 당신은 앉아서 '아니!

저 사람이 왜 저러지?' 하고 소리만 지르고 있어요.

올버니   당신 자신을 좀 봐. 이 악마야!

추악함은 악마가 아니라 여인에게 나타날 때 더   60

끔찍해 보여.

거너릴   아, 아무짝에도 쓸모없는 바보 같은 인간!

올버니 당신은 여자로 둔갑하여 본성을 숨기고 있지만,[81]

부끄럽게 악마의 본색을 다 드러내지는 마시오.

만일 이 두 손이 내 감정대로 행동하도록 두는 게 맞다면

당신의 살과 뼈를 갈기갈기 부숴버리고 말 것이오.   65

당신이 악마라 해도 여인의 모습을

하고 있으니 가만 두는 거요.

거너릴 아주 사내다우시군— 흥!

전령 등장

....
81 당신은 여자로 둔갑하여 본성을 숨기고 있지만 : 속은 악마이나 여자의 모습을 하고
   있다는 뜻이다.

올버니 무슨 소식이냐?

70 　**전령** 아! 공작님, 콘월 공작님께서 돌아가셨습니다.

　　　글로스터 백작의 한쪽 눈을 마저 뽑으려다가

　　　자신의 하인에게 살해당하셨습니다.

올버니　　　　　　　　　　　　글로스터의 눈을!

전령 공작님이 키운 하인이 동정심에 사로잡혀

　　　그 행동을 막으려고 감히 자기 주인에게

75 　　　검을 뽑았는데 이에 공작님이 몹시 화가 나서

　　　그를 공격하셨고, 내외분이 같이 그를 죽이셨습니다.

　　　하오나 공작님도 중상을 입으셔서 그를 따라

　　　세상을 뜨셨습니다.

올버니　　　　　　　하늘의 심판관들이여!

　　　이는 당신들이 그 위에서 하계의 죄를 신속히 응징한다는 걸

80 　　　보여 주는 것입니다! 하나, 아, 가엾은 글로스터 백작!

　　　그분이 나머지 눈도 잃으셨느냐?

전령　　　　　　　　　네, 양쪽 다 잃으셨습니다, 나리.

　　　마마, 이 서찰에 급히 회답해 주시옵소서.

　　　동생분께서 보내신 겁니다.　　　　　　　(편지를 전해 준다)

거너릴 (방백)　　　　한편으로는 잘된 일이다.

　　　그런데 나의 글로스터가 과부가 된 그 애와 함께 있으니,

85 　　　내 머릿속 계획이 다 허사가 되고,

　　　끔찍한 삶만 남게 될지도 모른다. 다른 면에서는

190 ··· 리어 왕

나쁘기만 한 소식은 아니야. (큰 소리로) 읽어 보고 답장을 쓰겠다.

(퇴장)

올버니 그들이 백작님 눈을 뺄 때 그분 아들은 어디 있었느냐?

전령 마마와 함께 이리 오셨습니다.

올버니   여기 안 왔는데.

전령 맞습니다, 나리. 소인이 돌아가시는 그분을 만났습니다.   90

올버니 그는 그 흉악한 만행을 알고 있느냐?

전령 네, 나리. 백작님에게 알린 것도 바로 그분이고,

　　공작 내외분이 마음 놓고 그를 처벌할 수 있도록

　　일부러 자리를 비켜 준 것입니다.

올버니   글로스터 백작, 내 살아서,

　　그대가 폐하에게 보여 준 충성에 보답하고,   95

　　그대 눈에 대한 복수도 해드리겠소. 여봐라, 이리 오너라.

　　네가 알고 있는 바를 내게 말해 다오.   (모두 퇴장)

제3장   도버 근방의 프랑스 진영

켄트와 신사 등장

켄트 프랑스 왕께선 무엇 때문에 그토록 급히 귀국하셨는지 이유를 알고

　　있소?

신사 프랑스에 해결하지 못하고 온 일이 있었는데, 출전한 후에 그게 생

각났던 것이오. 그런데 그 일은 국가에 큰 공포와 위험을 가져올 일이

라 친히 귀국하셔야 했소.

켄트 누구를 지휘자로 두고 가셨소?

신사 프랑스 장군 라 파르 경이오.

켄트 가지고 가신 서찰을 보시고 왕비마마께서는 슬퍼하시던가요?

신사 그렇소, 마마께서는 그 서찰을 받고 내 앞에서 바로

읽으셨는데 때로는 눈물이 그분의 사랑스러운

뺨 위로 흘러내렸소. 때로는 왕비 마마가 감정을 다스리는

것처럼 보이다가, 감정이 반역자같이 그분을

지배했다가 했소.

켄트   아! 그러면 서찰이 마마의 마음을 움직였군요.

신사 격하게는 아니오. 인내와 슬픔이

누가 더 마마를 아름답게 보이게 하는지 다투는 듯했소.

햇빛이 비치면서 비가 오는 것을 본 적이 있을 텐데, 그분의

미소와 눈물이 그와 같았는데 더 아름다웠소. 마마의 예쁜

입술 위에서 노니는 행복한 미소는 그분의 눈에 어떤 손님이

왔는지 모르는 듯했소. 그 손님이 다이아몬드에서

떨어지는 진주처럼 떨어졌소. 한마디로, 슬픔이

누구에게나 그렇게 잘 어울린다면 아주 사랑받는

귀한 것이 될 것이오.

켄트   마마께서 말씀은 하지 않으셨소?

신사　사실, 마치 그 단어가 북받쳐 오르는 듯 숨 가쁘게, 25

한두 번 '아버님'이라고 내뱉으셨소.

그리고 '언니들! 언니들! 여자의 수치! 언니들!

켄트 경! 아버님! 언니들! 뭐? 폭풍우 속에서! 야밤에?

자비심이 있는 사람은 믿지 못할 거야.'라고 외치셨어요. 그리고 나서

마마께선 천사 같은 눈에서 흐르는 성스러운 눈물로, 30

탄식을 묻으시고 슬픔을 홀로 삭이려고

자리를 뜨셨소.

켄트　　　별들이오, 우리의 성품을

지배하는 것은 우리 머리 위의 별들이오. 그렇지 않고서야

같은 내외분 사이에서 그렇게 다른 자식들이 나올 수가

없소. 마마와 얘기를 나누지는 않으셨소? 35

신사　그렇소.

켄트　그건 프랑스 왕이 돌아가시기 전이었소?

신사　　　　　　　　　아니, 그 후였소.

켄트　그런데 가엾게도 실성하신 폐하께서

이 마을에 와 계신데, 이따금 좀 정신이 드시면 우리가

어떤 처지인지 기억하시지만, 절대 따님을 40

만나 보려고는 하지 않으시오.

신사　　　　　　　왜 그러시지요?

켄트　엄청난 죄책감이 그분을 지배하고 있기 때문이오.

따님에게 아무 축복도 해주지 않고, 낯선 나라에서

겪을 고초로 내몰고, 공주님의 귀중한 권리를 개 같은 심보를 지닌

45 딸들에게 주어 버린 자신의 불친절한 행동, 이런 것들이

폐하의 마음을 심하게 찔러, 타오르는 죄책감 때문에

코딜리어 공주님을 피하시오.

신사   아아! 불쌍하신 분.

켄트 올버니 공작과 콘월 공작의 군대에 관해서는 듣지 못했소?

신사 들었지요. 진군 중이오.

50 **켄트** 그러면, 저의 주군이신 폐하께 안내해 드리겠으니

폐하를 보살펴 주시오. 난 중요한 이유가 있어서

한동안 신분을 감추고 있어야 하지만, 내가

누구인지 밝혀지면 나와

알게 된 것을 후회하지는 않을 거요. 그러면,

55 함께 가시지요.   (모두 퇴장)

제4장 프랑스군 진영

북과 군기를 들고 코딜리어, 의사와 병사들 등장

코딜리어 아아! 그분이오. 방금 그분을 만났는데,

성난 바다처럼 실성하셔서 큰 목소리로 노래 부르시고,

머리에는 무성한 현호색82과 밭이랑의 잡초, 들 우엉, 독당근,

쐐기풀, 꽃황새냉이, 독보리, 그밖에 우리를 먹여 살리는

곡식 사이에서 자라는 온갖 잡초들로 만든 관을   5

쓰고 계시다고 한다. 그러니 병사 백 명을 보내

무성하게 자란 들판 구석구석을 찾아

그분을 내 눈앞으로 모셔오너라.   (군관 한 명 퇴장)

                              그분의 손상된 정신을

회복시키는 데 인간의 지혜가 얼마나 소용이 될까?

그분을 회복시킨 자에게 내가 가진 속세의 귀중품을 다 주리라.   10

의사 방법이 있습니다, 마마.

인간의 생명을 지켜 주는 것은 수면이온데,

폐하에겐 그것이 부족합니다. 폐하를 주무시게 할

효력 있는 약초가 많으니, 그 약초의 힘이 고뇌로 잠들지 못했던

그분의 눈을 감기게 해 줄 것이옵니다.

코딜리어   효력있는 온갖 비방이여,   15

세상에 알려지지 않은 효력을 지닌 이 땅의 모든 약초여,

내 눈물로 자라라! 그래서 그분의 병을 고쳐다오.

찾아라, 어서, 그분을 찾아라.

억누를 수 없는 분노 때문에 이끌어 줄 수단[83]을 상실한

그분이 목숨을 끝내실지도 모르니.

---

82 현호색 : 양귀비과에 속하는 여러해살이풀
83 이끌어 줄 수단: 리어 왕이 미쳐서 옳은 판단을 할 이성이 없다는 뜻이다.

20 **전령**   새 소식이옵니다, 마마.

영국군이 이곳으로 진격해 오고 있습니다.

코딜리어 이미 알고 있다, 우리 군은 그들을 맞을

준비가 되어 있다. 아, 사랑하는 아버님!

이 전쟁을 시작한 것은 아버님 때문이었습니다.

25 그래서 위대한 프랑스 왕께서

저의 슬픔과 마음을 움직이는 제 눈물을 동정하셨습니다.

저희가 군대를 움직인 것은 허황된 야심 때문이 아니라,

사랑, 소중한 사랑, 그리고 연로하신 아버님의 권리 때문이옵니다.

어서 아버님 소식을 듣고 뵐 수 있었으면!   (퇴장)

제5장 글로스터 성 안의 방

리건과 오즈월드 등장

리건 그런데 형부의 군대는 출전했느냐?

오즈월드   네, 마님.

리건 형부가 친히?

오즈월드   마마, 한바탕 소동이 있었습니다.

마마의 언니분이 더 훌륭한 장수이십니다.

리건 에드먼드 경이 네 주인 나리와 이야기를 나누지 않았느냐?

오즈월드 안 그러셨습니다, 마님.   5

리건 그분에게 보내는 언니의 편지 내용은 무얼까?

오즈월드 소인은 모르옵니다, 마마.

리건 실은 중대한 일이 있어서 서둘러 이곳을 떠나셨다.

　글로스터의 눈을 뽑고, 그를 살려 둔 것은,

　참 바보같은 짓이었어. 그가 가는 곳마다 사람들이   10

　우리에게 등을 돌리게 하니. 아마 에드먼드 경은

　아비의 비참함을 동정하여 암흑의 삶을

　끝내 주고, 나아가 적군의 세력을

　알아보기 위해 가신 듯하다.

오즈월드 이 편지를 가지고 뒤쫓아 가야겠습니다, 마마.   15

리건 우리 군대가 내일 출전하니 오늘은 여기 머물게.

　길이 위험하니.

오즈월드 　　　그럴 수 없습니다, 마마.

　한 치의 어김없이 일을 수행하라는 엄명이 계셨습니다.

리건 언니는 왜 에드먼드 경에게 편지를 썼을까? 말로

　언니의 뜻을 전해도 됐을 텐데? 아마도 어떤 일이 ― 무슨   20

　일인지 모르겠다. 내가 자네에게 큰 호의를 베풀 테니

　편지를 뜯어보게 해 다오.

오즈월드 　　　　　마마, 차라리 소인이 ―

리건 난 네 주인마님이 형부를 사랑하지 않는다는 걸 알아.

틀림없이 그래. 최근 언니가 여기 왔을 때 언니는

25 에드먼드 경에게 이상한 추파를 보내고 아주 의미심장한

표정을 지어 보였어. 네가 언니의 심복이라는 건 알아.

오즈월드 제가요, 마마?

리건 다 알고 하는 말이야. 그렇다는 거 다 알아.

그래서 자네에게 충고하는데, 잘 들어.

30 내 남편은 죽었어. 에드먼드 경과 난 합의를 했고,

그분이 자네 주인마님보다는 나와 결혼하는 것이

더 적절하지. 그만하면 무슨 말인지 알아들었겠지.

그분을 만나거든, 이걸 그분에게 좀 전해 줘.

그리고 네 주인마님이 자네에게서 내 말을 잘 전해 듣고

35 현명한 판단을 하기 바라.

그럼 잘 가게.

만약 소경이 된 그 역적에 관해 듣게 되거든, 그의

목을 베면 출셋길이 훤하다는 걸 알아 두게.

오즈월드 소인이 그자를 만났으면 좋겠습니다, 마마. 그러면

소인이 어느 편인지 보여 드릴 수 있을 테니까요.

40 **리건**   잘 가게.

(모두 퇴장)

제6장   도버 근처의 시골

글로스터와 농부 차림을 한 에드거 등장

글로스터 내가 말한 그 언덕 꼭대기에는 언제 당도하느냐?

에드거 지금 그리로 올라가고 있어요. 얼마나 힘든지 보세요.

글로스터 땅이 평평한 것 같은데.

에드거   징그럽게 가파른데요.

　들어보세요! 바닷소리 들리세요?

글로스터   아니, 하나도 안 들리는데.

에드거 저런, 그럼 눈의 통증 때문에 다른 감각 기관도   5

　자기 기능을 못하고 있나 봅니다.

글로스터   정말, 그럴 수도 있지.

　그런데 네 목소리가 바뀐 거 같고, 표현도,

　내용도 전보다 나아진 것 같구나.

에드거 전혀 아닌데요. 옷만 바뀌었지, 전 바뀐 게

　하나도 없어요.

글로스터   말을 더 잘하는 거 같은데.   10

에드거 자, 나리, 여기가 거기예요. 가만히 계세요. 멀리

　내려다보니 얼마나 무섭고 어지러운지 몰라요!

　절벽 중간에서 나는 까마귀와 갈가마귀들이

　딱정벌레만해요. 중간쯤 아래에는 갯미나리를

그 사람은 자기 머리만 해 보여요.

해변을 걸어가는 어부는 생쥐만 해 보이고

저 건너에 닻을 내리고 있는 저 큰 배는

작은 배만 해 보이고, 작은 배는 부표처럼 너무 작아서

거의 보이지 않네요. 셀 수 없이 많은 쓸모없는 조약돌에

20 부딪치는 파도 소리도 너무 높아서

들리지 않아요. 머리가 빙글빙글 돌고,

눈앞이 아찔한 게 거꾸로 곤두박질칠 것 같아서,

더 이상은 못 보겠어요.

글로스터　　　　　　너 서 있는 곳에 날 세워 다오.

25 **에드거**　손 이리 주세요. 이제 나리는 절벽 맨 가장자리에서

한 자 이내에 계세요. 달 아래 모든 것을 다 준다 해도

저는 제자리 뛰기도 못하겠어요.

글로스터　　　　　　　내 손 놓아라.

얘야, 여기 돈주머니 또 있다. 그 안에는 가난한

사람이 가질 만한 보석이 들어 있다. 너와 그 보석에

30 요정과 신들의 가호가 있기를! 너 더 멀리 물러가라.

내게 작별 인사를 하고 가는 소리를 듣게 해 다오.

에드거　그럼 안녕히 계십시오, 고마운 나리.

글로스터　　　　　　　　잘 가거라.

에드거　(방백) 내가 이렇게 절망에 빠진 아버지를 속이는 건

그걸 고쳐 드리기 위해서다.

글로스터 (무릎을 꿇고)   오, 전능하신 신들이시여!

저는 이 세상과 하직하고 신들이 지켜보는 가운데   35

저의 엄청난 고통을 털어 버리고자 합니다.

제가 이 고뇌를 더 견딜 수 있어 거역할 수 없는

당신들의 뜻을 어기지 않더라도, 타다 남은

심지 같은 혐오스런 제 여생은 제 풀에 타고

말 것입니다. 에드거가 살아 있다면, 아, 그 애를   40

축복해 주소서! 얘, 잘 가거라.

에드거   이미 멀리 왔어요, 나리, 안녕히 계세요.

                  (글로스터, 앞으로 몸을 던져 쓰러진다.)

(방백) 생명을 스스로 도둑맞고자 할 때는

어떻게 망상이 생명이란 보물을 앗아갈 수 있는지.

아직 모르겠다, 아버지가 생각했던 곳에 계셨다면 지금쯤

사고 능력도 끝났겠지. 살아 계시나, 돌아가셨나?   45

(큰 소리로) 어이, 여보세요! 이봐요! 들리세요, 이봐요! 말해 보세요!

(방백) 정말 돌아가셨을지도 몰라. 아니 깨어나신다.

(큰 소리로) 영감님은 누구세요?

글로스터   날 죽게 내버려 두고 저리 가시오.

에드거 영감님이 거미줄이나 깃털 혹은 공기 같은 게 아닌 이상

그렇게 높은 곳에서 떨어졌다면 분명 달걀같이   50

깨졌을 겁니다. 그런데 영감님은 숨도 쉬고, 육중한 몸뚱이도

그대로고, 피도 안 나고, 말도 하시고, 멀쩡하십니다.

돛대 열 개를 이어도 영감님이 수직으로

떨어진 그 높이는 되지 않을 거예요.

55 살아 계시다니 기적입니다. 어디 다시 말씀해 보세요.

글로스터 내가 떨어지긴 한 거요, 아니요?

에드거 이 백악 절벽의 무시무시한 꼭대기에서 떨어지셨어요.

올려다보세요. 날카롭게 지저귀는 종달새도 너무

멀어서 보이지도 들리지도 않습니다. 좀 보시라니까요.

60 **글로스터** 아아! 난 눈이 없소.

불행한 인간이 죽어 불행한 삶을 끝낼 혜택마저

박탈당했는가? 불행한 사람이 폭군의 분노와

그의 오만한 의도를 좌절시킬 수 있을 때는84 그래도

위안이 있었건만.

에드거 영감님 팔 이리 주세요. 일어나세요.

65 그렇지, 어떠세요? 다리 감각은 있으세요? 서시네요.

글로스터 너무 잘 서네, 너무.

에드거 정말 신기하기 짝이 없네요.

저 절벽 꼭대기에서 영감님과 헤어진 건

뭐예요?

---

84 불행한 인간이 ~ 있을 때는 : 폭군에 의한 죽음을 피해 스스로 자살하는 것을 뜻하는 것이다.

글로스터 불쌍하고 불운한 거지였소.

에드거 제가 이 아래 서서 보니 그의 두 눈은 두 개의

보름달 같았어요. 코는 천 개쯤 되고, 물결치는

바다처럼 뒤틀리고 구불구불한 뿔을 갖고 있었어요.

그건 악마였어요. 그러니 영감님,

인간이 할 수 없는 일을 해서 존경받는 지극히 고결하신

신들이 영감님 목숨을 구해 주었다고 생각하세요.

글로스터 이제야 기억나는군. 이제부터는 고통이라는 놈이

'그만, 됐어.' 하고 사라질 때까지

참고 견디겠소. 나는 당신이 말한 그것이

사람인 줄 알았소. 그것이 자주 '악마다, 악마다.'라고

말했는데. 그것이 날 그리로 데려다 주었소.

에드거 편안한 마음과 인내심을 가지세요. 그런데 저기 오는 건 누

구지?

　　　　　리어가 실성해서 들꽃을 꽂고 등장

정신이 온전하면 자기 몸을 저렇게 치장할

리가 없는데.

리어 아니, 돈을 주조했다고 해서 나를 처벌할 수는 없지. 내가 바로 왕

인데.

에드거 아, 마음이 찢어지는 모습이구나!

리어 그 점에 있어서는 원래 타고난 자가 만들어진 자보다 낫지.[85] 보수다. 옜다, 받아라. 저 녀석은 허수아비처럼 활을 쏘는구나. 석 자짜리 화살을 끝까지 당겨봐라. 봐라, 봐! 생쥐다. 쉿, 쉿! 이 구운 치즈 한 조각이 일을 해낼 게다. 여기 내 장갑을 던지마.[86] 상대가 거인이라도 입증해 보이겠다. 갈색 창을 든 병사를 데려와. 아! 그 매[87] 잘도 난다. 과녁으로, 과녁으로, 쉿! 암호를 대라.

에드거 향기로운 꽃 박하.

리어 통과.

글로스터 저 목소리를 알아.

리어 하! 거너릴아, 수염이 하얀 내게! 그것들은 내게 개처럼 아첨하며 나에게 검은 수염도 나기 전에 흰 수염이 났다고 말했지. 내 말끝마다 '예', '아니오'라고 맞장구 치고! '예', '아니오'도 하늘의 가르침에서 벗어나는 것이다.[88] 비가 와서 내 몸을 적시고, 바람이 불어 이가 덜덜 떨리고, 내 명령에 천둥이 잦아들지 않을 때, 나는 그들의 정체를 알아내고, 냄새를 맡았지. 쳇, 그것들은 믿을 만한 것이 아니야. 그것들은 내가 전능하다고 했지만, 그건 거짓말이야. 나도 학질을 피하지 못해.

---

85 타고난 자가 만들어진 자보다 낫지 : '타고난 왕이 타고난 권리를 절대 잃지 않는다는 뜻' 혹은 '진짜 왕이 가짜 왕보다 낫다'는 뜻이다.(Arden 163 주석 참조)
86 여기 내 장갑을 던지마 : 결투 신청을 할 때 하는 행동이다.
87 매 : '화살'을 빗대 말한 것이다.
88 '예', '아니오'도 하늘의 가르침에서 벗어나는 것이다 : "너희는 '예'를 할 때는 '예'라고 말만 하고, '아니오' 할 때는 '아니오'라는 말만 하여라. 이보다 지나친 것은 악에서 나오는 것이다"(마태복음 5장 37절)을 인유한 것이다.

글로스터　저 목소리의 특징을 나는 잘 기억하고 있어.

　국왕 폐하가 아니십니까?

리어　　　　　　　　　　그럼, 어느 면으로 보나 왕이지.

　내가 노려보면, 만백성이 벌벌 떨지.

　저자의 목숨은 살려 주지. 네 죄는 무엇이냐?

　간통죄89라고?　　　　　　　　　　　　　　　　　　　　110

　널 죽이지 않겠다. 간통죄로 사형! 안 되지.

　굴뚝새도 그 짓을 하고, 조그마한 금빛 파리도

　내 눈앞에서 음란한 짓을 하는데.

　교미가 성행하게 하라, 글로스터의 서자 아들은

　합법적인 잠자리에서 낳은 내 딸년들보다 제 아비에게　　115

　더 효자였다. 호색이여, 맘껏 난잡해져라!

　난 병사가 부족하니까.90 순진한 표정을 짓고 있는 저 여자를 봐라.

　가랑이 사이에 있는 그녀의 얼굴은 눈처럼

　순결함을 말해 주고, 음담패설에

　고개를 흔들지만,　　　　　　　　　　　　　　　　　　120

　족제비나 발정난 말[馬]도 그보다 더

　강렬한 음욕을 보이지는 않을 것이다.

　비록 윗부분은 여자이나,

---

89 간통죄 : 글로스터가 실제 불륜을 저질러 서자 에드먼드를 낳은 상황과 맞아떨어진다.
90 난 병사가 부족하니까: 딸들의 수행원 축소를 상기시키는 대사이다.

그것들은 허리 아래로는 켄타우로스[91]다.

125 허리띠 매는 데까지는 신들의 영역이지만,

그 아래쪽은 모두 악마의 영역으로 거기에는 지옥이 있고,

어둠이 있고, 유황불 나락이 있다 — 타오르고, 끓어오르고,

악취가 나고, 부패한. 에이, 더럽다, 더러워! 퉤, 퉤!

용한 약장수야, 내게 사향 1온스[92]만 다오,

130 내 상상력을 좀 정화해야겠으니.

자, 돈 받아라.

글로스터　　아, 그 손에 키스하게 해 주소서.

리어　손 좀 먼저 닦고. 이 손에선 죽음의 냄새가 나서.

글로스터　아, 파괴된 대자연의 작품이여! 이 거대한 세계도

닳고 닳아 결국 이렇게 무(無)로 변할 테지. 소신을 아십니까?

135 **리어**　내 그대 눈을 똑똑히 기억하고 있지. 날 째려보느냐?

아니, 아무리 용을 써도, 눈먼 큐피드[93]여, 사랑 따윈 안 한다.

이 도전장을 읽어 보거라. 필체를 잘 보거라.

글로스터　글자 하나하나가 태양이라 해도 저는 보지 못합니다.

에드거　(방백) 소문을 듣고 믿지 않았는데, 사실이구나.

---

91 켄타우로스 : 그리스 신화에 나오는 상체는 인간이고 가슴 아래부터 말인 반인반마의
　종족이다. 성질이 난폭하고 호색적이다.

92 1온스 : 1온스는 28.5 그램이다.

93 눈먼 큐피트 : 사랑의 신 큐피드는 흔히 소경으로 그려진다. 이는 사랑의 맹목적성을
　상징하는 것이다. 리어는 눈먼 글로스터를 보고 그런 큐피드를 떠올린 것이다. 그런데
　소경 큐피드는 매춘 굴의 표식이었다.(Arden 167쪽 주석 참조)

이를 보니 마음이 무너지는구나.

리어　읽어 보라니까.

글로스터　아니! 눈구덩이로요?

리어　오, 저런! 그렇단 말이냐? 네 머리에는 눈이 없고 네 주머니에는

　돈이 없고? 네 눈이 무거운 상황이니 네 지갑은 가볍겠구나.94 그래도　　145

　세상 돌아가는 꼴은 알 수 있지.

글로스터　감각으로 느끼고 있사옵니다.

리어　아니! 미쳤느냐? 눈이 없어도 사람은 세상 돌아가는 걸 볼 수 있

　다. 네 귀로 봐라. 저 재판관이 저 순진한 도둑에게 욕을 퍼붓는 걸

　봐라. 네 귀로 들어 봐라. 두 사람 자리를 바꾸고 누가 재판관이고 누　　150

　가 도둑인지 맞춰봐라. 그대는 농부의 개가 거지 보고 짖는 걸 본 적

　이 있을 게다.

글로스터　네, 폐하.

리어　또 그 거지가 개를 보고 달아나는 것도? 거기서 그대는

　권력의 대단한 이미지를 볼 수 있다.　　　　　　　　　　　　　　　155

　개라도 지위가 높으면 인간이 복종하지.

　이 못된 순경 놈아, 네 그 잔인한 손을 멈추어라!

　왜 그 창녀에게 매질을 하느냐? 네 놈 등이나 벗겨라.

　네놈은 채찍질하는 원인이 된 바로 그 짓거리를 그 계집과 하고 싶어　　160

---

94 네 눈이 ~ 지갑은 가볍겠구나 : '무거운 지갑은 마음을 가볍게 한다'(A heavy purse
　makes a light heart)는 속담을 변용한 것이다(Arden, 167쪽 각주 참조)

안달이지 않냐. 고리대금업자가 사기꾼을 교수형 시키는 꼴이지.

누더기 옷 사이로는 작은 죄도 훤히 드러나지만,

관복과 모피 외투는 모든 죄를 감춰 주지. 죄에 금을 입혀 봐라,

그러면 튼튼한 정의의 창도 아무 해도 못 입히고 부러져 버릴 테니,

165 죄에 누더기를 씌워 봐라. 난쟁이 지푸라기도 그걸 꿰뚫어 버릴 테니.

이제부터 죄인은 없다, 아무도. 내가 보장한다.

내 말을 믿어. 이봐, 친구, 나는 고소인의 입을 막을

권력을 가지고 있어. 유리 눈을 박아라.

그리고 비열한 책략가처럼, 보지 못하는 것을

170 보는 척해라. 자, 자, 자, 자,

내 장화를 벗겨라. 더 세게, 더 세게, 그렇지.

에드거 (방백) 아! 지각 있는 말과 그렇지 않은 말이 뒤섞여 있어,

미친 소리 가운데도 이치가 있구나.

리어 그대가 내 운명에 눈물 흘리려면, 내 눈을 가져라.

175 난 그대를 잘 안다. 그대 이름은 글로스터.

그대는 참아야 한다. 우리는 울면서 이 세상에 태어났다.

그대도 우리가 처음 공기 냄새를 맡고 으앵으앵 운다는 것을

알고 있을 것이다. 네게 가르침을 줄 테니, 잘 들어라.

글로스터 아아, 슬픈 시절이로다!

180 **리어** 태어날 때, 우리는 바보들만의 이 거대한

무대에 온 것이 슬퍼서 운다. 이건 멋진 모자다!

기병대의 말에 덧신을 신긴 건 멋진

전술이었다. 그걸 시험해 봐야겠다.

그리고 내가 이 사위 놈들을 몰래 덮치기만 하면, 그때는,

죽여라, 죽여, 죽여, 죽여, 죽여, 죽이라구!   185

신사, 시종들과 함께 등장

신사 아! 여기 계시다. 저분을 붙들어라. 폐하,

폐하의 사랑스런 따님께서 —

리어 구원군도 없이? 뭐! 포로? 난 운명의

노리개가 되려고 태어난 바보구나. 날 잘 대해 다오,

몸값을 치를 테니. 의사를 불러 다오,   190

머리에 상처를 입었다.

신사   무엇이든 분부대로 하겠사옵니다.

리어 지원군도 없이? 나 혼자서?

이러면 사내가 울보가 되어서

그의 눈은 정원의 물뿌리개로 사용하고

그래, 가을날 먼지도 가라앉히겠구나. 나는 용감하게 죽을 것이다.   195

말끔하게 차려입은 새신랑처럼. 그래! 기쁘게 받아들이겠다.

자, 자. 나는 국왕이다. 그대들은 그걸 아느냐?

신사 폐하께선 왕이시고, 저희는 폐하의 명에 따를 것입니다.

리어 그렇다면 아직 희망이 있구나. 자, 그럼 어디 잡아 봐라.

날 잡으려면 달려야 할 걸. 사, 사, 사, 사.   200

(뛰어서 퇴장. 시종들 따라간다)

신사 미천한 사람의 저런 모습을 봐도 가련할 텐데

국왕에게서 보려니 말로 다 표현할 수가 없구나! 당신에겐 따님이

한 분 더 계신데, 그분은 다른 두 따님 때문에

만인의 저주를 받았던 천륜을 살리셨습니다.

에드거 이보시오, 신사 나리!

205 **신사**   안녕하시오, 그런데 무슨 일이오?

에드거 나리께서는 곧 있을 전투에 관해 들으신 바가 있습니까?

신사 누구나 다 떠벌리고 있는 확실한 소문이오. 소리를 분간할 수 있는

사람이면 누구나 듣고 있는.

에드거   그런데, 실례지만,

저쪽 군대는 얼마나 가까이 와 있습니까?

210 **신사** 가까이 와 있고, 빠르게 진격 중이오, 몇 시간 안에

주력 부대가 모습을 드러낼 것이오.

에드거   고맙습니다, 나리. 됐습니다.

신사 왕비 마마는 특별한 이유가 있어서 여기 계시지만,

마마의 군대는 진군 중이오.

에드거   고맙습니다, 나리.

(신사 퇴장)

글로스터 늘 자비로우신 신들이시여, 제 숨을 거둬 주소서.

215 신들께서 허락하시기 전에

저의 못된 마음이 두 번 다시 죽음을 시도하는 일이 없도록 해주소서!

에드거   훌륭한 기도십니다, 영감님.

글로스터 그런데, 이보시오, 댁은 뉘시오?

에드거 운명의 매질에 길들여진 아주 가련한 사람입니다.

　워낙 슬픔을 체험하여 알고, 느끼고 있어서

　동정심도 강한 사람입니다. 손 이리 주세요.   220

　쉬실 곳으로 안내해 드리겠습니다.

글로스터   정말 고맙소.

　내 감사에 덧붙여서 하늘의 은총과

　축복을 받으시오!

오즈월드 등장

오즈월드   현상금 붙은 놈이다! 웬 행운이냐!

　눈 없는 네 머리가 애초에 나를 출세시키기 위해

　만들어진 것이다. 이 불운한 늙은 반역자야,   225

　얼른 참회 기도를 끝내라. 널 죽일

　칼을 뽑았으니.

글로스터   자, 그대의 친절한 손이

　온 힘을 다해 그 일을 끝내게 하시오.   (에드거가 가로막는다)

오즈월드   이 건방진 농부 놈아,

　감히 현상금 붙은 역적을 두둔하느냐?

　비켜라, 이자가 맞이할 운명을 네놈도   230

맞이하지 않으려면. 그자의 팔을 놓아라.

에드거 지가 못 놓죠, 나리. 그 정도 이유랍시면.[95]

오즈월드 놓아라, 노예 놈아. 안 그러면 넌 죽는다.

에드거 신사 양반, 기냥 가던 길이나 가시고 이 불쌍한 양반은

235   놔두셔. 큰 소리쳐 위협한다고 내가 뻗어 버릴 사람이면

난 두 주 전에 벌써 골로 갔소. 안 돼, 이 노인 가까이

오지 마셔. 저리 비키셔, 내 장담하는데, 안 그라믄

당신 대갈통과 내 몽둥이 중 어느 게 더 단단한지

시험해 볼 테니. 농담 아니여.

240 **오즈월드** 꺼져라, 쓰레기 같은 놈!   (둘이 싸운다)

에드거 거, 이빨을 확 뽑아 부릴 테다. 자, 어디 찔러 봐라.

(에드거가 그를 때려눕힌다)

오즈월드 종놈아, 네놈이 날 죽였다. 이 나쁜 놈아,

내 돈주머니를 받아라. 장차 잘 되려거든 내 시신을 묻어 줘라.

245   그리고 내 몸에서 서찰을 찾아 글로스터 백작,

에드먼드 나리께 전해라. 그분을 영국 측 진영에서

찾아라. 아! 때 아닌 죽음이로구나.

죽음!   (죽는다)

에드거 나는 네놈을 잘 알고 있다. 부지런히도 충견 노릇을 하던

---

95 지가 못 놓죠, 나리. 그 정도 이유랍시면 : 이 대목에서 에드거는 진짜 농부처럼 보이기
위해 서머셋(Somerset) 지방의 방언으로 말한다. (Arden, 173쪽 각주 참조)

나쁜 놈, 제 안주인의 악행에 더할 나위 없이 250

충실했지.

글로스터　뭣이! 그자를 죽였소?

에드거　앉으세요, 영감님. 진정하세요.

어디, 이놈 호주머니를 뒤져 봅시다. 놈이 말하던 그 서찰이

내게 도움이 될지도 모르니. 이놈은 죽었어요.

사형 집행인의 손에 죽지 않은 게 유감일 뿐입니다. 어디 보자. 255

실례, 얌전한 봉랍이여, 예의범절이여, 나를 꾸짖지 마라.

적의 심중을 알기 위해선 적의 심장이라도 찢어야 한다.

놈들의 편지쯤은 비교적 합법적이지.

(읽는다)

우리가 서로 했던 맹세를 잊지 말아 주세요. 당신에겐 그의 목을 벨 기회가

얼마든지 있을 거예요, 만일 당신에게 의지가 있다면 시간과 장소는 충분히 260

있을 거예요. 그가 승자로 개선하면 만사가 허사가 될 거예요. 그때 저는 포

로이고, 제 잠자리는 감옥이 되겠죠. 그 혐오스런 열기[96]에서 저를 구해 주

시고 그 잠자리를 그대 노고에 대한 보상으로 삼으세요.

그대의 아내라, 말하고 싶은 ― 265

사랑하는 종,

거너릴.

아, 여자의 욕정은 한이 없구나!

96　혐오스런 열기 : 잠자리를 뜻한다.

덕망 높은 남편의 목숨을 빼앗고, 그 대신

내 동생을 들어앉히려는 음모다! 여기 모래 속에

270   네놈을 묻어 주겠다. 살인을 도모하는 음란한 인간들의

더러운 심부름꾼, 때가 되면 이 사악한 서찰로

살해당하실 뻔한 공작님의 눈을 깜짝 놀라게

해드리리라. 그분을 위해 네놈의 죽음과 임무에

대해 내가 말씀드릴 수 있게 된 것이 다행이다.

275 **글로스터**   국왕 폐하는 실성하셨다. 그런데 내 지독한 감각은

아직도 견디면서 이 크나큰 슬픔을 고스란히 느끼고

있으니 얼마나 질긴가! 차라리 정신이 나갔으면 좋겠다.

그럼 내 사고 능력은 내 슬픔과 단절되고,

광기가 만들어내는 환상으로 인해 슬픔도

280   알지 못할 텐데.   (멀리서 북소리)

에드거   손을 이리 주십시오.

멀리서 북 치는 소리가 들리는 것 같습니다. 자, 영감님.

영감님을 친구에게 맡겨야겠습니다.

(퇴장)

제7장   프랑스 진영의 막사

코딜리어, 켄트, 의사와 신사 등장

코딜리어 아, 켄트 백작님! 제가 살아생전에 어떻게 백작님의

고마움에 보답할 수 있겠어요? 그러기에는 내 생명이

너무 짧고 어떤 방법으로도 미흡할 거예요.

켄트 알아주시는 것만으로도 과분하옵니다, 마마.

제가 말씀드린 건 모두 사실로 조금도 더하지도   5

빼지도 않았습니다.

코딜리어   더 좋은 옷으로 갈아입으세요.

그 남루한 옷은 불행했던 때를 되새기게 하니.

제발 벗어 버리세요.

켄트   용서하십시오, 왕비 마마.

아직 정체가 드러나면 소신이 계획한 일에 방해가 되니

적당한 시기가 되었다고 생각될 때까지는   10

소신을 모르는 체해 주시길 부탁드리옵니다.

코딜리어 그럼 그리하세요, 백작님. (의사에게) 폐하의 상태는 어떤가요?

의사 마마, 푹 주무시고 계십니다.

코딜리어 아, 자비로우신 신들이시여,

학대받아 생긴 마음의 그 큰 상처를 치료해 주소서!   15

어린아이로 변해 버린 아버님의

가락이 맞지 않는 감각의 줄을, 아! 조율해 주소서.

의사   왕비 마마

국왕 폐하를 깨우심이 어떠실지요? 오래 주무셨습니다.

코딜리어 그대 판단대로 하시고, 그대 뜻에

20 따라 하세요. 폐하께서 옷을 제대로 입으셨나요?

리어, 하인들이 멘 가마에 실려서 등장

신사 예, 마마, 깊이 잠이 드신 사이에

새 옷을 입혀드렸습니다.

의사 마마, 폐하를 깨울 때 옆에 계십시오.

틀림없이 정신이 드셨을 겁니다.   (음악 소리)

코딜리어   정말 다행이에요.

25 **의사** 좀 더 가까이 오십시오. 거기 음악 소리를 좀 더 크게 하라!

코딜리어 아, 사랑하는 아버님! 제 입술에 아버님을

치료할 묘약이 들어 있어서, 이 키스로

두 언니들이 아버님 존체에 가한 심한 상처를

아물게 하소서!

켄트   참 다정하고 사랑스런 공주님!

30 **코딜리어** 자기들 아버지가 아니었더라도 이 흰 머리카락은

동정심을 불러일으켰을 텐데. 이것이

사나운 바람과 맞서야 했던 얼굴인가?

무섭게 내리치는 천둥에 맞서서?

빠르게 사방으로 무섭게 번쩍이는 번개가

35 내리치는 가운데? 숱도 별로 없는 머리칼 투구를 쓰고

— 불쌍한 파수병 같으니 — 밤을 새웠단 말인가! 원수의 개라도,

설사 그것이 나를 물었더라도 그런 밤엔 화덕 앞에

있게 했을 텐데. 그런데 가련하신 아버님, 아버님은

돼지와 버림받은 떠돌이들과 같이 곰팡내 나는 짧은

짚더미 속에서 거처하셨단 말입니까? 아아, 불쌍도 하셔라! 40

아버님의 목숨과 정신이 한꺼번에 끊어지지 않은

게 놀라울 뿐입니다. 깨어나시네요, 말을 걸어 보세요.

의사 마마, 마마께서 말씀하시는 게 제일 좋습니다.

코딜리어 아버님, 어떠십니까? 폐하 어떠하십니까?

리어 날 무덤 속에서 꺼내다니, 그댄 내게 못된 짓을 하고 있다. 45

그대야 축복받은 영혼이지만 나는 지옥의

불 바퀴에 매여 내 눈물도

녹은 납처럼 화상을 입힌다.

코딜리어   아버님, 저를 알아보시겠습니까?

리어 네가 망령이란 건 알지. 넌 언제 죽었느냐?

코딜리어 아, 아직도, 제정신이 아니세요. 50

의사 아직 잠이 덜 깨셨습니다. 잠시 혼자 두십시오.

리어 내가 어디에 있었더냐? 지금 여긴 어디냐? 환한 대낮이냐?

날 완전히 속이고 있구나. 다른 사람이 이렇게 속는 걸 봐도

측은해 죽었을 것이다. 뭐라 해야 할지 모르겠다.

이것이 내 손인지 확신하지 못하겠다. 어디 보자. 55

핀으로 찌르니 아프구나. 내가 지금 어떤 처지인지

분명히 알았으면 좋겠다!

코딜리어 (무릎을 꿇으면서) 아! 저를 보세요, 아버님.

그리고 손을 얹어 저를 축복해 주세요. 안 돼요,

아버님, 무릎을 꿇으시면 안 됩니다.

리어   제발, 나를 조롱하지 마라.

60 난 단 한 시간도 더하지도 덜하지도 않고,

팔십이 넘은 아주 어리석고 바보 같은 늙은이다.

그리고 솔직히 말해서,

정신이 온전한 것 같지 않다.

그대와 이 사람을 아는 것 같은데.

65 확신할 수 없다, 왜냐하면 이곳이 어디인지

모르겠고, 아무리 생각해도 이 옷이

기억나지 않고, 어젯밤을 어디에서

지냈는지도 모르겠다. 내가 사람임이 분명하듯,

이 부인이 내 딸 코딜리어 같다고 생각한다 해서

나를 비웃지 마라.

70 **코딜리어**   맞습니다, 저예요. 바로 코딜리어입니다.

리어 눈물을 흘리느냐? 정말 그렇구나. 제발, 울지 마라.

네가 독약을 내리면 마시겠다.

네가 날 사랑하지 않는다는 걸 안다. 내 기억으로는

네 언니들도 내게 몹쓸 짓을 했으니. 너에게는 그럴

이유가 있지만 그것들에겐 없었는데 말이다.

75 **코딜리어**   아니, 아버님을 미워할 이유 없습니다.

리어 내가 지금 프랑스에 있는 게냐?

켄트   폐하의 영토에 계십니다, 폐하.

리어 나를 속이지 마라.

의사 걱정 마십시오, 마마. 보시다시피 폐하 내면의

심한 광증은 사라졌습니다. 하오나 폐하가

잃어버린 시간을 떠올리게 하시면 위험합니다.   80

안으로 드시게 하시지요. 좀 더 안정되실 때까지

폐하의 심기를 건드려서는 아니되옵니다.

코딜리어 폐하, 안으로 드시겠습니까?

리어   날 용서해 줘야 한다.

이제 부디, 잊고 용서해 다오. 나는 늙고 어리석단다.

(리어, 코딜리어, 의사, 시종들 퇴장)

신사 이보시오, 콘월 공작이 살해되었다는 게 사실이오?   85

켄트 확실하오.

신사 그의 군대를 지휘하는 사람은 누구요?

켄트 들리는 말로는 글로스터 백작의 서자랍디다.

신사 그분의 추방당한 아들 에드거는 켄트   90

백작과 함께 독일에 있다고들 합디다.

켄트 소문은 바뀔 수도 있지요. 지금은 영국군이

빠르게 진격해 오고 있으니 경계해야 할 때요.

신사 결전은 피비린내 날 것 같소. 잘 가시오.   95

(퇴장)

켄트 잘 되든 못 되든, 오늘 결투의 결과에 따라,

내 목적도, 목숨도, 결판날 것이다.

(퇴장)

제5막

제임스 배리, 〈코딜리어의 시신 위에서 우는 리어 왕〉, 1786~1787년, 런던 테이트 미술관

제1장 도버 근처 영국군 진영

북과 군기를 들고
에드먼드, 리건, 거너릴, 군관들, 병사들과 기타 등장

에드먼드 공작님께 지난번 계획대로 하시려는지,

  아니면 어떤 이유라도 생겨 계획을 바꾸시려는지

  알아보고 와라. 공작님은 마음이 수시로 바뀌고

  자책을 심히 하시는 분이니, 그분이 확실히 원하는 바를 알아 와라.

  (군관 한 사람에게 말하자, 그 군관 나간다)

리건 언니 하인은 분명 잘못된 거 같아요.   5

에드먼드 그런 것 같습니다. 마마.

리건   그런데 백작님,

  제가 백작님께 호의를 갖고 있는 걸 아실 테니

  솔직하게 진실을 말씀해 주세요.

  언니를 사랑하는 거 아니세요?

에드먼드　　　　　　　　부끄러울 거 없는 고결한 사랑입니다.

10　**리건**　하지만 형부 대신 금단의 장소까지

　　　들어간 건 아니시죠?

에드먼드　　　　　그런 생각을 하시면 마마 체면이 손상됩니다.

리건　백작님이 언니와 일심동체가 되어서 말 그대로

　　　언니 사람이 되어 버린 게 아닌지 걱정이 돼요.

에드먼드　제 명예를 걸고 맹세하지만 아닙니다, 마마.

15　**리건**　언니를 가만두지 않을 거예요. 백작님,

　　　언니와 가까이 지내지 마세요.

에드먼드　　　　　　　걱정 마십시오.

　　　저기 언니와 부군이신 공작님께서 오십니다!

　　　　　북과 군기를 들고 올버니, 거너릴과 병사들 등장

거너릴　(방백) 쟤가 백작님과 나 사이를 떼놓게 하느니

　　　차라리 전투에서 지는 게 낫겠다.

20　**올버니**　사랑하는 처제, 잘 만났소.

　　　그런데 경, 우리 폭정에 반기를 들 수밖에 없었던

　　　사람들과 함께 폐하께서 따님에게 가셨다 들었소.

　　　난 떳떳한 일에만 용기를 발휘하는 사람이오.

　　　이번 일은 프랑스 왕이 우리나라를 침략한 것이지,

25　　　폐하와 그를 따르는 사람들을 위해 용기를 낸 것이 아니기 때문에

내가 움직인 거요. 물론 안타깝게도 그들에게는 반기를 들

정당하고 중대한 이유가 있는 것 같소.

에드먼드 공작님, 지당한 말씀이십니다.

리건   그걸 왜 따지세요?

거너릴 힘을 합해 적을 맞아요.

집안의 사사로운 다툼은 지금   30

논하지 마시고.

올버니   그럼 전쟁 경험이 많은 군관들과

작전을 짭시다.

에드먼드 곧 공작님 막사로 가겠습니다.

리건 언니도 같이 갈래요?

거너릴 아니.   35

리건 그리 하는 게 좋을 테니, 같이 가요.

거너릴 (방백) 오호라! 네 저의를 알겠다. — 그래 가마.

그들이 나갈 때 변장한 에드거 등장

에드거 공작님께서 이토록 비천한 자와 얘기해 보신 적이 있으시면 한마

디만 들어주십시오.

올버니   뒤따라가겠소.

(에드먼드, 리건, 거너릴, 군관들, 병사들과 시종들 퇴장)

말해 봐라.

40   **에드거**   전투를 하시기 전에 이 서찰을 열어 보십시오.

       만일 공작님께서 승리하시면 이 서찰을 가지고 온 사람을

       부르는 나팔을 불어주십시오. 소인의 몰골이

       비천하지만 거기 주장한 내용이 사실임을 증명할

       투사가 될 수 있습니다. 혹시 전쟁에서 잘못 되시면

45   공작님의 속세와의 일도 그것으로 끝일 테니, 음모도

       끝날 것입니다. 공작님께 행운이 있으시길 바랍니다!

    올버니   서찰을 읽을 때까지 기다려라.

    에드거   그리할 수는 없습니다.

       때가 되면 전령이 큰 소리로 부르게 하십시오.

       그러면 다시 나타나겠습니다.

    올버니   그럼 잘 가거라.

50   그대 서찰은 읽어 보겠다.

(에드거 퇴장)

에드먼드 다시 등장

    에드먼드   적이 나타났습니다. 공작님 군대를 집결시키십시오.

       여기 부지런히 정찰해서 파악한 적의 실제 병력에

       대한 어림치가 있습니다. 하오나

       이제 어서 서두르셔야겠습니다.

    올버니   사태에 대비하겠소.   (퇴장)

에드먼드 두 자매에게 다 사랑의 맹세를 했다.

서로 의심하는 게 마치 독사에 물렸던 사람이

독사를 의심하는 것 같구나. 둘 중 누구를 택하지?

둘 다? 하나만? 아님 양쪽 다 그만둬? 둘이 다 살아 있으면

어느 쪽도 향유할 수 없다. 과부를 택하면

그 여자의 언니 거너릴이 미쳐 날뛸 것이다.

그리고 그 여자의 남편이 살아 있으면 내 속셈을

실행하기 힘들지. 그러니 지금은 전투를 위해서

그의 권위를 이용하고, 전투가 끝나면,

남편을 제거하고 싶어 하는 그 여자를 시켜서

서둘러 그를 처치할 방도를 마련하게 하자. 전투가 끝난 뒤,

그가 리어 왕과 코딜리어 왕비에게 베풀려는 자비는

그들이 내 손에 잡히면 결코 사면받지

못하게 할 것이다. 지금 나는

내가 살아야지, 옳고 그름을 따질 입장이 아니다.

(퇴장)

제2장 양국군 진영 사이의 들판

무대 안쪽에서 나팔 소리.

북과 군기를 갖고 리어, 코딜리어, 군사들 등장했다가 퇴장

전체 가운데에 **에드거와 글로스터 등장**

에드거　영감님, 여기 이 나무 그늘을 친절한 집주인으로

생각하시고, 올바른 편이 승리하도록 기도하세요.

제가 다시 돌아오게 되면 영감님에게 위안이 되는

소식을 가져다 드리겠습니다.

글로스터　　　　　　　신이 그대와 함께 하시길!

(에드거 퇴장)

나팔 소리, 뒤이어 퇴각 소리, 에드거 다시 등장

5　**에드거**　달아나요, 영감님! 손 이리 주세요, 빨리요!

리어 왕 폐하가 패하시고, 그분과 따님이 체포됐습니다.

손 이리 주세요. 어서요.

글로스터　더는 안 가겠소, 여기서도 사람이 썩겠지.

에드거　뭐요! 또 못된 생각을 하세요? 사람은 세상에 올 때처럼

10　세상을 떠날 때도 참고 기다려야 해요.

마음의 준비만 하고요. 어서 가요.

글로스터　　　　　　　그것도 맞는 말이군.

(모두 퇴장)

제3장 도버 근처 영국군 진영

북과 군기를 들고
승리한 에드먼드, 포로가 된 리어와 코딜리어,
군관들, 병사들, 기타 등장

에드먼드 군관 몇 사람은 포로들을 데려가라.

그들을 재판할 윗분들의 뜻을 알 때까지

잘 감시해라.

코딜리어   최선의 의도를 가졌으나 최악의 상황을

맞이한 게 우리가 처음은 아니옵니다.

탄압받는 폐하를 생각하면 너무 괴로우나, 저 혼자라면   5

못 믿을 운명의 여신의 찡그린 얼굴 따위 무색케 할 수 있습니다.

아버님 따님이자, 제 언니인 그들을 만나지 않으시겠습니까?

리어 아니, 아니, 아니, 아니다! 자, 감옥으로 가자.

우리 단 둘이서 새장 속 새처럼 노래 부르자.

네가 나에게 축복해 달라고 하면 나는 무릎을 꿇고   10

너에게 용서를 청하겠다. 그렇게 살면서

기도하고, 노래 부르고, 옛이야기를 하고, 금빛 나비같이

화려하게 차려입은 조신들을 비웃고, 비천한 자들이 궁중 소식을

지껄이는 걸 들어 보자. 또 그들과 이야기도 해 보자,

누가 권력을 잃고 잡았는지, 누가 총애를 받고 잃었는지,   15

그리고 마치 우리가 신들의 첩자인 양 알 수 없는 세상사를

알고 있는 척해 보자. 벽으로 둘러싸인 감옥 속에서

조류에 따라 흥하고 망하는 고관대작 패거리보다

오래 살자.

에드먼드　　저들을 데려가라.

20　**리어**　코딜리어야, 우리 같은 제물에 대해서는

신들도 향을 피워 주실 게다. 내가 너를 잡고 있는 거지?

우리를 떼어 놓으려는 놈은 하늘에서 햇불을 가져와서

불을 놓아 여우 몰아내듯 우리를 몰아내야 할 것이다.97

눈물을 닦아라. 좋은 시절이 와서 그것들98을 살가죽까지

다 삼켜 버리기 전에는 그것들 때문에 울어선 안 된다.

25　먼저 그것들이 굶주려 죽는 꼴을 볼 것이다.

가자.　　　　　　　　　　　　(리어와 코딜리어, 호위 받으며 퇴장)

에드먼드　부대장, 이리 와서 내 말 잘 들어라.

이 메모를 받아라.　　　　　　　　　　　(종이쪽지를 준다)

저자들을 따라 감옥으로 가라.

벌써 너를 한 계급 승진시켜 주었다. 만일 네가

30　여기 지시한 대로 하면 출셋길을

---

97 우리를 떼어 놓으려는 놈은 하늘에서 햇불을 가져와서 불을 놓아 여우 몰아내듯 우리를 몰아내야 할 것이다 : 초자연적인 힘에 의해서가 아니라 인간에 의해서는 다시 헤어지지 않을 것이라는 의미이다.
98 그것들 : 거너릴과 리건을 가리킨다.

달릴 것이다. 사람은 시류에 따라야 한다는

것을 명심해라. 마음이 무른 것은 무인(武人)에게는

어울리지 않는다. 너의 그 막중한 임무는 이론의 여지가

없다, 하겠다고 말하든가, 아니면 다른 출셋길을

찾아봐라.

군관   하겠습니다, 나리.   35

에드먼드   당장 시행하고 일을 해내면 널 행운아라고

불러라. 그 종이에 지시한 대로 당장

시행해라.

군관 저는 수레를 끌 수도, 말린 귀리를 먹을 수도 없습니다만

사람이 할 수 있는 일이라면 하겠습니다.   (퇴장)   40

요란한 나팔 소리.

올버니, 거너릴, 리건, 군관들과 병사들 등장

올버니 백작, 오늘 용감한 기질을 보여 주었소.

그리고 운도 꽤 좋아 그대는 오늘

전투의 목표였던 적들을 포로로 잡았소.

그들을 인도할 것을 요구하오. 그들의 가치와

우리의 안전을 공정하게 생각해서   45

처리하겠소.

에드먼드   공작님, 그 늙고 비참한 노왕은

특정 감옥에 유폐시켜 놓고 감시인을

붙여 놓는 것이 옳다고 생각합니다.

그분은 연로한 데다 국왕의 칭호까지 갖고 있어서,

50   백성들의 마음을 그의 편으로 끌어들여 우리가 징집한

병사들이 창을 돌려 그들을 지휘하는 우리의 눈을

겨룰 수도 있습니다. 그분과 함께 왕비도 보냈는데,

똑같은 이유 때문입니다. 내일 또는 그 후에라도

공작님께서 재판을 여시면 나오도록

55   준비가 되어 있습니다. 지금은

다들 피와 땀을 흘리고, 친구가 친구를 잃은 터라

아무리 명분이 좋다 하더라도, 그 감정이 가라앉기 전에는

전쟁의 가혹함을 느끼는 사람들의 욕을 먹을 것입니다.

코딜리어 왕비와 그 부왕의 문제는 좀 더 적당한 자리에서

논해야 할 것입니다.

60   **올버니**   백작, 실례지만

나는 이번 전쟁에서 그대를 부하이지,

대등한 동지로 생각하지 않소.

리건   그건 제가 이분에게

자격을 드리기에 달렸으니, 그런 말씀을 하시기 전에 제 의사를

물어 보셨어야 한다고 생각합니다. 이분은 제 군대를 지휘하셨고,

65   제 지위와 권력을 위임받고 있습니다.

저의 직속 대리인이니, 공작님과

대등한 동지라고 할 근거가 충분합니다.

거너릴   그렇게 흥분하지 마라.

이분은 네가 위임해 준 권력보다는 자신의

역량으로 그 자리에 오르신 분이다.

리건   내가 부여해 준 권한으로

이분은 최고 권력자와 동등한 거예요.   70

올버니 그가 처제의 남편이라 해도 그 이상 말하지는 못할 거요.

리건 농담이 진담이 되는 경우가 흔히 있죠.

거너릴   저런, 저런!

네게 그런 말을 한 사람은 사팔뜨기였을 게다.

리건 언니, 내가 몸이 안 좋아서 그렇지, 안 그러면 한껏

응대해 줬을 거예요. 장군님,   75

제 군대와 포로, 재산을 다 드릴 게요. 그것들을,

그리고 저도 맘대로 처분하세요. 전 당신 것이에요.

온 세상을 증인으로 이 자리에서 당신을 제 남편이자

주인으로 삼겠습니다.

거너릴   그를 네가 차지하겠다고?

올버니 당신이 그걸 막을 수는 없지.   80

에드먼드 공작님도 막지 못하실 겁니다.

올버니   이 서자 놈아, 난 그리할 수 있다.

리건 (에드먼드에게) 북을 울려 제 지위가 당신 것임을 밝히세요.

올버니 아직은 안 돼, 그 이유를 들어라. 에드먼드, 너를

대역죄로 체포한다. 그리고 너와 함께

이 겉모습만 아름다운 독사도 체포한다.　　　(거너릴을 가리킨다)

85　　　　　　　　　　　　　아름다운 처제의 요구는

내 처 때문에 반대해야겠소.

내 처가 이 자와 선약이 되어 있으니,

남편인 나는 처제의 결혼 선언에 이의를 제기하오.

굳이 결혼하려거든 나에게 구혼하시오,

내 처는 이미 예약이 되어 있으니.

거너릴　　　　　　　　　　　웃기는 코미디군!

올버니　글로스터, 네놈은 무장하고 있다. 나팔을 울려라.

너의 흉악하고 명백한 온갖 반역 행위를

증명해 보일 자가 나타나지 않으면,

여기 내 도전장이 있다.　　　　　　(장갑을 던진다)

　　　　　　　　다시 식사를 하기 전에

내가 이 자리에서 네놈에게 선언한 죄를 네놈이 다

저질렀다는 것을 네 심장에 증명해 보이겠다.

리건　　　　　　　　　　　아파! 아, 아파!

거너릴　(방백) 아프지 않으면 독약을 못 믿겠지.

에드먼드　도전에 응한다는 내 징표요.　　　(장갑을 던진다)

　　　　　　　　　도대체 나를 역적이라고 하는

놈이 누구이든 그 놈은 사악한 거짓말을 하고 있소.

나팔을 불어 불러 내시오. 나타나는 자가

공작님이든, 아님 다른 누구이든 난 내 진실과 명예를

굳건히 지킬 것이요.

올버니   여봐라, 전령을 불러라!

(에드먼드에게) 넌 네 용기만 믿고 싸워라, 네 병사들은

모두 내 이름으로 징집했기에, 내 이름으로

해산시켰으니.

리건   점점 더 통증이 심해져.   105

올버니 처제가 몸이 좋지 않다. 내 막사로 데려가라.

(리건 부축 받아 퇴장)

전령 등장

이리 오너라, 전령, ─나팔을 울려라, ─

그리고 이것을 큰 소리로 읽어라.

군관 나팔을 울려라!   (나팔 소리)

전령 (읽는다) *무인의 명부에서 그 자질이나 지위가 있는 사람이 글로스터*   110

백작이라는 에드먼드가 여러 면에서 역적임을 입증하려고 하면 나팔을 세

번 울려 나타나게 하라. 상대는 당당히 도전에 응한다.

울려라!   (첫 번째 나팔 소리)

다시 울려라!   (두 번째 나팔 소리)   115

다시 울려라!   (세 번째 나팔 소리)

(안에서 대답하는 나팔 소리가 들린다.)

올버니 저 자에게 무엇 때문에 나팔 소리에 응해

나타났는지 그 목적을 물어봐라.

전령사 그대는 누구요?

그대 이름은? 신분은? 그리고 왜

소환에 응했소?

120 **에드거** 알아 두시오. 나는 역적의 이빨에

물어뜯기고 갉아 먹혀서 이름을 상실했소,

그렇지만 나는 내가 대적하고자 하는 상대 못지않게

고귀한 신분이오.

올버니 그 상대가 누구요?

에드거 글로스터 백작, 에드먼드라는 자를 대변할 사람은 누구요?

에드먼드 그 자신이다. 그에게 할 말이 뭐냐?

125 **에드거** 만일 내 말이

고귀한 네 마음을 상하게 한다면 검을 뽑아라.

너의 검이 진실을 밝혀 줄 것이다. 여기 내 검이 있다.

보라, 이것은 내 명예, 기사로서 내가 한 맹세,

기사라는 내 직분에 수반하는 특권이다.

130 너의 권력과 지위, 젊음과 탁월함에도 불구하고,

그리고 너의 승리의 검과 방금 새로이 얻은 행운과

너의 용기, 너의 기백에도 불구하고, 너는 신들과

형제와 아버지를 속이고, 이 고명하신 공작님을

해칠 음모를 꾸민 역적이고,

너의 머리 꼭대기에서부터 발끝까지,   135

그리고 발바닥 밑의 먼지에 이르기까지 흉측한

반역자라고 주장한다. '아니다'고 말해 봐라.

내 검이, 내 팔이, 내 기백이 네놈의 심장에

그걸 증명해 보일 테니, 그 심장에 대고 말하건대

네놈은 거짓말쟁이다.

에드먼드   내가 현명하다면 네 이름을 물어야겠지만,   140

네 외모가 준수하고 용맹해 보이며,

네 말투로 보아 좋은 교육을 받은 듯하니,

기사도의 규칙에 따라 내가 안전하게 결투를

연기할 수도 있지만, 그걸 원치 않아 그리하지 않겠다.

나는 그 반역의 오명을 네 머리에 되던지고,   145

지옥같이 가증스런 그 거짓말로 네 가슴을 짓눌러 주겠다.

하나 그 오명들이 너를 스칠 뿐 별로 상처 입히지 못할 테니

내 이 검으로 직접 길을 열어 주어

그 오명 네게서 영원히 머물게 하겠다. 나팔수여, 나팔을 불어라.

                    (나팔 소리. 그들이 싸운다. 에드먼드 쓰러진다)

올버니 그를 살려 줘라! 죽이진 마라!

거너릴   이건 음모예요, 글로스터 백작님.   150

결투 규칙에 의하면 백작님은 정체불명의 상대의 도전에는

응할 필요가 없어요. 백작님은 패한 게 아니라,

기만당하고 속으신 거예요.

올버니   그 입 닥치시오, 부인.

아니면 이 편지로 그 입을 틀어막아 버릴 테니.

                    (에드거에게) 진정해라.

155 말로 표현할 수 없을 정도로 못된 여자, 네가 얼마나 못됐는지

직접 읽어 봐라. 찢지는 말고. 그 편지를 알고 있나 보군.

거너릴 내가 알고 있다 하더라도 국법은 내 편이지, 당신 편이 아니에요.

누가 감히 나를 그것 때문에 기소하겠어요?

올버니   저런 짐승 같으니! 아!

이 편지를 알고 있단 말이지?

거너릴   알고 있냐고 나한테 묻지 마세요.

                                        (퇴장)

160 **올버니** 저 여자를 뒤따라가 봐라. 자포자기 상태이니 잘 통제해라.

                                    (군관 한 명 퇴장)

에드먼드 네가 고발한 그 죄들을 나는 범했다. 아니 더 많은,

훨씬 더 많은 죄를 범했다. 때가 되면 다 드러나겠지.

그건 지난 일이고 나도 다 끝났다. 그런데, 나를 통해

이 행운을 잡은 넌 누구냐? 네가 고귀한 자라면

널 용서하겠다.

165 **에드거**   서로 용서하도록 하자.

에드먼드, 나는 혈통에 있어서 너에 못지않다.

만약 내가 더 훌륭한 혈통이라면 그만큼 넌 내게 잘못한 것이다.

내 이름은 에드거, 네 아버지의 아들이다.

신들은 공정하시어 쾌락을 탐한 악행을

우리를 처벌하는 도구로 삼으신다.

170

아버님께서는 어둡고 부정한 잠자리에서 너를 만든

벌로 눈을 잃으셨다.

에드먼드　　　　　옳은 말씀, 사실이오.

운명의 수레바퀴가 한 바퀴 돌아 나는 이 지경이 되었군.

올버니　그대 거동만 보고도 고귀한 가문의

태생임을 알 것 같았다. 내 그대를 안아봐야겠다.

175

내가 그대와 그대 부친을 미워한 적이 있다면

내 가슴이 슬픔으로 찢겨도 좋다.

에드거　　　　　　　　공작님, 알고 있습니다.

올버니　그대는 어디 숨어 있었느냐?

부친이 당한 불행은 어떻게 알게 되었느냐?

에드거　그 불행을 치료해 드렸습니다. 간단히 아뢸 테니

180

들어 보십시오. 다 말씀드리고 나면, 아! 제 심장이

터져 버렸으면 좋겠습니다! 소신을 바싹 뒤쫓아 오는

잔인한 체포령을 피하기 위해서 ― 아! 삶은 너무 달콤해서

사람들은 당장 죽음의 고통을 끝내기보다

그 고통을 느끼면서도 살아가고 싶어 합니다! ― 소신은 미친 사람의

185

누더기를 걸치고 개들조차 싫어할 모습으로

변장을 했습니다. 그런 복장으로 방금 보석 같은

눈알을 잃으시고 눈구멍에서 피를 흘리시는

아버님을 만나 그분의 길잡이가 되어 이끌어 드리고,

190   그분을 위해 구걸하고, 절망에서부터 그분을 구해 드렸습니다.

그런데—아, 저의 실수였습니다!—삼십 분 전 제가 무장을

할 때까지도 그분에게 제 정체를 밝힌 적이 없었는데,

바라긴 했지만 이렇게 성공하리라 확신할 수 없어서

저는 아버님께 축복을 빌어 달라고 하며, 그동안 지내 온

195   이야기를 말씀드렸습니다. 하오나 이미 약해진 그분의

심장은, 아아, 너무 약했습니다. 기쁨과 슬픔이라는

극단적인 감정의 충돌을 견뎌 내기에는! 그래서 미소를

지으면서 그 심장이 터져 버렸습니다.

에드먼드　　　　　　　　　형님 말씀이 제 마음을 움직이는군요.

뭔가 좋은 영향을 줄 것 같습니다. 그런데 계속하십시오.

200   더 할 말이 있으신 것 같으니.

올버니　더 있어 봐야 더 슬픈 이야기일 테니, 그만하게.

이 이야기만 듣고도 가슴이 터져 버릴 것만

같으니.

에드거　슬픔을 좋아하지 않는 사람에게는

여기서 끝이었으면 좋겠지만, 다른 이야기는

205   너무 자세히 이야기하면 훨씬 더하다 못해

한계를 넘어설 것입니다.

제가 큰 소리로 통곡하고 있는데 한 사람이 다가왔습니다.

그분은 지극히 처참한 제 상태를 보고 저와 함께

있는 게 싫어서 피하셨습니다. 하오나 그때 그런 고난을

겪고 있는 자가 누구인지 아시고는 억센 두 팔로   210

저의 목을 꼭 껴안고 마치 하늘을 무너뜨릴 듯이

큰 소리로 우시더니 아버님의 시신에 몸을 던졌습니다.

그리고 폐하와 자신에 관해서 사람의 귀가

지금까지 들은 이야기 가운데서 가장 처참한 이야기를 하셨습니다.

그 이야기를 하시다가 스스로 슬픔에 압도당해   215

생명줄에 금이 가기 시작했습니다. 그런데 때마침 나팔이 두 번 울려

실신한 그분을 두고 자리를 떠났습니다.

올버니   한데 그분은 누구였나?

에드거   공작님, 추방당한 켄트 백작이셨습니다. 그분은

변장하시고 원수처럼 여겨 마땅할 폐하를 따라다니시며

종도 못할 시중을 드셨습니다.   220

피 묻은 칼을 들고 기사 등장

기사   도와주시오, 도와줘! 아, 도와줘요!

에드거   무엇을 도우란 말이오?

올버니   말하라.

에드거   그 피 묻은 단검은 웬 것이오?

기사   방금 가슴에서 뽑아온 것이라

뜨겁습니다, 김이 납니다. ─ 아! 돌아가셨습니다.

올버니 누가 죽었단 말이냐? 말하라.

기사 공작님 부인 말씀입니다. 부인의 동생은 부인 손에

독살되셨다고 부인께서 고백하셨습니다.

에드먼드 두 사람 모두와 언약을 했더니 이제 세 사람이

동시에 죽음의 결혼을 하게 되었구나.

에드거   저기 켄트 백작님이 오십니다.

켄트 등장

올버니 시신을 이리 가져 와라. 죽었든, 살았든.   (기사 퇴장)

하늘의 이런 심판은 우리를 두려움에 떨게는 해도

연민을 갖게 하지는 않는구나.

                              (켄트를 보고) 아! 이분이 그분인가?

때가 때이다 보니 제대로 격식을 갖추어

인사드릴 수가 없습니다.

켄트   소신은

제 주인이신 국왕 폐하께 작별 인사를 드리기 위해 왔는데

폐하는 여기 안 계십니까?

올버니   중대한 일을 잊고 있었구나!

말하라, 에드먼드. 폐하는 어디 계시냐? 코딜리어

왕비는? 이 광경이 보이십니까, 켄트 경?

(거너릴과 리건의 시체가 운반되어 들어온다)

켄트 아아! 어찌 이런 일이?

에드먼드 그래도 에드먼드는 사랑을 받았구나.

나 때문에 한 사람이 다른 사람을 독살하고

자신도 스스로 목숨을 끊었으니. 240

올버니 그건 그렇군. 그들의 얼굴을 가려라.

에드먼드 숨이 끊어질 것 같습니다. 내 천성에 맞지 않는

좋은 일을 좀 하고 싶습니다. 급히 사람을 보내십시오.

서둘러서, 성으로. 리어 폐하와 코딜리어 왕비를 살해하라는

명령을 내렸으니, 245

제발, 제때 사람을 보내십시오.

올버니 달려라, 달려! 아, 달려라!

에드거 누구에게 말입니까, 공작님? —

(에드먼드에게) 누가 그 임무를 맡았느냐?

명령을 취소한다는 너의 징표를 보내라.

에드먼드 잘 생각하셨습니다. 내 검을 가져가세요. 이걸

부대장에게 주세요.

에드거 있는 힘을 다해 달려라. (군관 퇴장) 250

에드먼드 그 부대장은 공작님 부인과 소신으로부터

감옥에서 코딜리어 공주를 목매달아 죽이고 절망해서

스스로 목숨을 끊은 것처럼 뒤집어씌우라는

명령을 받았습니다.

올버니　　　　　　　신들이시여, 왕비를 보호해 주소서!

255　저자를 잠시 여기서 끌어내라.　　　　(에드먼드가 운반되어 나간다)

죽은 코딜리어를 안은 리어, 군관 등장

리어　울어라, 울어, 울어라! 아! 너희는 목석같은 인간이구나.

내게 너희 같은 혀와 눈이 있다면 그걸로

하늘의 지붕이 갈라지게 했을 것이다. 이 애는 영영 가 버렸다.

난 사람이 죽었을 때와 살았을 때를 안다.

260　이 아이는 죽어 흙이 되었다. 내게 거울 좀 다오.

이 애의 입김이 거울에 김이나 자국을 남기면,

이 애는 살아 있는 것이니.

켄트　　　　　　　　이것이 예언된 세상의 종말인가?

에드거　아니면 그것의 무서운 형상인가?

올버니　　　　　　　　하늘이 무너져 만사 끝나 버려라.

리어　이 깃털이 움직인다. 살아 있다! 그렇다면

265　이건 지금까지 내가 맛본 모든 슬픔을 보상해 줄

기회다.

켄트　(무릎을 꿇고) 아, 주군이시여!

리어　제발 저리 비켜라.

에드거　　　　　　　이분은 폐하의 충신, 켄트 백작님이십니다.

리어 역병에나 걸려라. 이 살인자, 역적들아!

난 이 애를 구할 수 있었는데, 이제 이 애는 영원히 가 버렸다!

코딜리어, 코딜리어야! 잠시만 기다려라. 하!   270

뭐라 했느냐? 이 애 목소리는 항상 부드럽고

조용하고, 나지막해서 여자로서는 훌륭한 자질이었지.

너를 죽인 그 노예 놈은 내가 죽여 버렸다.

군관 사실입니다, 나리들, 그리하셨습니다.

리어   여봐라, 안 그랬더냐?

내게도 언월도[99]로 그런 놈들이 도망치게 할 수   275

있었던 때가 있었다. 그러나 지금은 늙어서, 바로 이런

것들이 내가 힘을 못 쓰게 한다. 너는 누구냐?

내 눈이 좋지 않다. 하나, 곧 알아볼 수 있을 것이다.

켄트 운명의 여신이 총애하고 미워했던 두 사람이 있었노라고

자랑한다면 우리는 그 중 한 분[100]을 보고 있소.   280

리어 내 시력이 둔해졌어. 그대는 켄트 아니냐?

켄트   그렇사옵니다.

폐하의 종복 켄트이옵니다. 하인 카이어스는 어디 있습니까?

리어 그놈은 좋은 놈이야. 내 그리 말할 수 있지. 그놈이라면

내리칠 것이다, 그것도 날쌔게. 그놈은 죽어 썩고 있다.

---

99 언월도 : 칼끝이 나선형인 칼
100 그 중 한 분 : 운명의 여신이 미워했던 사람을 보고 있다는 말이다.

켄트 아니옵니다, 폐하. 소신이 바로 그 놈입니다. ―

리어 곧 알아보겠다.

켄트 폐하의 운명이 바뀌어 몰락한 첫 순간부터

폐하의 슬픈 발길을 따라다닌 그 놈입니다. ―

리어   여기 온 것을 환영하노라.

켄트 제가 바로 그놈입니다. 만사 음울하고, 암담하고,

290 끔찍하옵니다. 폐하의 큰 따님들은 스스로 목숨을 끊으시고

절망적으로 돌아가셨습니다.

리어   그래, 나도 그렇게 생각한다.

올버니 폐하께서는 당신이 무슨 말씀을 하는지도 모르시니 우리

신분을 알려드려도 소용없겠소.

에드거   전혀 소용없습니다.

군관 한 사람 등장

에드먼드 경이 운명하셨습니다, 공작님.

올버니   이 자리에서 그건 별 의미 없는 일,

295 친애하는 귀족, 친지 여러분, 제 의도를 밝히겠소.

몰락하신 이 분을 위해서

위로가 되는 일을 해야겠소. 본인은 연로하신

국왕 폐하께서 살아 계시는 동안 절대권을

그분에게 양도하겠소.   (에드거와 켄트에게)

두 분에게도 본래 권리에다가

이번 공훈에 보상이 되고도 남을 특권을   300

부여하겠소. 그 외 모든 우군들도 그들의 공적에

따라 보상을 받을 것이요, 적들은 그 죄과에

따라 고배를 마실 것이오. 아! 보시오, 보시오!

리어 내 불쌍한 바보[101]는 교살당했다! 없다, 없다, 없어, 생명이!

개도, 말도, 쥐도 생명이 있는데, 어찌 너는 숨을   305

쉬지 않느냐? 너는 두 번 다시 돌아오지 않겠지.

결코, 결코, 결코, 결코, 결코!

제발 이 단추 좀 벗겨 다오. 고맙소, 경.

보이느냐? 이 애 좀 봐라, 봐. 이 애 입술을,

저기 좀 봐라, 저기 좀 봐!

에드거   실신하셨습니다! 폐하! 폐하!   310

켄트 터져라, 가슴아, 제발 터져라.

에드거   고개 좀 들어 보십시오, 폐하.

켄트 폐하의 영혼을 괴롭히지 말게, 아! 운명하시게 해 주게.

---

101 내 불쌍한 바보 : 이 극에서 바보광대(Fool)는 코딜리어가 프랑스로 떠난 뒤 등장하여 리어가 광야로 나가 비바람을 온몸으로 맞을 때 리어의 고통을 함께하다가 3막 6장에서 낮잠이나 자러 가겠다고 해놓고는 사라진다. 반면, 코딜리어는 극의 초반과 후반에만 등장한다. 비평가들은 이렇게 이 두 인물의 등장과 퇴장이 겹치지 않는 점을 주목하여 한 배우가 두 인물의 역할을 했을 것이라고 추정한다. 이 장면에서 리어가 코딜리어의 시신을 안고 그녀를 바보(fool)라고 부르는 모습 등에서 더욱 그러한 힌트를 발견할 수 있다.

그분은 이 거친 세상의 고문대에 그분을

더 매어 놓는 사람을 증오할 걸세.

에드거   정말 운명하셨습니다.

315 **켄트** 지금까지 견디신 것도 놀랍지. 폐하께서는

진즉 끝났을 목숨을 연장하고 계셨던 거요.

올버니 저 유해들을 가지고 나가라. 우리가 당장 해야 할 일은

다 같이 애도하는 일이오. (켄트와 에드거에게) 내 영혼의 친구인

두 분, 함께 이 나라를 다스리고, 상처투성이 나라를 돌봐 주시오.

320 **켄트** 소신은 곧 여행을 떠나야 합니다.

주군께서 부르시니 따라야지요.

에드거 이 비통한 시대의 무게를 우리는 달게 받아야 합니다.

우리 강요된 말이 아니라 느끼는 바를 말합시다.

연로하신 분들이 가장 고생 많으셨으니, 우리 젊은이들은

325 그렇게 고생도 앓을 것이고, 그렇게 장수하지도 앓을 겁니다.

(장속곡이 울리는 가운데 모두 퇴장)

『리어 왕』을 읽고 나서

『리어 왕』은 천륜이 무너지고 인륜이 사라진 미친 세상을 그리고 있습니다. 리어 왕의 두 딸 거너릴과 리건은 아버지의 권력과 재산을 분배받은 뒤에 늙고 힘없는 아버지를 박해합니다. 야심에 찬 글로스터 백작의 서자 에드먼드는 권력과 재산을 차지하기 위해 형을 음해하여 쫓아내고, 리어 편을 드는 아버지도 리어의 둘째 딸 부부에게 밀고합니다. 리어의 두 딸은 유부녀이지만 젊은 야심가 에드먼드에게 반합니다. 큰딸은 에드먼드에게 자기 침대의 현 주인(남편인 올버니 공작)을 죽이고 자신의 침실을 차지해 달라고 종용합니다. 결국 동생에게 이 남자를 빼앗길 상황이 되자 질투심에 눈이 멀어 동생을 독살합니다. 그리고 자신의 모든 추악한 범죄가 드러나자 자결합니다. 이렇게 이 극 속 많은 인물들은 권력과 재산에 눈이 멀고, 걷잡을 수 없는 욕망에 불타오릅니다. 부모 자식 간의, 형제자매 간의 천륜도, 부부 간의 인륜도 욕망으로 인해 모두 사그라집니다.

이런 패륜과 금수 같은 행동들이 난무하는 미친 세상에서 사람들은 제정신으로 견딜 수가 없습니다. 딸들한테 버림받은 리어 왕은 폭풍우 속에 황야를 헤매면서 미쳐 가고, 동생의 모함으로 아버지 살해 시도라는 죄명으로 체포령이 내려진 에드거는 미친 거지 톰으로 변장하여 동냥하며 살아갑니다. 그들은 이 미친 세상을 반영하듯 휘몰아치는 폭풍우 속에서 황야를 헤매고 다닙니다. 그들이 황야에서 내뱉는 모든 대사들은 혼란으로 가득 찬 부조리한 세상에 대한 랩소디(광시곡)입니다. 그들의 대사는 얼핏 미친 자의 헛소리 같지만, 그 안에 세상과 인간에 대한 심오한 통찰이 담겨 있습니다. 부조리한 세상의 면면에 대한 풍자가 숨어 있고, 인간의 본성에 대한 적나라한 해부도 엿보입니다.

하지만 셰익스피어는 단순히 이 극에서 부모 자식 간의 갈등, 욕망의 도가니에 빠진 인간 군상만 그려 내고 있는 것이 아닙니다. 셰익스피어는 그보다 좀 더 보편적이고 고차원적인 철학 문제인 인간 인식의 한계 문제까지 다루고 있습니다. 그래서 필립 에드워즈(Philip Edwards)라는 비평가는 이 극이 신의 존재, 인간에 대한 신의 역할과 신과 인간의 관계, 부모 자식, 형제자매, 부부관계 등 인간관계, 인간성의 본질 및 그것의 변화 과정, 국가와 사회 문제, 진실과 허위 등 인생의 거의 모든 문제가 다루어지는 가히 '보편극(universal play)'이라고 했습니다. 그 때문일까요? **셰익스피어 비평가로 정명한** 브래들리는 '만약 우리가 부득불 셰익스피어의 작품을 모두 잃어야 되고, 단 하나의 작품만 남길 수 있다고 가정한다면 셰익스피어를 가장 이해하고 좋아하는 대부분의 사람들은 아마 『리어 왕』을 택할 것이다.'고 말했습니다. 낭만주의 시인 셸리(P.B. Shelley)도 '세상에 존재하는 극예술 중 가장 완벽한 표본'이라고 극찬한 이 극에서 우리가 꼼꼼히 짚어 봐야 할 논제는 무엇일까요? 다음과 같은 논제들에 대해 생각해 보면 이 극을 보다 깊이 있게 분석할 수 있을 것입니다.

1. 리어 왕을 파멸로 몰고 간 그의 성격적 결함은 무엇일까?

2. '내가 누군지 말해 줄 자 누구인가?'라는 리어 왕의 질문은 어떤 의미를 담고 있을까?

3. 글로스터 백작과 두 아들의 이야기는 전체 극에서 어떤 의미를 갖고, 그것이 갖는 극적 효과는 무엇인가?

4. 이 극 속 인물들의 성향은 양분되어 있다. 어떻게 양분되어 있는가?

5. 에드먼드는 출세를 위해 형을 모함하고 아버지를 고발한다. 그리고 자기를 탐하는 두 여자들에게 동시에 사랑을 약속한다. 에드먼드의 이런 비인륜적인 행동은 어디서 비롯됐는가?

6. 리어가 개최하는 사랑 표현 대회를 통해 알 수 있는 언어의 속성은 무엇인가?

7. 콘월 공작과 리건은 왜 하필 글로스터에게 눈을 뽑는 처벌을 할까?

8. 이 극에서는 많은 역설적 상황을 보게 된다. 그런 예를 들어 보자.

9. 흔히 이 극은 셰익스피어 비극 중에서도 가장 비극적이라고 평가받는다. 그 이유가 무엇이라고 생각하는가?

10. 아버지의 의심을 받고 전국에 체포령이 내려진 뒤 미친 거지 톰으로 변장하여 동냥으로 삶을 연명하는 에드거에게서 우린 어떤 인생 태도를 배우게 되는가?

1. 리어 왕의 성격적 결함

이 극에서 리어 왕은 성격이 불같이 급하고 화를 잘 내며, 평생을 왕으로서 절대 권력을 구사하고 살아온 자의 권위와 독선에 빠져 있다. 오랫동안 아첨과 복종 속에서 살아온 그가 공식 석상에서 자신에 대한 사랑을 표현하라고 요구하는데, 막내딸 코딜리어는 아버지의 권력과 재산을 받기 위해 자신들의 사랑을 과대 포장하는 언니들을 보며 염증을 느낀다. 그래서 코딜리어는 자기 차례가 됐을 때 "Nothing, sir."라고 대답한다. 그런데 코딜리어의 이런 답변을 듣고 리어는 격분하여 코딜리어와 부녀간의 정을 끊고 코딜리어 몫으로 정해 놓은 권력과 재산을 두 딸들에게 나누어 준다.

리어 왕의 이런 어리석은 결단을 지켜보던 충신 켄트는 충성에서 우러나온 진언을 한다. 그러고는 리어 왕이 왕국을 분할하는 행위를 보고는 감히 '리어 왕이 제정신 아니시니'(1막 1장 145행)라고 말한다. 진심에서 우러나온 켄트의 진언마저 리어 왕은 자신의 권위에 대한 도전으로 여겨 격분에 사로잡히며 켄트 또한 추방한다. 이때 리어는 켄트에게 다음과 같이 말한다.

리어   듣거라, 이 역적 놈아!
  신하의 의무를 잊지 않았다면 내 말을 들어라!
  네놈은 과인이 한 맹세를 깨게 하려고 하나
  이는 감히 있을 수 없는 일. 그리고 너무도 오만하게

과인의 권력과 선고 사이에 끼어들어 실행하지 못하게 하니

이는 과인의 <u>천성</u>으로 보나 <u>지위</u>로 보나 참을 수 없는 일,

<u>과인의 권위</u>를 세우기 위해서라도 그 벌을 받아라.

(1막 1장 165~171행)

이 대사 속에는 '천성', '(왕이라는)지위', '권위 의식' 등 리어 성격의 결함들이 거의 다 언급되어 있다.

리건과 거너릴도 코딜리어의 침묵 속에 리어 왕에 대한 진정한 사랑이 담겨 있음을 잘 알고 있다. 그래서 리어 왕이 가장 사랑하던 코딜리어를 내쫓는 것은 '어리석은 판단'(1막 1장 290행)이자 '노망'(1막 1장 292행) 때문이라고 말한다. 혹자는 이런 리어 왕의 노망이 그를 비극으로 이끈다고 주장하기도 한다. 하지만 리어 왕의 행위는 단순한 노망 때문만은 아닌 것으로 보인다. 나중에 거너릴과 리건의 감언이설만 믿고 모든 것을 주었는데, 곧 그들이 본심을 드러내자 리어는 배신감에 분노를 삭이지 못해 부모로서 차마 입에 올릴 수 없는 욕설과 저주를 퍼붓는다. 여기서도 우리는 리어의 제어되지 않는 분노를 보게 된다. 그래서 흔히 리어 왕의 권위 의식에서 비롯된 독선과 판단력 부족, 제어되지 않는 분노가 그를 비극에 빠뜨리는 성격적 결함으로 여겨진다.

2. 문학이 던지는 영원한 질문 — '나는 누구인가'

그리스 델포이 신전 입구에는, 소크라테스의 명언이라고 알려져 있으나 실제로는 탈레스가 말한 경구 '너 자신을 알라.'가 새겨져 있다. 이를 통해 고대 그리스 시대부터 인간이 자신에 대한 이해의 문제와 씨름해 왔음을 알 수 있다. 소포클레스의 비극 『오이디푸스 왕』[1]도 바로 이 문제를 다루고 있는 걸작이다. 자신의 운명이 궁금하여 인간들은 신전에서 신탁을 청해 듣지만 사제들이 전하는 신탁은 수수께끼 같아서 그

---

1 오이디푸스 왕 : 테베(테바이)의 왕 라이오스는 아들에게 살해될 것이라는 신탁을 들어서 아들을 낳자마자 산에 내다 버리게 한다. 그때 아이의 두 발목을 한데 묶어 버리는데, 오이디푸스라는 이름은 '부운 발'이라는 뜻으로 거기서 유래한 것이다. 그런데 라이오스의 신하는 이 아이를 버리지 못하고 이웃 나라 코린트(코린토스)의 목동에게 맡긴다. 그 후 오이디푸스는 코린트의 왕 폴리보스의 양자가 되어 자라난다. 청년이 되어 델포이 신전을 방문한 그는 아버지를 죽이고 어머니와 결혼하게 될 운명을 갖고 태어났다는 신탁을 듣게 된다. 그래서 그는 그 신탁을 피하고자 코린트로 돌아가지 않고 방랑의 길에 오른다. 하지만 테베로 가던 중 친부 라이오스와 시비가 붙어 결국 오이디푸스는 아버지를 죽인다. 그리고 스핑크스가 지나가는 사람을 붙잡아 수수께끼를 내어 풀지 못하면 죽여 버림으로써 테베 사람들을 괴롭히고 있다는 것을 알았다. 오이디푸스가 스핑크스의 수수께끼를 풀고 스핑크스가 자살하자 이에 대한 보상으로 그는 테베의 왕이 되고 당시 미망인이 된 왕비 이오카스테, 즉 어머니와 결혼하게 된다.
　오이디푸스는 테베를 잘 통치하였으나, 갑자기 테베에 역병이 돌았다. 오이디푸스는 이 역병의 이유를 알기 위해 델포이의 아폴론 신전의 신탁을 듣고 오게 한다. 신탁의 내용은 '라이오스 왕을 죽인 자를 찾아서 복수를 하면 역병이 물러간다.'는 것이었다. 자신이 길거리에서 죽인 사람이 라이오스 왕이라는 사실을 모르던 오이디푸스는 그리스 최고의 점쟁이 테이레시아스로부터 자신이 찾고 있는 살해자가 바로 자기 자신임을 알게 된다. 오이디푸스의 모든 과거가 밝혀진 뒤 어머니 이오카스테는 자살하고, 오이디푸스는 이오카스테의 브로치를 빼어 자신의 눈을 찔러 스스로 소경이 된다. 절망한 오이디푸스는 테베를 처남 크레온에게 맡기고 딸 안티고네에 의지하여 각지를 떠돌아다니다가 아테네 근처 콜로노스에서 죽는다.

것의 해석은 곧 본인들의 몫이다. 인간들은 비극적 신탁을 피해 보고자 노력하지만, 인간은 사고의 한계와 감각에 의존한 판단의 한계로 인해 자신의 운명을 벗어나지 못한다. 오이디푸스도 스핑크스의 어려운 수수께끼는 풀었으나 자신이 테베에 역병을 불러온 장본인이라는 사실은 알지 못한다. 모든 사실이 밝혀진 뒤 그가 자신의 눈을 훼손하는 행위는 눈뜬장님이었던 자신의 무지에 대한 처벌인 것이다.

박우수는 스스로에 대한 무지와 인간 인식의 한계라는 주제를 다루고 있다는 점에서 『리어 왕』이 『오이디푸스 왕』의 연장선상에 있다고 주장한다.2 왕으로서의 정체성을 상실한 리어는 심히 혼란을 겪는다. 리어는 실권 없는 왕의 명칭이 어떤 대접을 받을지 예측하지 못했던 것이다. 권위에 싸여 자신에 대한 올바른 인식을 하지 못했던 리어는 권력과 재산을 양도한 뒤 경험하게 되는 냉담과 무시를 당하면서 자신의 정체성에 혼란을 느낀다. 그래서 스스로 다음과 같이 자문한다.

> 리어　여기 누가 나를 아느냐? 이것은 리어가 아니다.
> 　리어가 이렇게 걷는가? 이렇게 말하는가? 그의 눈은 어디 있는가?
> 　사고 능력은 약해지고, 분별력은 마비
> 　되었는가 ― 하! 깨어있는가? 그렇지 않다.
> 　내가 누군지 말해 줄 자 누구냐? (1막 4장 223~227행)

---

2 박우수 역, 「역자 해설」, 『리어 왕』, 열린책들, 2012, 192쪽

이 대사에서 리어가 자기 인식의 한계를 느끼고 있음을 알 수 있다.

이렇게 정체성의 혼란에 빠진 리어 왕은 폭풍우가 몰아치는 광야에서 자연과 싸우며, 바보광대의 줄기찬 조롱과 풍자로 차차 신랄한 자기 인식을 하게 된다. 리어 왕은 황야의 오두막에서 벌거벗은 에드거를 보고 아무것도 걸치지 않은 순수한 인간의 모습이 구차하고 벌거벗은 두 발 동물에 불과하다는 것을 깨닫는다. 그리고 그것이 인간의 진짜 모습이고, 왕의 화려한 의상을 입고 있는 자신이 겉치장을 한 가짜임을 알게 된다.

이런 인식을 한 리어는 자신이 입고 있던 왕복을 벗는다. 이것은 리어가 왕으로서 지니고 있던 권위와 독선을 버리는 상징적 장면으로 볼 수 있다. 그는 비로소 자기가 누렸던 권위도 권력이 준 허상이었음을 깨닫고, 자신도 학질에 걸릴 수 있는 연약한 인간이었음을 깨닫는다. 그렇게 리어는 자신이 걸치고 있던 권위의 의복들을 벗고 삶의 진실을 꿰뚫어 보는 자연인으로 재탄생한다. 그러고 나서야 비로소 나약한 자, 헐벗은 자들의 고통에 연민을 느낄 수 있는 존재가 된다.

코딜리어는 광기에 사로잡혔던 리어를 찾아내어 극진히 치료하고는 그의 찢어진 옷을 벗기고 새 옷으로 갈아입힌다. 이때 옷을 갈아입는다는 것은 또 다른 상징적 이미지로, 리어는 이제 다른 사람으로 새로 태어나게 된다. 이전의 독선적이고 권위에 찬 리어가 아니라 '넌 날 용서해 줘야 한다. / 이제 부디, 잊고 용서해 다오. 나는 늙고 어리석단다.'(4막 7장 83~84행)라며 딸에게조차 진정으로 용서를 빌 수 있는 인간이 된다.

이 극에서 눈뜬장님은 리어만이 아니다. 글로스터도 '눈이 보일 때도 난 걸려 넘어졌어.'(4막 1장 19행)는 대사를 통해 인식의 한계를 보여 주는 인물이다. 박우수는 눈을 뽑힌 글로스터가 에드거에 의해 도버 해협의 절벽으로 이끌려가는 장면이 스스로 눈을 찌른 오이디푸스가 딸의 손에 이끌려 영혼의 순례 여행길에 오르는 장면에 상응한다고 주장한다.3

이렇게 이 작품은 인간의 항구적 질문인 '나는 누구인가?'를 통해 인간의 자기 인식의 문제와 인식의 한계의 문제를 탐구하고 있다.

---

3 박우수 역 『리어 왕』, 열린책들, 2012, 205쪽

3. 서로를 비춰 주며 하나의 주제를 변주하는 주 플롯과 부 플롯

극 구조면에서 이 극은 주 플롯과 부 플롯, 두 개의 플롯이 긴밀한 상호 연계 속에 미학적으로 엮여 있다. 리어와 세 딸들의 이야기가 주 플롯이라면, 글로스터 백작과 두 아들의 이야기는 부 플롯이라 할 수 있다. 디어도어 스펜서(Theodore Spencer)는 셰익스피어가 이 극에서 보강과 확장의 기술을 사용한다고 표현했다. 그는 부 플롯은 주 플롯을 보강하고 에드거의 가장된 광기는 리어의 진짜 광기를 확장한다고 주장했다.4

리어 왕의 충신인 글로스터 백작은 리어 왕과 마찬가지로 어리석은 판단력으로 파멸의 길을 걷는다. 그는 탐욕과 야망에 사로잡힌 서자 에드먼드의 비열한 권모술수에 속아 적자 에드거가 자신을 살해하려 한다고 오해하게 된다. 그래서 에드거에게는 체포령을 내리고 재산 상속권을 에드먼드에게 부여한다. 하지만 에드먼드는 리어 왕 편을 드는 아버지를 리건과 콘월 공작에게 고발하고 아버지의 작위와 재산을 차지한다. 그리고 공작 부부에게 끌려온 글로스터는 눈까지 뽑히는 고초를 당한다. 리어가 세 딸들의 진심을 읽지 못해 파멸을 당하듯 글로스터도 두 아들의 진실에 대한 그릇된 판단으로 철저히 파멸당하는 것이다.

---

4 Theodore Spencer, *Shakespeare and the Nature of Man*. New York: Macmillan, 1961, ix.

이런 판단력 부족뿐만 아니라 두 사람의 파멸이 본인의 과오에서 비롯된다는 점도 유사하다. 즉 리어는 왕국 분할이라는 질서 파괴로 인해 비극을 맞이하고 글로스터는 혼외정사라는 자신의 과오에 의해 불행이 비롯된다.

> 에드거 신들은 공정하시어 쾌락을 탐한 악행을
>   우리를 처벌하는 도구로 삼으신다.
>   아버님께서는 어둡고 부정한 잠자리에서 너를 만든
>   벌로 눈을 잃으셨다. (5막 3장 169~172행)

리어와 글로스터의 파멸의 씨앗이 본인들의 과오에서 출발했음을 알 수 있다.

또 리어 왕이 모든 것을 잃고 광기라는 정화 과정을 통해 진실과 외양을 가리는 판단력을 얻게 되듯이 글로스터는 자신의 모든 작위와 재산을 박탈당하고, 눈까지 뽑히는 고통의 정화 과정을 통해 비로소 사물을 제대로 보는 혜안을 얻게 된다. 눈을 잃고 나서야 제대로 보게 된다는 역설은 이 작품 전체를 지배하는 주제이다. 이렇게 글로스터의 부 플롯은 리어의 주 플롯과 긴밀한 상호 연계 속에서 주 플롯의 주제를 변주하며 그 주제를 심화시켜 준다.

4. 봉건적 가치관과 근대 자본주의 가치관의 충돌

이 극에서 코딜리어, 켄트, 바보광대, 올버니, 글로스터, 에드거는 교환과 타산을 넘어선 인간적 유대 관계를 중시하는 인물들이다. 이들은 자신의 이득보다는 변함없는 충성과 자식 된 도리, 의를 실천한다. 그들은 리어의 위협에도 불구하고 진실을 향한 소신을 굽히지 않는 완고한 성격의 소유자이며 동시에 희생적이고 조건 없는 사랑의 소유자들이다. 사랑 경연 대회에서 '저는 자식된 된 도리만큼 / 폐하를 사랑할 뿐이옵니다.'(1막 1장 91~92행)라는 코딜리어의 대사에서 인연, 유대 관계라는 뜻의 단어 'bond'를 언급한다. 이는 중세 봉건 사회를 형성하는 가장 중요한 메커니즘이다. 이와 같이 이 극에서 'bond'라는 단어는 중세적 인간관을 대변하는 의미로 사용되고 있다.

반면, 교환과 타산을 중시 여기는 에드먼드, 거너릴, 리건, 오즈월드가 보이는 탐욕과 실리 추구에는 신흥 자본주의 가치관이 구현되어 있다. 이들은 이기적인 욕망을 좇아 부모 자식 간의, 형제자매 간의, 부부간의 모든 유대 관계를 무시한다. 마르크스는 『공산당 선언 *Communist Manifesto*』에서 부르주아 계급에 대해 다음과 같이 썼다.

부르주아 계급은 자신들이 지배권을 획득한 곳에서는 어디서나 모든 봉건적, 가부장적, 목가적 관계를 파괴했다. 그들은 사람을 '타고난 상전들'에게 얽매어 놓고 있던 온갖 봉건적 속박을 가차 없이 토막 내 버렸다.

그리하여 사람들 사이에는 노골적인 이해관계와 냉혹한 '현금 계산' 외에
는 아무런 관계도 남지 않게 되었다[5]

『리어 왕』에서는 마르크스가 말한 이런 상황들이 극화되어 있는 것이다. 즉,
'타고난 것이라 끊으려야 끊을 수 없는 / 신성한 혈육의 끈'(2막 2장 71~72
행)이 부르주아 계급의 가치관의 변화로 해체되는 상황을 재현하고 있다.
'늙은이가 쓰러지면 더 젊은 사람들이 일어서는 법이지.'(3막 3장 25행)라는
에드먼드의 대사는 단순히 세대교체를 뜻하는 대사일 수도 있지만, 새로운
가치관 혹은 이데올로기가 구시대의 가치관을 대체하는 상황으로도 해석이
가능하다.

　이 두 그룹으로 양분되는 등장인물들은 극 중간의 광야 장면을 거쳐 극
후반에는 영국군 진영과 도버의 프랑스군 진영으로 갈라져 전쟁을 하게 된
다. 이 전쟁은 두 개의 대립된 가치 체계의 충돌을 상징하는 것이다. 이 전쟁
에서 거너릴, 리건, 콘월, 에드먼드 등이 속한 영국군의 승리는 봉건 사회가
막을 내리고 자본주의 사회로 이양이 불가피함을 보여 주는 것 같다.

　켄트가 거너릴의 집사 오즈월드에게 보이는 극한 혐오에도 두 가치관
사이의 갈등이 담겨 있다. 리어 왕에게서 추방당한 켄트는 변장을 하고 육
체적, 정신적 고통을 겪는 리어 왕의 시중을 든다. '폐하의 운명이 바뀌어
몰락한 첫 순간부터 / 폐하의 슬픈 발길을 따라다닌 그 놈입니다. ―'(5막

---

5 Paul Delany, "King Lear and Decline of Feudalism", Materialist Shakespeare, A
　History, ed., Ivo Kamps. London & New York: Verso, 1995, 21쪽에서 재인용

3장 287~288행)라는 대사를 통해서도 알 수 있듯이 리어에 대한 켄트의 충성심은 무조건적인 것이다. '인기가 없어진 사람 편을 드니까 그렇지.'(1 막 4장 99행)라는 광대의 조롱처럼 켄트는 실리와 이익만을 좇는 자들과는 대립되는 인물이다. 켄트의 이런 선의는 리어 왕으로부터 지참금도, 축복 도 받지 못한 채 프랑스 왕과 결혼하여 떠난 코딜리어가 언니들로부터 박 해받는 아버지를 위해 분연히 군사를 일으킨 것과 같은 행위이다. 켄트와 코딜리어의 조건 없는 선의는 '아무것도 없는 곳에서는 아무것도 나오지 않는 법'(1막 1장 89행)이라는 리어의 맹목적 합리주의가 그릇되었음을 보 여 준다.

이런 켄트의 극단에 거너릴의 하인 오즈월드가 있다. 거너릴과 리건 자매 사이의 이중 심부름꾼 역할을 하고 글로스터를 죽여 보상금을 받으려는 오 즈월드에게서는 오로지 자신의 이득만을 위해 움직이는 전형적인 인물상이 엿보인다. 그래서 켄트는 이런 오즈월드를 경멸하며 '상전을 잘 모신답시고 뚜쟁이도 될 놈'(2막 2장 18행), '정직이라고는 하나 없는 이런 종놈'(2막 2장 70행)이라고 욕을 퍼붓는 것이다.

반면, 리어에게서는 파기할 수 없는 유대를 강조하는 중세 봉건적 사고 방식의 잔재와 근대 상업 자본주의의 물질주의적, 합리주의적 태도가 동 시에 발견된다. 사랑 표 대회 장면에서 리어는 어리석게도 추상적인 감정 인 애정을 정량적인 언어의 양으로 계산하려 한다. 리어는 나중에도 이와 비슷한 실수를 한다. 리건이 수행원의 수를 스물다섯 명으로 줄이라고 요 청하자 리어는 불같이 화를 내고 거너릴에게로 돌아서며 다음과 같이 말 한다.

리어　너와 함께

　가겠다. 네가 제안한 오십 명은 스물다섯 명의 두 배이니,

　네 사랑도 저년 사랑의 두 배겠지. (2막 4장 256~258행)

이런 대사들을 통해 리어는 추상적 감정을 양적으로 계산하는 자본주의의 물질적 가치관에 물든 인물임을 알 수 있다. 수행원 규모를 놓고 리어 왕과 딸들이 벌이는 논쟁을 통해서도 귀족적 가치관과 신흥 부르주아 가치관의 대립을 볼 수 있다. 의식과 과시를 중시했던 중세의 귀족들은 많은 비용을 감수하더라도 많은 수의 기사들을 수행했다. 리어는 그런 관행을 따르고 있는 것이다. 하지만 자본주의의 엄격한 효용주의를 따르는 거너릴과 리건은 그런 낭비를 용납하려 하지 않는다. 자기들에게 이미 충분한 하인이 있기에 별도의 수행원이 필요 없다고 주장한다.

　이와 같이 셰익스피어는 이 극에서 기원전 8세기의 역사를 다루고 있지만 실제 작품 속에서 그리고 있는 세상은 중세 봉건주의에서 근대 자본주의로 넘어가는 셰익스피어 당대의 혼란기 양상이다. 등장인물들도 각각 두 시대의 가치관을 대변하는 사고방식을 지닌 인물들로 나뉘어 대립하고 있다.

5. 에드먼드 — 르네상스 자아 창출자

르네상스 영국의 사회 현상 가운데 하나는 개인이 경제력이나 권력을 추구하여 신분 상승을 도모하고 새로운 자아 창출이 가능했다는 것이다. 신분이 세습되던 중세 시대와는 달리 근대 자본주의 사회로 넘어가면서 개인은 부와 권력을 통해 출세할 수 있었다. 따라서 부와 권력에 대한 인간의 욕망과 탐욕이 강해지고, 이와 함께 온갖 음모, 허위, 사기, 권모술수 등이 난무하게 된다. 이 시대 사람들은 권력과 재산에 대한 집착과 욕망을 분출하는 것이 특징이다. 르네상스 문화 비평가인 스티븐 그린블랫(Stephen Greenblatt)은 그런 속성을 지닌 자들을 '르네상스형 자아 창출자'라고 명명했다.

이 극 속에서 리어의 딸들과 에드먼드는 위선적 언행을 이용하여 부와 권력을 창출하고자 한다. 특히 에드먼드는 서자라는 신분 조건과 장자 상속제라는 봉건적 인습 및 제도를 뛰어넘어 권력과 재산을 차지하고자 아버지와 형을 배신하면서 수단과 방법을 가리지 않고 권력을 추구한다. 이런 에드먼드는 전형적인 르네상스형 자아 창출자라고 할 수 있다. 반면 얀 코트(Jan Kott)는 이들을 '르네상스 괴물'이라고 명명했다.

신성한 것이든, 자연적인 것이든, 인간적인 것이든 모든 유대(bond)와 법칙은 모조리 부서진다. 왕국에서 가정에 이르기까지 모든 사회 질서는 모조리 부서져 먼지 속으로 사라져 버릴 것이다. 왕과 신하, 아비와 자식, 남편과 아내는 더 이상 존재하지 않는다. 존재하는 것은 다만 맹수처럼 서로가 서로를 게걸스럽게 잡아먹는 르네상스 시대의 거대한 괴물들이다.[6]

새로운 신분 창출이 가능한 시대상이 결국 욕망에 모든 걸 다 불사르는 에드먼드 같은 괴물을 낳은 것이다.

6 Jan Kott, *Shakespeare our Contemporary*, London: Methuen, 1965. 121.

6. 언어 ─ 인간의 불완전한 의사소통 수단

이 극은 세 딸이 말로 표현하는 애정의 크기에 따라 사랑을 측정하여 왕국을 나눠 준다는 사랑 경연 대회에서 비극이 비롯된다. 부모 자식 간의 사랑조차 상품화하는 리어의 이런 시도에서 시장 경제의 영향을 감지할 수 있다. 이 부조리한 사랑 경연 대회는 사실을 말하는 것이 아니라 말해야 하는 바, 즉 진실이든 거짓이든 리어를 사랑하노라고 공식적으로 말해야 하는 왜곡된 언어의 장(場)이다. 말로 표현하는 애정의 크기에 따라 왕국을 나누어 준다는 리어 왕의 거래 조건 때문에 화려하고, 과장된 언어가 난무할 수밖에 없었다.

실제로 첫째 딸 거너릴과 둘째 딸 리건은 온갖 과장된 수사를 동원하여 자신들의 진심과 다른 사랑을 주장한다. 그들에게 언어란 진솔한 마음을 전달하는 수단이 아니라 최대한 과장된 표현으로 사랑이라는 환상을 창출해 내는 수단에 불과하다. 거너릴의 첫 대사는 '폐하, 저는 말로 표현할 수 없을 만큼 아바마마를 사랑하옵니다.'(1막 1장 54행)였다. 이어서 계속 '숨결을 무색케 하고, 말로 표현할 수 없는 사랑,'(1막 1장 59행) 등의 표현을 사용한다. 그녀의 이런 표현은 진심이 아니라 감정을 과장하기 위해 사용하는 상투적인 수사적 표현에 불과하다.

하지만 막내딸 코딜리어는 진심으로 아버지를 향한 자신의 애정을 담아 내 줄 수 있는 마땅한 표현을 찾을 수가 없다. 그런 그녀의 심정은 다음 방백들에 잘 담겨져 있다.

코딜리어 코딜리어는 뭐라 하지? 사랑할 뿐,
　말하지는 말자. (1막 1장 61행)

코딜리어 그럼 코딜리어는 초라하네!
　하지만 그렇지 않아, 분명 내 사랑은
　말로 표현할 수 있는 것보다 깊은 거니까. (1막 1장 75~77행)

이런 코딜리어의 방백을 통해 셰익스피어는 우리의 감정을 전달하는 데 있어서 언어가 지닌 부적절성과 표현의 한계라는 문제를 드러낸다. 그리고 이런 언어의 딜레마를 그대로 실천하는 것이 코딜리어의 '없습니다.(Nothing.)'(1막 1장 88행)라는 답변이다. 빈 수사가 넘치고 교언영색이 난무하는 리어 왕의 궁정에서 코딜리어는 외로이 진실을 고집하는 것이다.

　코딜리어의 이 간결한 대답은 언니들의 화려하고 장황한 수사에 대한 일종의 반동이다. 이때 거너릴과 리건의 다변(多辯), 혹은 달변이 코딜리어의 과묵과 극적으로 대조된다. 셰익스피어는 의도적으로 거너릴과 리건의 사랑 표현을 화려하고 장황하게 설정하고, 코딜리어의 답변을 단음절의 한 단어로 설정함으로써 다변과 침묵을 극단적으로 대조시키고 있다.

　리어는 딸들의 이런 사랑 표현 속에 담긴 외양과 본마음을 제대로 판단하지 못함으로써 비극의 길을 걷게 된다. 그는 거너릴과 리건의 화려하고 과장된 거짓 수사를 진실로 받아들이고 코딜리어의 'nothing'이라는 침묵 속에 담긴 참사랑은 보려 하지 않는다.

　반면, 리어를 제외한 대부분의 인물들은 세 딸들의 표현에 담긴 외양과 실제를 제대로 파악하고 있다. 켄트가 가장 먼저 사랑 표현 속에 담긴 진위를 논한다.

> 켄트 막내따님께서 폐하를 가장 적게 사랑하시는 것도 아니옵고,
>   목소리가 낮아 빈 통처럼 울리지 않는다고 해서
>   마음이 빈 것도 아니옵니다. (1막 1장 151~153행)

켄트의 이런 표현처럼 거너릴과 리건은 마음(리어에 대한 사랑)이 비었기 때문에 빈 통처럼 요란하게 그들의 수사가 화려해야 하는 것이다.

주 플롯의 리어처럼 글로스터도 에드먼드의 교묘한 언어에 속아 두 아들의 실체를 제대로 파악하지 못함으로써 비극적 상황에 빠진다. 결국 두 사람은 내면적 진실을 읽기보다는 위선적인 말들의 외양만 믿은 것이다.

주목해야 할 것은 이 극 속에서 인간 간의 유대(bond)를 중시하는 사람들은 코딜리어처럼 언어 또한 말과 의미가 밀접하게 연결되는 언어 행위를 한다는 것이다. 켄트는 진실한 언어 행위를 고집하다 리어에게 추방당하고 콘월 공작 부부에게 차꼬를 차는 벌을 받는다. 몰락한 리어 곁을 떠나지 않는 바보광대도 리어에게 진실을 일깨워 주는 말들을 하기 때문에 **두 딸에게** 회초리질과 으름장의 위협을 당한다. 이들은 하나같이 위선과 속임수의 세계에서 정직하고 솔직한 언어 행위를 하는 인물들이다. 하지만 거너릴, 리건, 에드먼드같이 유대 관계를 경시하는 이들은 언어도 말과 진실이 괴리되어 있는 것을 볼 수 있다.

특히 위선적 언어 행위와 위조 편지를 통해 신분 상승을 꾀하는 에드먼

드에게 언어는 출세의 수단이 될 뿐이다. 이렇게 이 극에는 인간들의 유일한 의사소통 도구인 언어가 지닌 부정적 면모에 대한 날카로운 통찰이 담겨 있다.

7. 눈―판단의 기관

리어로부터 추방 명령을 받은 켄트는 '리어 왕이시여, 좀 더 잘 보소서. 그리하여 소신으로 하여금 폐하 눈의 진실한 흰자위로 남아 있게 하소서.'(1막 1장 157~158행)라고 호소한다. 이는 맹목적인 리어의 판단력을 우려하는 켄트의 충고이다. 이런 켄트의 대사에 나오는 'sight, see, eye' 등과 같이 시각과 관련된 이미지는 이 극에서 거듭 논의되는 은유로 외양에 속아 내면을 제대로 보지 못하는 것을 비유하는 이미지이다.

리어도 딸들의 변화를 눈치채고 정체성의 혼란을 느낄 때 '그의 눈은 어디 있는가? / 사고 능력은 약해지고, 분별력은 / 마비되었는가 ― 하! 깨어 있는가?'(1막 4장 224~226행)라고 말한다. 이 대사에서도 알 수 있듯이 눈이란 인간의 판단력과 직결된 신체 기관으로 인간은 눈을 통해 지각하고 판단을 내리는 것이다. 그래서 소포클레스의 비극 『오이디푸스 왕』에서 오이디푸스는 부모를 알아보지 못해 아버지는 살해하고, 어머니와 동침한 자신의 어리석은 분별력에 대해 스스로 눈을 찌르는 처벌을 내리는 것이다.

리어도 사물에 대한 인식 능력과 분별력의 상징적인 이미지인 '눈'이 어디 있느냐는 자문을 통해 자신의 판단이 어리석고 맹목적이었음을 자조하고 있다.

거너릴이 리어에 대한 자신의 사랑을 표현하기 위해 온갖 소중한 것들을 나열하는데 그때 가장 먼저 언급하는 것이 바로 '시각(eye-sight)'이라는 점도 주목해야 한다. 그녀는 시각이 이렇게 인간에게 중요한 기관이라고 여기기 때문에 자신들을 배신하고 리어 편에 가담한 글로스터를 처벌할 때 눈을 뽑아 버리라고 종용하는 것이다.

글로스터는 눈이 멀쩡할 때 선한 아들과 악한 이들을 구별하지 못하는 어리석음을 범하지만 눈을 잃고 난 후에야 비로소 두 아들의 진실을 제대로 알게 된다. 그래서 글로스터의 늙은 가신이 앞을 볼 수 없는 글로스터의 갈 길을 염려하자 그는 다음과 같이 대답한다.

글로스터 눈이 보일 때도 난 걸려 넘어졌어. 수단이 있으면
    방심하지만 우리의 결함이 오히려 유용한 걸
    수도 없이 볼 수 있다. (4막 1장 19~21행)

눈으로 보되, 제대로 보지 못하는 인간들의 어리석은 분별력의 기관으로써, '눈'은 이렇게 이 극 속에서 다양하게 변주되면서 이 극 전체를 지배하는 역설을 보여 주는 이미지로 극의 주제 형성에 중요한 역할을 하고 있다.

8. 이 극에 만연한 역설들

이 극에서 바보광대는 캐릭터 이름이 Fool이지만 작품 속 그 누구보다 진실을 꿰뚫어 보고 있다. 그는 리어가 세 딸의 진실과 외양을 잘못 해석하여 스스로 불행을 자초한 데 대해 광대 특유의 신랄한 비유와 풍자로 줄기차게 자기 인식을 유도한다. 광대는 리어 왕이 차차 권위를 벗어던지고 온전한 판단력을 갖도록 하는 데 중요한 역할을 한다.

박우수의 주장처럼 여기서 그치지 않고 '뒤틀린 사회 질서와 도덕의 혼탁함을 꼬집는 작가의 대변인 역할까지 한다.'7 셰익스피어는 판단력이라는 차원에서 리어에게는 광대의 얼룩 옷을 입히고, 바보광대에게는 왕관을 씌운 것이다. 여기서 우리는 셰익스피어 극에서 흔히 볼 수 있는 역설적 상황을 보게 된다. 김종환은 이에 대해 다음과 같이 설명한다.

> 바보에 관한 에라스무스의 개념을 구체화시킨 극중 인물이 바로 리어 왕의 바보광대이다. 다른 어떤 작품보다도 『리어 왕』에는 '현명한 바보광대와 가치가 전도된 세상에 대한 역설적인 생각이 잘 드러나 있다.8

리어 왕의 광증, 글로스터의 눈의 상실도 같은 역할을 한다고 볼 수 있다.

---

7 박우수 역 『리어 왕』, 열린책들, 2012, 199쪽
8 김종환, 『셰익스피어와 현대비평』, 계명대학교 출판부, 2009, 127쪽

권력과 재산, 딸들의 존경과 사랑, 광기로 인한 온전한 정신까지 모든 것을 잃는 경험을 한 뒤에 리어는 오히려 정신적으로 더 성숙하고 세상을 바라보는 올바른 눈을 갖게 된다. 그는 황야에서 비바람을 맞고 추위에 떨며 자신이 걸치고 있던 왕복을 벗어 버림으로써 새로운 인식을 하게 된다. 온갖 권위와 화려한 것들에 둘러싸여 있을 때는 보이지 않던, 진실을 보는 눈이 밝아진다. 이때부터 비로소 리어는 권력의 상(相)을 직시하게 되고, 부의 불균형, 법의 불평등 등 부조리한 사회상을 꿰뚫어 보게 된다. 윤정은은 이런 리어의 광증은 인간성의 몰락이기도 하면서 동시에 그를 소아(小我)의 감옥에 갇혀 있게 한 오만과 억압으로부터의 해방이기도 하다고 논한다.[9]

글로스터도 마찬가지여서 그는 눈을 잃고 난 후에야 비로소 두 아들의 진실을 제대로 보게 된다. 그리고 미친 리어처럼 불공정한 사회에 대한 새로운 인식을 하게 된다. 미친 리어가 내뱉는 말이 이치에 밝다는 것을 깨달은 에드거의 '광기 속의 조리(reason in madness)'라는 표현도 이런 역설을 잘 담아내고 있다.[10]

---

9 윤정은, 『셰익스피어의 인간 이해』, 이화여대 출판부, 1993, 178쪽
10 박우수는 이 극에서 리어가 권력과 부조리한 사회 현실을 비판하는데, 이러한 비판 의식을 셰익스피어는 광기와 뒤섞어 놓음으로써 그 발언의 위험 수위를 스스로 조절하는 검열 장치로 삼고 있다고 주장한다. (박우수 역 『리어 왕』, 열린책들, 2012, 196쪽)

9. 『리어 왕』을 지배하는 극단적 염세주의

이 극은 셰익스피어의 극 중 감정의 격렬함이나 비극성이 가장 장대한 것으로 알려져 있다. 이 극에서 인간들은 극한의 고통을 당하고, 선한 자들의 목숨이 사악한 자들의 음모에 속절없이 스러진다. 리어 왕과 글로스터 백작이 겪는 혼란의 스케일이나 파급 효과는 다른 어떤 작품보다 광대하고 파괴적이며, 리어의 격정은 다른 어떤 인물들의 감정보다 더 광적이다. 글로스터는 눈이 뽑히는 시련을 겪으며 '장난꾸러기 아이들이 파리를 죽이듯, 신들은 우리 인간을 / 장난삼아 죽인다.'(4막 1장 36~37행)라고 말하며 신의 섭리를 의심한다. 이 대사에는 대단히 염세적인 셰익스피어의 시각이 담겨 있다. 특히 마지막에 리어가 죽은 코딜리어를 안고 들어올 때는 악이 모든 것을 정복한 듯한 인상을 준다.

윤정은은 이 작품의 비극적 현실에서 '숨어 있는 정의와 신의 섭리를 찾아 울부짖고 갈망하는 르네상스 회의론'을 본다.[11] 또 얀 코트는 이 극의 세계를 신 없는 무의미한 세상으로 보았다.

이 극 속 인간들의 동물적 본능에 대한 셰익스피어의 염세적 사고방식은 흔히 몽테뉴에게서 영향을 받은 것으로 알려져 있다. 유부녀인 거너릴과 리건이 에드먼드에 대한 욕정을 서슴없이 드러내는 모습을 통해, 나중에 질투에 눈이 먼 거너릴이 동생 리건을 독살하고 스스로 자결하는 모습을 통해 얀 코트가

---

11 윤정은, 『셰익스피어의 인간 이해』, 이화여대 출판부, 1993, 186쪽

언급한 '심연의 괴물들처럼 서로 잡아먹는' 르네상스 괴물의 상(像)을 보게 된다. 모든 인간성을 파괴하는 이들의 동물적 욕정 앞에는 부부간의 유대라는 인륜도, 자매지간의 천륜도 없다.

몽테뉴는 천체의 중심인 지구를 다스리는 인간의 위치를 설교한 기존 중세 신학에 도전하며, 인간은 동물과 다를 것이 없다고 주장한 바 있다. 또한 무질서한 인간 세계에서는 자연법의 질서가 지켜질 수 없으며, 오로지 혼돈만이 존재할 뿐이라고도 주장했다.12 이 극이 그려 내고 있는 세계가 바로 몽테뉴가 본 이런 인간 세상이다.

그럼에도 불구하고 많은 비평가들이 이 극에서 비참과 고통을 넘어 아름다움, 진실, 그리고 장엄함을 보아왔다. 케네스 뮈어(Kenneth Muir), 윌슨 나이트(Wilson Night), 브래들리(A.C. Bradley) 같은 비평가들은 리어 왕과 글로스터는 비극적 노정을 걷지만, 그 과정에서 두 사람은 권위와 허세를 벗어 버리고 인간의 본질을 되찾음에 주목한다. 그들은 판단력의 성숙, 도덕적 갱생이라는 긍정적인 요소가 잉태되어 있다고 낙관적으로 이 작품을 해석한다. 그런가 하면 에드워드 다우든(Edward Dowden)은 '셰익스피어는 악의 현존과 그 영향력에 대하여, 악의 초월적인 부정으로서가 아니라 인간적인 덕, 충성, 그리고 희생적인 사랑의 현존으로 맞선다.'고 주장했다.13

---

12 몽테뉴, 『수상록』, 손우성 역, 동서문화사, 2007 참조
13 Edward Dowden, *Shakespeare: A Critical Study of His Mind and Art*, New Delhi: Atlantic Publishers and Distributors, 2005, 55쪽

10. 에드거의 견인주의(stoicism)

염세주의로 가득 찬 이 극에서 견인주의(堅忍主義)는 중요한 주제 가운데 하나이다. 바로 이런 견인주의가 동생의 음해로 한 순간에 몰락한 에드거가 세상을 견뎌 내는 힘이다. 그는 동생에 의해 무고하게 모함당하고 아버지에 의해 체포령이 내려진 부조리한 상황에서 삶을 포기하거나 내동댕이치지 않는다. 미친 거지 톰으로 변장하고 구차하게 동냥을 하고 목숨을 영위하며 삶을 견딘다. 그런 견인주의적 가치관으로 인해 결국 그는 극 말에 억울한 오명을 벗고, 명예와 재산을 되찾을 뿐만 아니라 혼란에 빠진 국정 운영의 주역이 된다.

에드거의 이런 견인주의는 자신의 어리석음을 깨닫고 자포자기에 빠진 아버지의 목숨도 구명한다. 글로스터는 콘월 공작 부부에게 눈알이 뽑힌 뒤 자신이 두 아들의 진실을 제대로 보지 못했음에 자책하며 스스로 생을 마감하고자 한다. 이때 에드거는 아버지의 목숨을 구하기 위해 자살 장면을 연출한다. 그리고 벼랑에서 뛰어내렸다가 기적처럼 살아난 것처럼 꾸밈으로써 글로스터가 부조리한 세상에서 '운명의 매질'(4막 6장 218행)을 견디는 견인주의적 인물로 재탄생하게 만든다.

> 글로스터 (…상략…) 이제부터는 고통이라는 놈이
> '그만, 됐어' 하고 사라질 때까지
> 참고 견디겠소. (4막 6장 75~77행)

나중에 프랑스군이 패해 또다시 불리한 상황이 전개되자 에드거는 아버지 글로스터 백작에게 어서 몸을 피하자고 권한다. 이때 글로스터가 체념하는 모습을 보이자 에드거는 다음과 같이 비난한다.

> 에드거 뭐요! 또 못된 생각을 하세요? 사람은 세상에 올 때처럼
> 세상을 떠날 때도 참고 기다려야 해요. (5막 2장 9~10행)

삶의 고통이 우리의 어깨를 짓눌러도 그 고통을 견디어야 한다는 견인주의적 사고방식을 잘 보여 주는 대사이다.

에드거뿐만 아니라 리어 왕도 글로스터 백작에게 시련을 참고 견뎌야 함을 강조한다. '난 그대를 잘 안다. 그대 이름은 글로스터. / 그대는 참아야 한다.'(4막 6장 175~176행)고 충고한다. 이렇게 변덕스런 운명의 매질을 당하고 있는 리어 왕, 에드거, 글로스터 백작의 견인주의가 염세주의의 저변에 굳건히 자리 잡고 있다. 비평가들은 리어와 글로스터, 에드거의 이런 인내와 도덕적 구원에서 셰익스피어의 낙관적 비전을 보았다.

William Shakespeare

윌리엄 셰익스피어 연보

아래 셰익스피어 연보는 셰익스피어에 관한 얼마 안 되는 자료를 기초로 학계에서 인정하는 사실들을 요약한 것이다. 이러한 편린들을 통해서나마 언어가 지닌 깊이와 아름다움을 가지고 인간과 세상에 대해 탐구한 위대한 작가의 삶을 상상해 보는 데 도움이 되길 바란다.

1558년 엘리자베스 1세가 25세의 나이로 튜더 왕조의 마지막 군주로 등극.

1564년 흑사병이 창궐하던 해, 런던의 워릭셔 주의 소도시 스트랫퍼드어 폰에이번에서 아버지 존 셰익스피어(John Shakespeare)와 어머니 메리 아든(Mary Arden) 사이에서 셋째 아이이자 장남인 윌리엄 셰익스피어 (William Shakespeare) 탄생. 4월 26일 세례 기록으로 보아 탄생일을 4월 23일로 추정.

동료 극작가 크리스토퍼 말로(Christopher Marlowe)도 이 해에 출생.

1573년 셰익스피어의 후원자인 사우샘프턴 백작(Earl of Southampton) 헨리 리즐리(Henry Wriothesley) 출생.

1576년 영국 최초의 공공극장인 시어터(The Theatre) 건립. 이를 시작으로 하여 런던은 연극의 도시로 변모해 감. 한편 셰익스피어의 아버지가 불미스런 일에 연루되어 공직에서 은퇴. 셰익스피어의 공식적인 교육은 13세 무렵 중단된 것으로 추정.

1582년 18세의 이른 나이에 8살 연상인 부유한 집안 출신 앤 해서웨이(Anne Hathaway)와 결혼. (1623년에 67세의 나이로 사망했다는 묘비에 근거한 계산)

1583년 장녀 수잔나(Susanna) 출생.

1585년 쌍둥이 자녀인 햄닛(Hamnet)과 주디스(Judith) 출생.

1586년 이때부터 1592년까지의 기간 동안에 대한 기록이 없다. (이 시기를 '잃어버린 시절'이라 부른다.)

1587년 1567년에 스코틀랜드의 왕위에서 쫓겨나 2년 후 영국으로 망명 와 있던 메리 여왕(Mary Stuart)이 반란 혐의로 처형. 셰익스피어가 여왕의 극단(Queen's Men)에서 활동했을 것으로 추정. (이 극단의 여러 레퍼토리가 셰익스피어 작품과 겹치는 점으로 미루어 추정.)

1588년 메리 여왕의 처형을 빌미로 가톨릭 국가 스페인이 엘리자베스 여왕을 왕좌에서 끌어내리려고 강력한 해군을 파견했으나, 해적 출신 제독 드레이크(Sir Francis Drake)가 스페인의 무적함대인 아마다(Armada) 호를 격파.

1589년 셰익스피어는 연극계에 종사하기 전 단역 배우로 활동. 이 무렵 『헨리 6세』 1부를 집필한 것으로 추정. (1592년 3월 로즈 극장에서 이 희곡이 공연되어 대성공을 거두었다는 기록이 남아 있다.)

1590~1591년 『헨리 6세』 2, 3부를 집필한 것으로 추정.

1592년 대학 출신 극작가 로버트 그린(Robert Greene)이 「많은 후회로 얻은 서푼짜리 기지 *A Groatsworth of Wit bought with a Million of Repentance*」라는 팸플릿에서 셰익스피어의 유명세를 비난. 이는 이 무렵이면 동료 극작가의 시기심을 불러일으킬 정도로 그가 두각을 나타내고 있었다는 것의 방증.

런던에 흑사병이 창궐하여, 7월부터 1594년 6월까지 극장들 폐쇄. 극단들은 지방 순회공연을 함. 『리차드 3세』, 시집 『비너스와 아도니스』, 『실수 희극』을 집필한 것으로 추정.

1593년 후원자인 사우샘프턴 백작(당시 19세)에게 헌정한 시집 『비너스와 아도니스』 출간. 이 시집은 셰익스피어 생전 출간해서 거둔 가장 큰 성공 사례. 『타이터스 앤드로니커스』, 『말괄량이 길들이기』를 집필한 것으로 추정.

1594년 두 번째 설화시 『루크리스의 겁탈』을 출간. 이 또한 사우샘프턴 백작에게 헌정. 동료 작가이자 경쟁자였던 말로가 술집에서 시비 끝에 칼에 찔려 사망. 『베로나의 두 신사』, 『사랑의 헛수고』, 『존 왕』을 집필한 것으로 추정.

여왕의 전의(典醫)인 로페즈(Roderigo Lopez)가 여왕 독살 혐의로 처형됨. **'궁내부 대신 극단**(The Chamberlain's Men)'이 창설되고 셰익스피어는 그 극단의 전속 작가로 활동.

1595년 『리차드 2세』, 『로미오와 줄리엣』, 『한여름 밤의 꿈』을 집필한 것으로 추정.

1596년 열한 살이던 아들 햄닛이 사망. 아버지 존 셰익스피어가 문장(紋章)을 사용하는 것을 허가받은 뒤로 '신사(Gentleman)'로서 서명할 수 있게 됨. 『베니스의 상인』, 『헨리 4세』 1부를 집필한 것으로 추정.

1597년 스트랫퍼드에서 두 번째로 큰 저택 뉴플레이스(New Place) 매입. 『윈저의 즐거운 아낙네들』을 집필한 것으로 추정.

1598년 궁내부 대신 극단의 시어터(Theatre) 극장 임대 계약이 만료되고 재계약이 어려워지자 새로운 극장 글로브(The Globe)를 설립, 셰익스피어와 극단 단원들이 극장의 공동 소유주가 됨. 『헨리 4세』 2부, 『헛소동』을 집필한 것으로 추정.

1599년 『헨리 5세』, 『줄리어스 시저』, 『좋으실 대로』를 집필한 것으로 추정. 아일랜드 총독이었던 에섹스 백작(The Earl of Essex)이 아일랜드 반군을 평정하러 나섰다가 자의적으로 휴전 협정을 맺고 여왕의 명령을 어기고 귀국했다가 연금됨. 풍자물 출판 금지령 선포.

1600~1601년 『햄릿』을 집필한 것으로 추정.

1601~1602년 연금이 해제된 에섹스 백작이 쿠데타를 일으킨 전날 밤 그의 요청으로 『리차드 2세』 공연. 에섹스 백작이 쿠데타 실패 이후 처형되고, 셰익스피어의 후원자였던 사우샘프턴 백작도 이 반란에 연루되어 수감. 극단은 무죄가 입증되어 풀려남. 『십이야』, 『트로일러스와 크레시다』를 집필한 것으로 추정. 부친인 존 셰익스피어 사망.

1602년 『끝이 좋으면 다 좋아』를 집필한 것으로 추정.

1603년 엘리자베스 여왕이 예순아홉의 나이로 사망. 스코틀랜드의 제임스 6세(James VI)가 영국의 제임스 1세(James I)로 등극하여 스튜어트(Stuart) 왕조가 시작됨. 제임스 1세가 셰익스피어 극단을 후원하여 '왕의 극단 (King's Men)'이 됨.

1604년 『자에는 자로』, 『오셀로』를 집필한 것으로 추정.

1605년 『리어 왕』을 집필한 것으로 추정. 제임스 1세의 종교 정책에 반발 하여 가톨릭 인사들로 구성된 음모가들이 의회가 있는 웨스터민스터 궁 밑의 지하실에 화약을 설치하는 사건(Gunpowder Plot)이 있었으나 내부 자의 발설로 실패.

1606년 화약 음모 사건의 주동자인 폭스(Guido Fawkes)와 예수회 신부 가 네트(Henry Garnet) 처형. 『맥베스』, 『안토니와 클레오파트라』를 집필한 것으로 추정.

1607년 『코리올레이너스』, 『아테네의 타이먼』, 『페리클레스』를 집필한 것 으로 추정. 장녀 수잔나(Susanna) 결혼.

1608년 모친인 메리 아든 사망. 바로 그해에 '왕의 극단'은 실내 극장 블랙 프라이어즈(blackfriars) 임대.

1609년 토머스 소프(Thomas Thorpe)라는 출판업자에 의해 『일찍이 인쇄된 적이 없는 셰익스피어의 소네트들 Shakespeare's Sonnets, Never Before Imprinted』이라는 제목으로 소네트 집 출간. 『심벨린』을 집필한 것으로 추정.

1610년 『겨울 이야기』를 집필한 것으로 추정.

1611년 『폭풍우』를 집필한 것으로 추정. 이 시기 거처를 스트랫퍼드로 옮김.

1612년 존 플레처(John Fletcher)와 함께 『헨리 8세』를 집필한 것으로 추정.

1613년 존 플레처와 함께 『고결한 두 친척』을 집필한 것으로 추정. 『헨리 8세』 공연 중 글로브 극장에 화재가 나서 소실된 1613년 이후 더 이상 작품을 쓰지 않음.

1614년 글로브 극장 재개관.

1616년 딸 주디스 결혼. 그해 4월 23일, 알려지지 않은 이유로 스트랫퍼드 에서 셰익스피어 사망.

1623년 셰익스피어의 아내 앤 해서웨이 사망. 셰익스피어와 같은 극단 소 속의 동료 배우이자 막역한 친구였던 존 헤밍(John Hemmings)과 헨리 콘 델(Henry Condell)에 의해 36개의 극이 수록된 최초의 셰익스피어 극 전 집인 제1이절판(The First Folio) 출간.